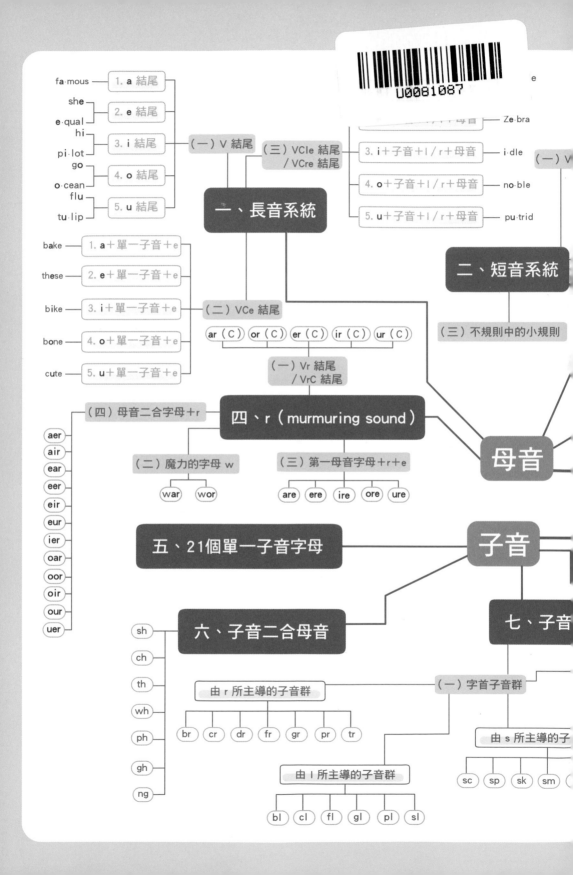

「音節與重音」說明 心智圖

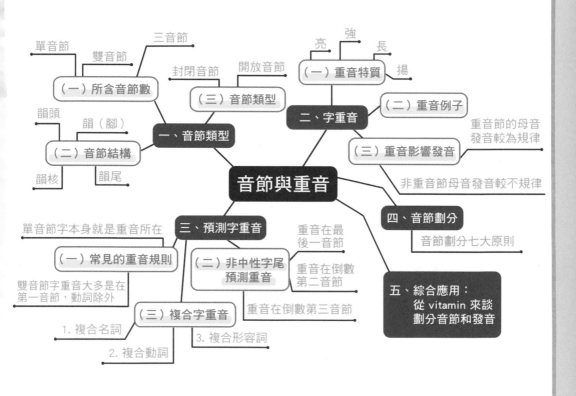

- 單音節
- 雙音節
- 三音節
  - （一）所含音節數
- 封閉音節
- 開放音節
  - （三）音節類型
- 一、音節類型
- 韻頭
- 韻（腳）
  - （二）音節結構
- 韻核
- 韻尾

- 亮
- 強
- 長
  - （一）重音特質
- 揚
- 二、字重音
- （二）重音例子
- （三）重音影響發音
  - 重音節的母音發音較為規律
  - 非重音節母音發音較不規律
- 四、音節劃分
  - 音節劃分七大原則

音節與重音

- 單音節字本身就是重音所在
  - 三、預測字重音
- 重音在最後一音節
- （一）常見的重音規則
- （二）非中性字尾預測重音
- 重音在倒數第二音節
- 雙音節字重音大多是在第一音節，動詞除外
- （三）複合字重音
- 重音在倒數第三音節
  1. 複合名詞
  2. 複合動詞
  3. 複合形容詞

- 五、綜合應用：從 vitamin 來談劃分音節和發音

「ＫＫ音標」分類列表 心智圖

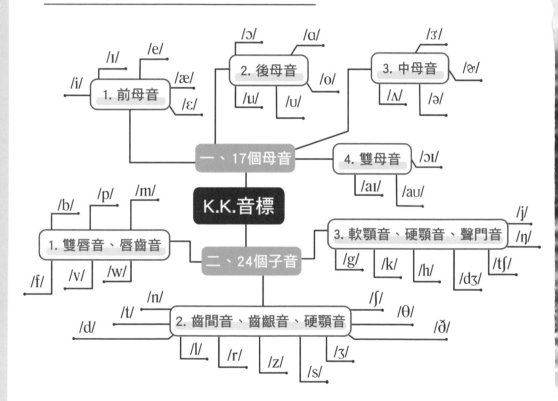

- 一、17個母音
  - 1. 前母音
    - /i/
    - /ɪ/
    - /e/
    - /æ/
    - /ɛ/
  - 2. 後母音
    - /ɔ/
    - /ɑ/
    - /o/
    - /u/
    - /ʊ/
  - 3. 中母音
    - /ɝ/
    - /ɚ/
    - /ʌ/
    - /ə/
  - 4. 雙母音
    - /ɔɪ/
    - /aɪ/
    - /aʊ/

K.K.音標

- 二、24個子音
  - 1. 雙唇音、唇齒音
    - /b/
    - /p/
    - /m/
    - /f/
    - /v/
    - /w/
  - 2. 齒間音、齒齦音、硬顎音
    - /t/
    - /n/
    - /d/
    - /l/
    - /r/
    - /z/
    - /s/
    - /ʒ/
    - /ʃ/
    - /θ/
    - /ð/
  - 3. 軟顎音、硬顎音、聲門音
    - /j/
    - /ŋ/
    - /g/
    - /k/
    - /h/
    - /dʒ/
    - /tʃ/

1. a＋單一子音 — cat

2. e＋單一子音 — bed

C 結尾

3. i＋單一子音 — hit

4. o＋單一子音 ┬ dog
              └ fog

5. u＋單一子音 — sun

(aa) (ae) (ai) (ao) (au) (aw) (ay)

（一）a＋母音字母（半母音字母）

(ea) (ee) (ei) (eo) (eu) (ew) (ey)

（二）e＋母音字母（半母音字母）

（二）VCC

1. a＋兩個子音 — black

2. e＋兩個子音 — sell

三、母音二合字母

（三）i＋母音字母

3. i＋兩個子音 — sick

(ie)

4. o＋兩個子音 — rock

（五）u＋母音字母（半母音字母）

5. u＋兩個子音 — must

（四）o＋母音字母（半母音字母）

(oa) (oe) (oi) (oo) (ou) (ow) (oy)

(ue) (ui) (uy)

自然發音

八、子音字母＋le ─ (ble)
                  ─ (ple)
                  ─ (dle)
                  ─ (tle)
                  ─ (gle)
                  ─ (cle)
                  ─ (C) kle

群

（二）字尾子音群 ─ (ct)
               ─ (ft)
               ─ (ld)
               ─ (lf)
               ─ (lk)
               ─ (lm)
               ─ (lp)
               ─ (lt)
               ─ (mp)
               ─ (nch)
               ─ (nd)
               ─ (nk)
               ─ (nt)

其他

(scr) (shr) (spl) (spr) (squ) (str) (thr) (tw)

音群

(sn) (st) (sw)

註：大寫 V 代表母音，
大寫 C 代表子音。

格林法則魔法學校

英語發音
急診室

揭開英語發音的神祕面紗，通曉英語發音的原理原則

學習任一門語言首重發音，學習英語亦然，**掌握語言的發音，是擁有流暢溝通能力的關鍵**，然而發音這個最基本的門檻，卻困擾著許多世代的學習者，讓許多人踟躕不前。究其原因，主要是英語的字母拼寫和發音對應不若歐洲其他語言來的明確，兼之英語外來借字龐雜，讓既有的發音規則更顯複雜。要跨越發音鴻溝，徹底解決這個問題，英語教學界幾十年來出現發音教學的兩派論點：自然發音法和 K.K. 音標學習法。近幾十年來，兩派支持者各據山頭，互不相讓，甚至時有零星爭吵，雖不至於兵戎相見，但口誅筆伐，打筆戰者屢見不鮮，尤有甚者，更是視對方為寇讎，不容一室，在臉書社群爭論不休，其主因是兩派的學習者都堅信自己所信仰的方法是有效的。

作者回顧自已的學習歷程，發現當年正是靠著一套 K.K. 音標，並搭配著電子辭典，打下英語發音的根基，從此奠定英語學習的信心，親身實證 K.K. 音標的功效。但作者也發現新一代的學生，越來越多人不會音標，十之八九的單字卻都可以正確發音，這些學生似乎就憑藉著自然發音法，就可以解決泰半的發音問題。這讓筆者不禁省思這兩種方法對於當下這世代的學習者，其優缺點為何。

我們就先從自然發音法談起，自然發音法（phonics）又稱「字母拼讀法」，早在教育部推動九年一貫教育時，就將「字母拼讀法」列入能力指標，希望學生利用「字母拼讀法」（phonics）了解英語拼寫與發音間規則的對應關係，並能嘗試「看字發音」、「聽音拼寫」。二十多年過去了，作者發現國小的英語訓練，確實已融入「字母拼讀法」的理念，學生對於自然發音法就算未能全盤掌握，也

能略知一二。根據史丹佛大學的研究，在常用的 17,009 個字詞中約有 84%，其字母跟讀音是相對應的。質言之，**學習者只要能掌握自然發音法，就能掌握 8 成常用單字的發音，進而達到「看字發音」、「聽音拼寫」的目標。**

正因自然發音法涵蓋率極廣，因此在英語教學界能獲得青睞。此外，對於國小生、學齡前的孩童來說，把字母當作音標，直接看著字母就能發音，確實省卻一番記憶 K.K. 音標的功夫。然而，國小學童在學習自然發音法的規則時，看到的都是音節較短的字，音節數較少，兼之許多單字反覆出現，要印證自然發音法的規則相對容易。直到國小學童上了國中，甚至高中之後，發現所學的單字越來越複雜，語感較好的學生，還能靠自然發音法駕馭拼讀，達到見字識音目的；但也有不少學生，遇到多音節字，因為對於劃分音節、輕重音的基本訓練不足，發出來的音就未能正確。

此時，若學習者能憑藉著字典內的 K.K. 音標輔助發音，就能往前邁進一大步。況且，國中生的認知能力、學習能力皆已比國小學生成長許多，記憶 17 個母音音標、24 個子音音標符號，並不會比學化學符號或方程式來的抽象，因此對於中學階段以上的學習者，學習 K.K. 音標是不會太難的，甚至是頗有助益的。更何況，現今智慧型手機普及，隨手就可以搜尋到單字的 K.K. 音標，學習者透過音標學習發音，將更為得心應手。事實上，學 K.K. 音標就像搭鷹架，熟悉單字發音時，就可拆除鷹架，就像國人小時候學習注音符號一樣，在掌握字詞的發音之後，就不須過度依賴注音符號，只有在遇到難字，不知如何發音時，才需再度求助注音符號。K.K. 音標也是這樣，需要時才上場，不需要時離場，但不管如何，完全不給 K.K. 音標登場的機會，就有點說不過去了。

如同前文所述，儘管字母拼讀法能涵蓋 8 成左右的單字，卻還有發音較不規則的近 2 成單字讀音必須特別記憶，這時候 K.K. 音標就可派上用場，試問：sergeant、ballet、cello、lieutenant、iron、dove、yacht、righteous 等特殊發音的單字，學習者透過 K.K. 音標來確認發音，是不是更令人放心，且會更有信心掌握正確發音呢？不僅如此，字典的 K.K. 音標，還會提供重音資訊，是幫助讀者準確發音的一項利器。事實上，台灣的教科書和語言學習書大多都還是提供 K.K. 音標的，若不學 K.K. 音標等於少了一項學好發音的工具，殊為可惜。

本書的主要讀者是設定在中學以上的英語學習者、家長、教師，因此本書會先從音標符號介紹起，包括母音和子音音標，共 41 個。讀者需搭配音檔和例字，反覆練習，方能迅速掌握發音要訣。在學完 K.K. 音標後，要進到自然發音法之前，本書會介紹音節和重音，因為這是攸關發音重要因素，音節劃分正確，且掌握重音，才可以正確標示重音節母音是長母音還是短母音，因此讀者務必熟讀本章節。

介紹完 K.K. 音標、音節、重音，重頭戲還是落在自然發音法，本書完整擘劃自然發音法的學習藍圖，拉頁呈現學習自然發音必須掌握的元素，用一張心智圖讓你鳥瞰綿延的壯闊山嵐，每一個自然發音的原則、規則，就像一座又一座的巨大山脈，包含：長音系統三原則、短音系統三原則、五大類母音二合字母、murmuring sound、二十一個子音字母的發音、七個子音二合字母、字首字尾子音群、子音字母 + le，景致壯觀。雖說凡有規則必有例外，但通曉這些發音原則和規則，對於征服大部分單字的發音業已足夠，敬請讀者詳加閱讀。

為了讓讀者瞭解本書的精要，特別整理本書特色供讀者參考：

一、鎔鑄二法於一書，論述兼容並蓄。

本書博採各家之言，找出折衷之道，清楚呈現 K.K. 音標和自然發音法的優

點，同時兩種方法也可補足彼此缺點。此外，本書也破除常見謬誤，例如有人說音節劃分時，兩母音之間的子音，一定要劃分給後面母音，諸如此類說法甚多，以訛傳訛，會讓學習成效大打折扣。此外，本書的自然發音法篇，雖已清楚教導讀者發音的原則和規則，但仍每字提供音標，盼望讀者在學習自然發音時，也能同步熟悉 K.K. 音標。

二、圖表輔助易了解，羅列豐富例子。

本書提供心智圖、口腔圖、子音母音發音圖等各式圖表，幫助讀者快速領悟發音之訣竅，尤其是心智圖，讀者閱讀本書之前，可以先一睹為快。此外，在閱讀完整本書後，瀏覽複習心智圖，即可將所有的發音原則和規則拓印在大腦中，想忘也忘不了。此外，本書提供大量例子，囊括諸多單音節字和多音節字。單字量大並非錦上添花而已，更重要的是要提供讀者有大量的練習機會，擺脫死背規則，卻不會活用的窘境。

三、由簡入繁合學理，學習從頭開始。

本書透過最簡單的單字來介紹發音概念，一切從頭開始。讀者熟悉簡單字後，才漸漸進入多音節複雜字。此外，台灣有為數不少的發音書，所提供的例子多以單音節字和雙音節字為主，對於想要進入真正發音殿堂的讀者相當不利，為了幫助讀者完整學習發音規則，本書收錄足夠的單字，絕對足夠讓讀者用來檢視發音的原則和規則。

四、知其然其所以然，通曉發音道理。

本書打破所有發音書的編寫慣例，透過字源學、語音學教導讀者單字的正確發音和拼寫的道理，例如：為什麼 one 的 /w/ 有音卻無相對應字母？為什麼 love 的母音發音不合乎發音規則，o 不發長音呢？為什麼 Christmas 的 t 不發音呢？oo 何時發長音、何時發短音？doubt 的 b、island 的 s、asthma 的 th、slamon

的 l，諸如此類不發音的例子，是為什麼呢？又或者 gu 的 u 不發音，卻出現在 g 後面，有什麼特殊的用途嗎？全書收錄共七十五則發音小百科，等著您來探索，一解發音之謎。

五、學發音記憶單字，適合雙軌並行。

本書之所以收錄大量單字，除了方便讀者熟練單字發音規則外，也希望讀者可以順道記憶單字。因此本書既是發音書，亦可是單字書，會唸單字是記憶單字的先決條件，不會唸單字，遑論記憶。讀者不妨在第一遍閱讀本書時練習發音，第二次時記憶本書單字，一書兩用、一魚二吃。

六、真人音檔免費載，版型錯落有致。

本書所提供的音檔是由美籍母語人士親錄，讀者務必要認真聆聽音檔，畢竟所有的發音規則，都是為了能達到正確發音之目的，有豐富且標準的語音輸入，再加上掌握發音原則，必能進步神速。此外，本書排版層次分明，容易找到重點，對讀者相當友善，有助於理解！

作者編寫本書時，參考許多品質精湛的國內外語言學叢書和辭典，得益甚多，深受啟發，特別羅列參考書目供讀者進一步參考。此外，作者的發音論述得以完整，實要感謝國立政治大學退休教授、國內構詞學權威莫建清教授的指導，莫老師總能以深入淺出的方式解答作者的諸多疑問，啟迪作者的想法，往往一語驚醒夢中人。然若本書內容，有任何疏漏之處，皆需歸咎於作者，敬請讀者不吝交流指教。本書編寫過程也蒙國立臺北科技大學應用英文系彭子昂同學和內人在百忙之中協助文書工作，才得以順利完成，特此感謝。最後，僅將本書獻給想學好發音的人，不管您是家長、老師、學習者，這本書絕對可以滿足您的期待。

目錄 Contents

發音健檢站

請試著回答以下問題，測試自己的發音是否正確，並試著找出這些發音有沒有什麼規律。如果無法回答這些問題，在看完整本書後，以下所有的疑難雜症，將全部迎刃而解。

不發音的字母

1. 您知道為什麼 doubt、receipt、subtle、indict、solder、asthma 這些字的粗體字母不發音嗎？

2. calf、half、calves、halves、almond、salmon、calm、palm、psalm、folk、yolk、Holmes 的 l 都不發音，您有沒有發現什麼規律？

3. swear 的 w 要發音，但 sword、answer、two、Greenwich 的 w 皆不發音，為什麼呢？

4. 為什麼 sign 的 g 不發音？

5. pneumonia 的 p 為什麼不發音？ psychology 的 p 為什麼不發音？

6. autumn 的 n 不發音，但為什麼 autumnal 的 n 要發音？

7. climb、comb、crumb、dumb、lamb、limb、numb、plumb、thumb、tomb、womb 的 b 為什麼都不發音？

8. 為什麼 Christmas、castle、listen 的 t 都不發音？

9. 為什麼 guess、guitar、guide，u 都不發音呢？

發音和拼寫規則

1. 有魔力的字母 e：以下的每組發音有什麼規則嗎？

plan、plane

hat、hate

sell、sale

hop、hope

sit、site

cut、cute

2. 有魔力的字母 e：以下的每組發音有什麼規則嗎？

war、ware

car、care

3. 有魔力的字母 w：word、work、worm 您唸對了嗎？

4. 怎麼知道 motto 第一個 o 發短音，第二個音發 o 發長音？

5. ch 可以發哪些音？有沒有什麼規律？

6. t 在什麼時候會發成 /tʃ/？righteous 的 t 怎麼唸？

7. x 的唸法有 /gz/ 和 /ks/。什麼時候發 /gz/？什麼時候發 /ks/？

8. t 在什麼時候發 /ʃ/，在什麼時候發 /tʃ/，有沒有什麼道理或規則可以依循？

9. 您有聽過 dark l 和 clear l 嗎？full 和 love 的 l 發音部位和方法有什麼異同？

10. 拼寫規律：hopping 為什麼要重複字尾 p？

11. 按自然發音法，love 拼為 luv 更符合發音，就像 run 的 u 一樣發 /ʌ/，為什麼 love 不這麼拼呢？

12. 疑問詞中 wh 的 h 什麼時候不發音？ wh 拼寫為什麼和發音的順序 /hw/ 不一致？

13. 為什麼 picnic 加 –ed 前、mimic 加 –er 前，要插入一個無聲字母 k，形成 picnicked、mimicker？為什麼 picnic、traffic、panic 加 –ing 前，要插入一個無聲字母 k，形成 picnicking、trafficking、panicking？為什麼 panic 加 –y 前，要插入一個無聲字母 k，形成 panicky？

14. Thames 的 th 怎麼唸？有沒有什麼規則可循？

15. 音節你劃分對了嗎？ celebrate 為什麼不是劃分成 ce·le·brate？ vitamin 有兩種劃分法，為什麼？

易唸錯的字

1. of 是許多人都會發錯的音。為什麼 of 的 f 會發成 /v/？

2. won 的發音和 one 一樣嗎？

3. Ironman 我們都唸錯了。為什麼 iron 要唸 /ˈaɪɚn/，而不是 /ˈaɪrən/？

4. south 大家都會唸，但 southern 您唸對了嗎？

5. spinach 的 ch 怎麼唸？

6. smooth 的 th 是有聲？還是無聲？

7. says 和 said 的母音是唸 /ɛ/，您唸對了嗎？

8. dove 的 o 怎麼唸？

9. often 和 soften 怎麼唸？

10. 您知道 ballet、cello、chef、garage、mirage、sergeant、spaghetti 怎麼唸嗎？

11. 台灣人常把 YouTube、Skype 的 e 誤唸為 /i/，按照自然發音，該怎麼唸才對？

緒論：英文 26 個字母的簡介及其音素

在 26 個英文字母中，有 21 個子音字母、5 個母音字母，本章將逐一簡介每個字母的音素，方便讀者掌握發音的精華，我們在後面的自然發音篇會更深入介紹。

（一）21 個單一子音（standalone consonant）字母所代表的音素

TRACK 001

字母名稱	發音（KK 音標）	例子
b	/b/	ban、bulb
c	/k/, /s/	cow、city
d	/d/	disk、dad
f	/f/	fan、puff
g	/g/	go、dog
h	/h/	house
j	/dʒ/	job
k	/k/	kid
l	/l/	live、ball
m	/m/	mall、come
n	/n/	new、down
p	/p/	put、jump
q(u)	/kw/	quick
r	/r/	rule、color
s	/s/	see、kiss
t	/t/	tall、sit
v	/v/	vase、leave

w	/w/	way
x	/ks/, /gz/	fix、exit
y	/j/	yes
z	/z/	zoo

（二）5 個單一母音（standalone vowel）字母所代表的音素

5 個單一母音字母，可發成長音、短音不同的音素。長音較容易記憶，因為是發成字母本身讀音；至於短音就必須額外記憶了。

TRACK 002

字母名稱	長母音 （KK 音標）	例子	短母音 （KK 音標）	例子
a	/e/	rate	/æ/	pat、bag
e	/i/	be	/ɛ/	net
i	/aɪ/	night	/ɪ/	dig、sit
o	/o/	note	/ɑ/、/ɔ/	dot、dog
u	/ju/、/u/	cute、Sue	/ʌ/、/ʊ/	nun、put

壹、K.K. 音標篇

因各家手機系統不同，若無法直接
掃描，仍可以（https://tinyurl.com/
y4zytrpz）電腦連結雲端下載收聽。

K.K. 音標發音位置介紹

K.K. 音標是 John Samuel Kenyon 和 Thomas Albert Knott 在 1944 年出版的《美式英語發音辭典》所使用的美式英語發音的音素音標，大多與國際音標（IPA）相符。因為兩位作者姓氏都有 K，所以就以兩位作者的姓氏 K.K. 來稱呼這種音標。

由於我們並非生於英語系國家，在生活中較少接觸到大量的英語語音輸入，加上英語裡面充斥著外來語和發音例外的例子，較無法全然靠直覺將每個單字發對，相對地，必須藉由音標的輔助，來達到正確發音的目標。但須提醒讀者的是，音標本身是個抽象符號，要將這些符號跟語音連結起來，必須認真聽音檔、勤加練習，才能在日積月累下逐漸進步。本書前半所談的 K.K. 音標，搭配本書後半所談的自然發音，可以完整建構正確發音的概念。自然發音約可解決 8 成的發音問題，剩下的 2 成就由 K.K. 音標來輔助，因此 K.K. 音標的重要性也就不言可喻了。

不管是母音或子音，發音一定跟口腔的發音器官有關，因此我們就先從發音器官介紹起，再引領讀者逐一認識 K.K. 音標。

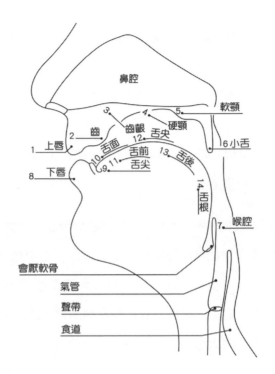

1. 上唇	8. 下唇
2. 齒	9. 舌尖
3. 齒齦	10. 舌面
4. 硬顎	11. 舌前
5. 軟顎	12. 舌央
6. 小舌	13. 舌後
7. 喉腔	14. 舌根

一、母音（vowel）

母音發音時，口腔沒有受到阻礙，氣流可以自由地流出。

母音可以依據舌頭在口腔內的位置分成前、中、後，以及高、中、低，例如：/i/ 是一個高前母音、/a/ 是一個低後母音。此外，母音不像子音可以用實際發音部位和發音方式來介紹，為了方便讀者理解每個母音之間的差異，本書會用學習者顯而易見的唇形及口腔開口大小來介紹。

舉例來說：

/i/ 是一個不圓唇，要將嘴唇往左右兩側拉開的音，發音時下巴微降，嘴巴開口很小，呈現扁平狀；

發 /a/ 的時候，下巴要降到最低，嘴巴開口很大；

發 /ɔ/ 的時候，嘴巴半開，嘴型呈現圓唇。

讀者可以看著鏡子，觀察自己嘴巴開口的大小和唇形，至於舌位只能用感受的，較難實際看到。

此外，許多書籍會用長短音來區分母音，但實際上，根據語言學研究來分類，應該是要「依據實際發音時雙唇的鬆緊」來描述比較合適，約定俗成的說法會說 /i/ 是長音、/ɪ/ 是短音，然而兩者最大差異是 /i/ 和 /ɪ/ 的音值本來就不同，用口腔開口大小、鬆緊度來區分會比較客觀清楚，所以我們會說 /i/ 是緊音、/ɪ/ 是鬆音，但為了讓普羅大眾好懂，本書還是會兼採長音短音分類法來介紹發音。

我們看看下面這張母音舌位圖，清楚呈現每個母音的開口大小、舌位：

母音舌位圖

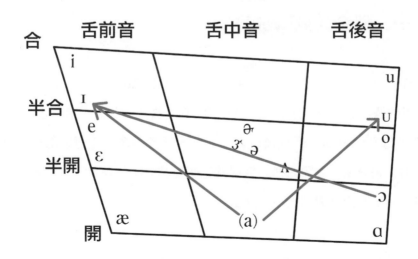

前母音開口大小依序是：/i/ < /ɪ/ < /e/ < /ɛ/ < /æ/；

後母音的開口大小依序是：/u/ < /ʊ/ < /o/ < /ɔ/ < /ɑ/。

若學習者嘴巴開口大小不對，往往音就會發錯，因此「掌握開口大小和嘴型」，並搭配音檔來練習，是學好母音的不二法門。

以下將依據舌位前、中、後來逐一介紹 14 個單母音，以及 3 個雙母音，總共 17 個母音的音標。

1. 前母音：/i/、/ɪ/、/e/、/ɛ/、/æ/

① /i/ 類似注音符號的一

發音說明

- /i/ 發音時，雙頰肌肉用力，嘴角向左右兩側展開，嘴型呈現扁平狀，拍照時說 C 或 cheese，母音唸的就是 /i/，像是微笑一樣。

- 唸 /i/ 時，下巴位置最高，嘴巴開口最小，舌位最高、最前。

例子

TRACK 003

單字	音標	詞性	中文
agree	/əˋgri/	v.	同意
bee	/bi/	n.	蜜蜂
carefree	/ˋkɛrˌfri/	adj.	無憂無慮的
eat	/it/	v.	吃
either	/ˋiðɚ/	adj.	（兩者之中）任一的
genius	/ˋdʒinjəs/	n.	天資
heat	/hit/	v.	把……加熱

me	/mi/	pron.	（I 的受格）我
meet	/mit/	v.	遇見
piece	/pis/	n.	一塊
police	/pəˋlis/	n.	警察
sea	/si/	n.	海洋
secret	/ˋsikrɪt/	adj.	祕密的
teacher	/ˋtitʃə/	n.	教師
these	/ðiz/	pron.	這些
we	/wi/	pron.	（主格）我們
weak	/wik/	adj.	虛弱的
zebra	/ˋzibrə/	n.	斑馬

② /ɪ/ 類似注音符號的ㄧ

發音說明

- /ɪ/ 發音時，雙頰肌肉放鬆，嘴角微微向左右兩側展開，嘴型呈現扁平狀。
- 下巴略低於 /i/，嘴巴開口略大於 /i/，舌位略高於 /i/。

注意

英語初學者在唸 /i/ 和 /ɪ/ 的時候，因中文中沒有這樣的區別，很容易忽略兩者差異，或者僅用 /i/ 是長音、/ɪ/ 是短音來區別，以為把音唸長些就是 /i/，把音唸短些就是 /ɪ/，事實上這兩個音最大的區別是在於雙唇的鬆緊度，/i/ 發音時，雙唇的肌肉要用力向左右兩側拉開，而 /ɪ/ 比較放鬆，舌位較低、下巴較低、嘴巴開口較大、聲音較短促，發音就像國軍在喊 1、2、1、2 中的 1 一樣，發音短促。若用注音符號來類比，/ɪ/ 的發音像是介於ㄧ和ㄝ之間的音。

例子

TRACK 004

單字	音標	詞性	中文
blanket	/ˋblæŋkɪt/	n.	毯子
candy	/ˋkændɪ/	n.	糖果
city	/ˋsɪtɪ/	n.	城市
dinner	/ˋdɪnɚ/	n.	晚餐
finish	/ˋfɪnɪʃ/	v.	結束
fish	/fɪʃ/	n.	魚
goddess	/ˋgɑdɪs/	n.	女神
guitar	/gɪˋtɑr/	n.	吉他
ill	/ɪl/	adj.	生病的
it	/ɪt/	pron.	它
kid	/kɪd/	n.	小孩
Mary	/ˋmɛrɪ/	n.	瑪麗
miss	/mɪs/	v.	錯過
pig	/pɪg/	n.	豬
sink	/sɪŋk/	v.	（船等）下沉

發音小百科

-y 結尾的字，像是 city、candy 的 y 在 K.K. 音標中常標示為 /ɪ/，但實際上 -y 的發音比較接近 /i/。

③ /e/ 類似注意符號的ㄟ

發音說明

- /e/ 發音時，雙頰肌肉用力，嘴角向左右兩側展開，下巴比唸 /ɪ/ 時低，嘴巴半開大於 /ɪ/。

- 在發 /e/ 時，舌位必須從中間滑到高的位置，嘴巴從緊到鬆。

  事實上，這個音很像是注意符號的ㄟ，後面帶有一個注意符號「一」的音，試著唸唸「飛」，結尾是不是還有個「一」的音呢？

注意

儘管在 K.K. 音標中 /e/ 看起來像是單一母音，但實際發音時後面還有一個 /ɪ/ 的音，在其他音標系統，例如 D.J. 音標，就不用 K.K. 音標中的 /e/，而採用 /eɪ/。

在台灣的連續劇中，也可常聽到有角色是取 David 這個英語名字，裡面的 a 發 /e/，但不少人往往省略了 /ɪ/ 的音，直接唸成 /ˈdɛvɪd/，這是很典型的錯誤。讀者在學習 /e/ 這個母音時，可以看看自己是不是能將 David 唸正確呢？此外，英語字母 a 的發音就是 /e/，後面是帶著 /ɪ/ 的。

例子

TRACK 005

單字	音標	詞性	中文
age	/edʒ/	n.	年齡
apron	/ˈeprən/	n.	圍裙
bake	/bek/	v.	烘
daily	/ˈdelɪ/	adj.	每日的
date	/det/	n.	日期
day	/de/	n.	一天（24 小時）
eight	/et/	n.	八

game	/gem/	n.	遊戲
late	/let/	adj.	遲的
may	/me/	aux.	也許
paper	/ˋpepɚ/	n.	紙
sail	/sel/	n.	帆
snail	/snel/	n.	蝸牛
wait	/wet/	v.	等待

④ /ɛ/ 類似注意符號的ㄝ

發音說明

- /ɛ/ 發音時，嘴巴放鬆略展開，下巴位置比 /e/ 還要低。

- 舌位位於中間的位置。

注意

值得注意的是，有人認為 /ɛ/ 和 /e/ 的差別只在長短音，只要把 /ɛ/ 唸短些，/e/ 唸長些就對了。事實上，兩者音值本就不同，/ɛ/ 是鬆音，/e/ 是緊音，且隱藏著 /ɪ/，發音時應特別留意。讀者不妨練習底下單字，比較 /ɛ/ 和 /e/ 的差異：test / taste、pepper / paper。

例子

TRACK 006

單字	音標	詞性	中文
bread	/brɛd/	n.	麵包
breakfast	/ˋbrɛkfəst/	n.	早餐
dead	/dɛd/	adj.	死的

desk	/dɛsk/	n.	書桌
dress	/drɛs/	v.	給……穿衣
egg	/ɛg/	n.	蛋
elephant	/ˋɛləfənt/	n.	象
hair	/hɛr/	n.	毛髮
pen	/pɛn/	n.	（關禽，畜的）欄
ready	/ˋrɛdɪ/	adj.	準備好的
tennis	/ˋtɛnɪs/	n.	網球
yes	/jɛs/	adv.	是

⑤ /æ/

發音說明

• /æ/ 發音時，雙唇用力向兩側展開，下巴盡量張開至最低，嘴巴開口大。

• 舌頭降低，舌尖抵住下齒齦，發出短促的聲音。

例子

TRACK 007

單字	音標	詞性	中文
add	/æd/	v.	增加
apple	/ˋæpḷ/	n.	蘋果
at	/æt/	prep.	在……地點
back	/bæk/	n.	後部
bad	/bæd/	adj.	壞的
band	/bænd/	n.	帶
cash	/kæʃ/	n.	現金

cat	/kæt/	n.	貓
class	/klæs/	n.	（社會的）階級
dance	/dæns/	v.	跳舞
map	/mæp/	n.	地圖
rabbit	/ˋræbɪt/	n.	兔
relax	/rɪˋlæks/	v.	放鬆
thank	/θæŋk/	v.	感謝

2. 後母音：/u/、/ʊ/、/o/、/ɔ/、/ɑ/。

① /u/ 類似注意符號的╳

發音說明

• /u/ 發音時，雙唇嘬成圓形，用力嘟出，縮小成圓形，像是在吹口哨一樣。

• 發 /u/ 時，下巴要到最高，嘴巴開口要小，舌位在最高的位置。

例子

TRACK 008

單字	音標	詞性	中文
blue	/blu/	adj.	藍色的
do	/du/	v.	做
food	/fud/	n.	食物
fool	/ful/	n.	傻瓜
grew	/gru/	v.	成長
lose	/luz/	v.	輸掉
moon	/mun/	n.	月球

noon	/nun/	n.	中午
room	/rum/	n.	房間
school	/skul/	n.	學校
super	/ˈsupɚ/	adj.	極度的
two	/tu/	n.	二
who	/hu/	pron.	誰
you	/ju/	pron.	（主格）你

② /ʊ/ 類似注意符號的╳

發音說明

- /ʊ/ 發音時，雙唇只要微微嘟出，呈現圓形，但不要使力，要放鬆，開口比 /u/ 來的大。

- 發 /ʊ/ 時，下巴要比發 /u/ 低，舌位也是比 /u/ 低。

注意

有人認為 /ʊ/ 和 /u/ 的差別只在長短音，只要把 /ʊ/ 唸短些，/u/ 唸長些就對了。
事實上，兩者音值本就不同，/ʊ/ 是鬆音，/u/ 是緊音，發音時應特別留意。

例子

TRACK 009

單字	音標	詞性	中文
book	/bʊk/	n.	書
could	/kʊd/	aux.	能
foot	/fʊt/	n.	腳
full	/fʊl/	adj.	充滿的

good	/gʊd/	adj.	好的
pull	/pʊl/	v.	拉
put	/pʊt/	v.	放
sugar	/ˋʃʊgɚ/	n.	（食用）糖
took	/tʊk/	v.	拿，取
woman	/ˋwʊmən/	n.	婦女

③ /o/ 類似注意符號的ㄡ

發音説明

- /o/ 發音時，雙唇嘬成圓形，下巴從半開到逐漸縮小，最後滑到 /u/ 的位置，舌位則是由中間滑升到高的位置。

注意

儘管在 K.K. 音標中 /o/ 看起來像是單一母音，但實際發音時後面還有一個 /u/。此外，這個音很像是注意符號的「ㄡ」，後面帶有一個注意符號「ㄨ」的音，試著唸唸「ㄡ」，是不是結尾還有個「ㄨ」的音呢？

例子

TRACK 010

單字	音標	詞性	中文
coat	/kot/	n.	大衣
go	/go/	v.	去
hope	/hop/	v.	希望
know	/no/	v.	知道
load	/lod/	n.	裝載
low	/lo/	adj.	低的

單字	音標	詞性	中文
nose	/noz/	n.	鼻
only	/ˋonlɪ/	adj.	唯一的
road	/rod/	n.	道路
toe	/to/	n.	腳趾
tow	/to/	v.	拖

④ /ɔ/ 類似注意符號的ㄛ

發音說明

- /ɔ/ 發音時，嘴巴圓圓的，微凸，但是比 /o/ 放鬆，一旦找到發音位置就保持固定，不要滑動了。

- 發 /ɔ/ 時嘴巴半張開，開口比 /ɑ/ 來的小。

例子

TRACK 011

單字	音標	詞性	中文
awful	/ˋɔful/	adj.	可怕的
ball	/bɔl/	n.	球
boss	/bɔs/	n.	老板
cause	/kɔz/	n.	原因
daughter	/ˋdɔtɚ/	n.	女兒
dog	/dɔg/	n.	狗
draw	/drɔ/	v.	畫
law	/lɔ/	n.	法律
office	/ˋɔfɪs/	n.	辦公室
or	/ɔr/	conj.	或者

orange	/ˈɔrɪndʒ/	n.	柳橙
seesaw	/ˈsiˌsɔ/	n.	翹翹板
small	/smɔl/	adj.	小的
song	/sɔŋ/	n.	歌曲
talk	/tɔk/	v.	談話

⑤ /ɑ/ 類似注意符號的ㄚ

發音說明

- /ɑ/ 發音時，嘴巴張大，下巴張到最低。

- 舌位降到最低，且移到口腔後端。

注意

和 /æ/ 不同的是，發 /ɑ/ 時雙唇不必像發 /æ/ 一樣向左右兩側拉開，而是將舌位往後移動，嘴巴張大。

例子

TRACK 012

單字	音標	詞性	中文
are	/ɑr/	v.	是
ox	/ɑks/	n.	牛
top	/tɑp/	n.	頂部
stop	/stɑp/	v.	停止
doctor	/ˈdɑktɚ/	n.	醫生
star	/stɑr/	n.	星
garden	/ˈgɑrdn/	n.	花園

單字	音標	詞性	中文
father	/ˋfɑðɚ/	n.	父親
job	/dʒɑb/	n.	工作
scarf	/skɑrf/	n.	圍巾

3. 中母音：/ʌ/、/ə/、/ɚ/、/ɝ/。

① /ʌ/ 類似注意符號的ㄜ

發音說明

- /ʌ/ 發音時，雙唇自然張開。舌尖輕抵下唇，下巴半開，約同 /ɔ/ 的大小。

- /ʌ/ 出現在重音節。

例子

TRACK 013

單字	音標	詞性	中文
up	/ʌp/	adv.	向上
other	/ˋʌðɚ/	adj.	另一個的
bus	/bʌs/	n.	公車
son	/sʌn/	n.	兒子
luck	/lʌk/	n.	運氣
much	/mʌtʃ/	adj.	許多
touch	/tʌtʃ/	v.	接觸
enough	/əˋnʌf/	adj.	足夠的
blood	/blʌd/	n.	血液
study	/ˋstʌdɪ/	n.	研究
oven	/ˋʌvən/	n.	爐
duck	/dʌk/	n.	鴨子

| front | /frʌnt/ | n. | 前面 |
| onion | /ˈʌnjən/ | n. | 洋蔥 |

② /ə/ 類似注意符號的 ㄜ

發音説明

- /ə/ 發音時，雙唇自然張開。舌尖輕抵下唇，下巴半開。

- /ə/ 出現在非重音節。

注意

出現在非重音節的母音，通常會弱化為 /ə/，例如：alive 的 a、select 的 e、animal 的 i、tonight 的 o、suffice 的 u、certain 的 ai 都發 /ə/，因為這些母音都出現在非重音節，弱化為 /ə/。

例子

TRACK 014

單字	音標	詞性	中文
about	/əˈbaʊt/	prep.	關於
ago	/əˈgo/	adj.	以前的
banana	/bəˈnænə/	n.	香蕉
careful	/ˈkɛrfəl/	adj.	仔細的
family	/ˈfæməlɪ/	n.	家庭
focus	/ˈfokəs/	n.	焦點
hello	/həˈlo/	int.	哈囉
jealous	/ˈdʒɛləs/	adj.	妒忌的
moment	/ˈmomənt/	n.	片刻
ocean	/ˈoʃən/	n.	海洋
open	/ˈopən/	adj.	打開的

單字	音標	詞性	中文
real	/ˈriəl/	adj.	真的
second	/ˈsɛkənd/	adj.	第二的
seven	/ˈsɛvən/	n.	七
sofa	/ˈsofə/	n.	沙發
station	/ˈsteʃən/	n.	車站

③ /ɚ/ 類似注意符號的ㄦ

發音說明

• /ɚ/ 發音時，雙唇自然張開，舌尖向上往內捲，下巴半開。

• /ɚ/ 出現在非重音節。

例子

TRACK 015

單字	音標	詞性	中文
father	/ˈfɑðɚ/	n.	父親
yesterday	/ˈjɛstɚde/	adv.	昨天
mother	/ˈmʌðɚ/	n.	母親
lover	/ˈlʌvɚ/	n.	戀人
summer	/ˈsʌmɚ/	n.	夏天
dinner	/ˈdɪnɚ/	n.	晚餐
picture	/ˈpɪktʃɚ/	n.	畫
paper	/ˈpepɚ/	n.	紙
color	/ˈkʌlɚ/	n.	色彩

dollar	/ˈdɑlɚ/	n.	（美，加等國）元
future	/ˈfjutʃɚ/	n.	未來

④ /ɝ/ 類似注意符號的ㄦ

發音說明

• /ɝ/ 發音時，雙唇自然張開，舌尖向上往內捲，下巴半開，略同於 /ɚ/，但略高於 /ʌ/。

注意

雖然 /ɝ/ 和 /ɚ/ 的發音方式相似，但 /ɝ/ 出現在重音節，而 /ɚ/ 出現在非重音節。

例子

TRACK 016

單字	音標	詞性	中文
bird	/bɝd/	n.	鳥
burn	/bɝn/	v.	燃燒
early	/ˈɝlɪ/	adj.	早的
earth	/ɝθ/	n.	地球
fur	/fɝ/	n.	（獸類的）軟毛
girl	/gɝl/	n.	女孩
her	/hɝ/	pron.	（she 的所有格）她的
learn	/lɝn/	v.	學習；學會
nurse	/nɝs/	n.	護士
sir	/sɝ/	n.	先生

word	/wɝd/	n.	單字
word	/wɝk/	n.	工作
work	/wɝs/	adj.	更壞的

發音小百科

(1) 很多人將 word 唸成 /wɔrd/、work 唸成 /wɔrk/，事實上，這兩個字應該唸為 /wɝd/ 和 /wɝk/ 才對。or 確實在大部分時候，都可唸成 /or/ 或 /ɔr/，例如：lord、core、orange，但遇到 w 這個有魔力的字母時，會讓後面的 or 轉發 /ɝ/。

(2) iron 這個字大多人都曾發錯音，唸成 /ˈaɪrən/，但根據字典所註的音標卻是 /ˈaɪɚn/，這是為什麼呢？這牽涉到「音素互換」（metathesis），這是語音當中常發音的音素易位狀況，bird 在以前是拼為 bridd，後來發生了音素互換，i 和 r 易位，bridd 就拼成了 bird。此外，有不少人在唸 ask 的時候，會唸成 aks，這也是音素互換的例子。相同的，iron 也經歷音素的過程，/r/ 的位置，移到母音後，和 /ə/ 形成 /ɚ/ 的音。下次我們唸 Ironman，千萬不要再發錯音了。

4. 雙母音：/aɪ/、/aʊ/、/ɔɪ/。

① /aɪ/ 類似注意符號的 ㄞ

發音說明

- /aɪ/ 發音時，雙唇先展開張大，先發 /a/ 的音，接著迅速接著發 /ɪ/，中間不要間斷。

- 舌位是由低移動到高的位置。

注意

/a/ 要發的比較重和長、/ɪ/ 要發的比較輕和短。此外，在 K.K. 音標中，/a/ 比 /ɑ/ 的位置前面一點，類似中文的「阿」的音，/a/ 不單獨使用，一定要和其他母音，連在一起，形成雙母音。

例字

TRACK 017

單字	音標	詞性	中文
die	/daɪ/	v.	死
fire	/faɪr/	n.	火
high	/haɪ/	adj.	高的
I	/aɪ/	pron.	我（第一人稱單數主格）
ice	/aɪs/	n.	冰
island	/ˋaɪlənd/	n.	島
kind	/kaɪnd/	n.	種類
kite	/kaɪt/	n.	風箏
like	/laɪk/	prep.	像
my	/maɪ/	pron.	（I 的所有格）我的

night	/naɪt/	n.	夜
pie	/paɪ/	n.	派
sky	/skaɪ/	n.	天空
time	/taɪm/	n.	時間

② /au/ 類似注意符號的ㄠ

發音說明

- /au/ 發音時，雙唇先展開張大，發 /a/ 的音，接著迅速縮小變成圓唇發 /u/，中間不要間斷。

- 舌位是由低移動到高的位置。

例子

TRACK 018

單字	音標	詞性	中文
about	/ə`baut/	prep.	關於
cow	/kau/	n.	母牛
down	/daun/	adv.	向下
flower	/`flauɚ/	n.	花
house	/haus/	n.	房子
how	/hau/	n.	方法
loud	/laud/	adj.	大聲的
now	/nau/	adv.	現在
our	/`aur/	pron.	（we 的所有格）我們的
out	/aut/	adv.	在外

owl	/aʊl/	n.	貓頭鷹
proud	/praʊd/	adj.	驕傲的
sound	/saʊnd/	n.	聲音
towel	/ˋtaʊəl/	n.	毛巾
clown	/klaʊn/	n.	小丑

③ /ɔɪ/ **類似注意符號的ㄛ一**

發音說明

- /ɔɪ/ 發音時，先將嘴巴鼓圓，半開發 /ɔ/，再接著開口變小發 /ɪ/，中間不要停頓，一氣呵成，發出 /ɔɪ/。
- 其舌位是由中後移到高前的位置。

例子

TRACK 019

單字	音標	詞性	中文
boy	/bɔɪ/	n.	男孩
oil	/ɔɪl/	n.	油
coin	/kɔɪn/	n.	硬幣
voice	/vɔɪs/	n.	聲音
toilet	/ˋtɔɪlɪt/	n.	（有沖水馬桶的）廁所
toy	/tɔɪ/	n.	玩具
joy	/dʒɔɪ/	n.	歡樂
point	/pɔɪnt/	v.	指出
noise	/nɔɪz/	n.	喧鬧聲

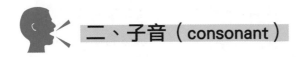 **二、子音（consonant）**

- 子音發音時因氣流受阻位置不同，分成不同類型的音：

  發音時將氣流阻擋於雙唇會發雙唇音，如：/b/、/p/、/m/、/w/；

  發音時上排牙齒輕咬下排嘴唇，阻擋氣流會發出唇齒音，如：/f/、/v/；

  發音時上下排牙齒輕咬舌尖，阻擋氣流會發出齒間音，如：/θ/、/ð/；

  發音時舌尖頂齒齦或者靠近齒齦，阻擋氣流會發出齒齦音，如：/d/、/t/、/n/、/l/、/r/、/z/、/s/；

  發音時舌面輕觸或接近硬顎，阻擋氣流會發出硬顎音，如：/dʒ/、/tʃ/、/ʃ/、/ʒ/、/j/；

  發音時舌後抬高頂住軟顎，阻擋氣流會發出軟顎音，如：/g/、/k/、/ŋ/；

  發音時氣流經過聲門會發出聲門音，如：/h/。

- 子音發音時因氣流受阻的方式不同，分成不同類型的音：

  「塞爆音」：發音時將氣流先塞住再爆出的音，如：/b/、/d/、/g/、/p/、/t/、/k/。

  「摩擦音」：發音時，兩個發音器官靠近，形成狹窄的通道，氣流通過時發生摩擦，發出噪音，如：/f/、/v/、/θ/、/ð/、/s/、/z/、/ʃ/、/ʒ/、/h/。

  值得注意的是，摩擦音與塞爆音不同；摩擦音可以持續一段時間，很多老師在示範無聲子音時，常唸 /s/；在示範有聲子音時，常唸 /z/，因為音可以持續較久，能讓學生清楚分辨有聲音和無聲音的差異。

  「塞擦音」：發音時，將氣流塞住再摩擦，如：/dʒ/、/tʃ/。

  「鼻腔音」：發音時，軟顎下垂，口腔中的氣流通路被阻塞，氣流從鼻腔流出，如：/m/、/n/、/ŋ/。

「邊音」：發音時，舌抵齒齦，氣流從舌頭兩側流出，如：/l/。

「捲舌音」：發音時，舌尖往上捲，氣流從口腔中央流出，如：/r/。

「過渡音」：發音時，器官移向或離開某一發音動作，氣流從口腔流出，如：/w/、/j/。

子音除了依上述發音部位、發音方式來分類之外，還可以依據聲帶振動與否來分類，若喉頭用力、震動聲帶，即發出有聲音，如：/b/、/d/、/g/、/v/、/ð/、/z/、/ʒ/、/dʒ/、/m/、/n/、/ŋ/、/l/、/r/、/w/、/j/；若喉頭不用力、不震動聲帶，即發出無聲音，如：/p/、/t/、/k/、/f/、/θ/、/s/、/ʃ/、/tʃ/、/h/。

▶ 子音發音部位、發音方式圖

發音部位 / 發音位置		雙唇	唇齒	齒間	齒齦	硬顎	軟顎	聲門
塞爆音	有聲	b			d		g	
	無聲	p			t		k	
摩擦音	有聲		v	ð	z	ʒ		
	無聲		f	θ	s	ʃ		h
塞擦音	有聲					dʒ		
	無聲					tʃ		
鼻腔音	有聲	m			n		ŋ	
流音 有聲	舌邊音				l			
	捲舌音				r			
滑音	有聲	w				j	w	

本書將發音部位相同或相近的子音分成三大類來介紹。這樣的分類其好處是學習者可以透過國語注音符號的輔助，依序記憶較陌生的音標符號，且可結合格林法則來記憶單字，讀者若有興趣可參考作者所寫的一系列格林法則單字記憶法叢書，從發音進到格林法則，掌握單字記憶的訣竅。接著，我們來看看下面三組分類，逐一介紹 24 個子音音標：

1. 雙唇音、唇齒音：/b/、/p/、/m/、/f/、/v/、/w/。

① **/b/ 類似注音符號的ㄅ**

發音説明

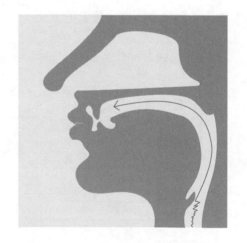

- /b/ 的發音部位在**雙唇**，發音時要緊閉雙唇，短暫閉住氣，接著迅速打開雙唇，讓氣流從雙唇間衝出，**振動聲帶**發出塞爆音。

- 發 /b/ 時，將手放在喉嚨上，**會**感覺到聲帶的**振動**，我們稱 /b/ 為有聲音。

注意

當 /b/ 出現在**字尾、音節結尾**，或 /b/ 後**面接子音**的時候，只需要將氣流塞住**不爆出**，或者輕輕釋出即可，不要唸得太重。

TRACK 020

例子

單字	音標	詞性	中文
back	/bæk/	n.	後部
bamboo	/bæm`bu/	n.	竹子
bear	/bɛr/	v.	承受
big	/bɪg/	adj.	大的
bubble	/`bʌbl̩/	n.	氣泡
bucket	/`bʌkɪt/	n.	水桶
cab	/kæb/	n.	計程車
mob	/mɑb/	n.	暴民
problem	/`prɑbləm/	n.	問題
public	/`pʌblɪk/	adj.	公眾的

② /p/ 類似注意符號的ㄆ

發音說明

- /p/ 和 /b/ 的發音部位相同，都是在**雙唇**，發 /p/ 時要緊閉雙唇，短暫閉住氣，接著迅速打開雙唇，讓氣流從雙唇間衝出，**不振動**聲帶發出塞爆音。

- 發 /p/ 時，將手放在喉嚨上，**不會**感覺到聲帶的**振動**，我們稱 /p/ 為無聲音。

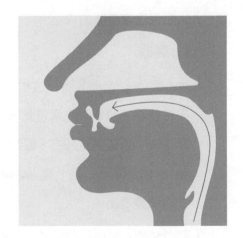

當 /p/ 出現在**字尾**、**音節結尾**，或 /p/ **後面接子音**的時候，只需要將氣流塞住**不爆出**，或者輕輕釋出即可，不要唸得太重。此外，/s/ 之後的 /p/ 為弱送氣，讀音很像是注音符號的ㄅ。

例子

TRACK 021

單字	音標	詞性	中文
hippo	/ˋhɪpo/	n.	河馬
napkin	/ˋnæpkɪn/	n.	餐巾
paper	/ˋpepɚ/	n.	紙
pen	/pɛn/	n.	筆
piano	/pɪˋæno/	n.	鋼琴
puppy	/ˋpʌpɪ/	n.	小狗
soap	/sop/	n.	肥皂
spoon	/spun/	n.	湯匙

③ /m/ 類似注意符號的ㄇ

發音說明

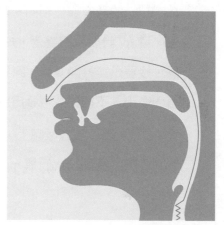

- /m/ 和 /b/、/p/ 的發音部位相同，都是在**雙唇**，發音時要緊閉雙唇，舌頭平放，短暫閉住氣流，**振動**聲帶，和 /b/、/p/ 不同的是，發 /m/ 時氣流是從**鼻腔**流出。

- 發 /m/ 時，將手放在喉嚨上，**會**感覺到聲帶的**振動**，我們稱 /m/ 為有聲音。

注意

在字尾發 /m/ 時，記得要將**嘴巴閉上**，若沒閉上，發成 /n/，易造成溝通上的誤會。可以想像如一個人想說 sum（總和），但在發 sum 的 m 時，嘴巴沒有閉上，而發成 sun（太陽）或 son（兒子），聽的人想必是會滿頭霧水。

例子

TRACK 022

單字	音標	詞性	中文
autumn	/ˈɔtəm/	n.	秋天
broom	/brum/	n.	掃帚
camp	/kæmp/	n.	野營
comb	/kom/	n.	梳子
make	/mek/	v.	製造
man	/mæn/	n.	成年男子
memory	/ˈmɛmərɪ/	n.	記憶
mop	/mɑp/	n.	拖把
perfume	/pɚˈfjum/	v.	散發香氣
some	/sʌm/	pron.	一些
summer	/ˈsʌmɚ/	n.	夏天
time	/taɪm/	n.	時間

④ **/f/ 類似注意符號的ㄈ**

發音說明

- /f/ 的發音部位在**上齒**和**下唇**，發音時上齒輕輕咬住下嘴唇，讓氣流從唇齒的縫隙中吐出，**不振動**聲帶發出摩擦音。

- 發 /f/ 時，將手放在喉嚨上，**不會**感覺到聲帶的**振動**，我們稱 /f/ 為無聲音。

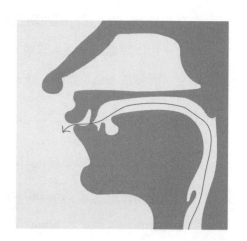

例子

TRACK 023

單字	音標	詞性	中文
cough	/kɔf/	n.	咳嗽
fat	/fæt/	adj.	肥胖的
fire	/faɪr/	n.	火
five	/faɪv/	n.	五
flag	/flæg/	n.	旗
foot	/fʊt/	n.	腳
half	/hæf/	n.	一半
laugh	/læf/	v.	笑
life	/laɪf/	n.	生命
sniff	/snɪf/	v.	嗅
suffer	/ˋsʌfɚ/	v.	遭受
typhoon	/taɪˋfun/	n.	颱風

⑤ /v/

發音説明

• /v/ 和 /f/ 的發音部位相同，都是在**上齒**和**下唇**，發音時上齒輕輕咬住下嘴唇，讓氣流從唇齒的縫隙中吐出，**振動聲帶發出摩擦音**。

• 發 /v/ 時，將手放在喉嚨上，**會**感覺到聲帶的**振動**，我們稱 /v/ 為有聲音。

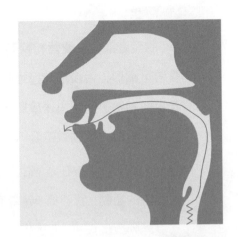

例子

TRACK 024

單字	音標	詞性	中文
eleven	/ɪˋlɛvn/	n.	十一
every	/ˋɛvrɪ/	det.	每個
fever	/ˋfivɚ/	n.	發燒
live	/lɪv/	v.	活著
over	/ˋovɚ/	prep.	在……之上
sleeve	/sliv/	n.	袖子
very	/ˋvɛrɪ/	adv.	非常
vest	/vɛst/	n.	背心
violin	/ˌvaɪəˋlɪn/	n.	小提琴

⑥ /w/ 類似注意符號的ㄨ

發音說明

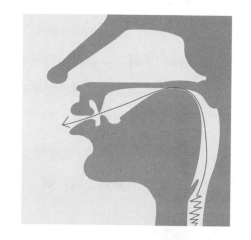

- /w/ 的發音部位在**雙唇**和**軟顎**，發音時雙唇呈圓形，舌後抬升接近軟顎，接著舌面和嘴唇同時快速放鬆，讓氣流從口中衝出，**振動**聲帶發 /w/。

- 發 /w/ 時，將手放在喉嚨上，**會**感覺到聲帶的**振動**，我們稱 /w/ 為有聲音。

注意

發 /w/ 時嘴唇要圓，做出類似噘嘴的動作。我們在發母音 /u/ 的時候雖也要噘嘴，且 /u/ 的發音部位和嘴型也都和 /w/ 類似，但兩者最大的不同是，/w/ 是滑音，後面接母音時，舌位要從一個位置滑至另外一個位置，亦即發出 /w/ 後，要馬上接到 /w/ 後面的母音，/w/ 和母音的關係緊密，因此 /w/ 又稱半母音，例如：發 week /wik/ 時，在發出短短的 /w/ 後，要馬上接到後面的母音 /i/，發出 /wi/，而不是發成分開的兩個音，如果發成 /ui/，就錯了；發 wood /wʊd/ 時，在發出短短的 /w/ 後，要馬上接到後面的母音 /ʊ/，發出 /wʊ/，亦即從極圓唇的音 /w/，滑到開口較大的圓唇音 /ʊ/。

例子

TRACK 025

單字	音標	詞性	中文
awake	/əˋwek/	v.	喚醒
guava	/ˋgwɑvə/	n.	芭樂
penguin	/ˋpɛngwɪn/	n.	企鵝
quick	/kwɪk/	adj.	迅速的

quiet	/ˈkwaɪət/	adj.	安靜的
sweet	/swit/	adj.	甜的
twist	/twɪst/	v.	扭轉
wait	/wet/	v.	等待
watch	/wɑtʃ/	n.	手錶
wet	/wɛt/	adj.	潮濕的
whale	/hwel/	n.	鯨
wood	/wʊd/	n.	木頭
one	/wʌn/	n.	一

發音小百科

one 發成 /wʌn/，常令許多人感到好奇，很想知道 /w/ 到底從何而來？

one 其實是源自古英語的 an，和表示「一」的冠詞 an 及 a 都是同源字，這些字都沒有 /w/，直到 14 世紀的時候，在英格蘭的西部和西南地區，出現了 wun 這樣的發音，一直到 18 世紀的時候，這樣的發音變得相當普遍，儘管已加入一個 /w/，但拼寫卻未改變，結果造成拼寫和發音的不一致。至於為什麼會多一個 /w/ 的音呢？有許多不同說法，以下僅提供較有說服力的說法供讀者參考。有學者提出 one 在語言變遷的過程中，曾在前方加入母音 /u/，後來又改發半母音 /w/，於是單字當中就多了一個 /w/ 了，但在添加發音的過程中，拼寫卻未跟著插入字母 w，因此就形成大家眼中發音較奇特的字了。

2. 齒間音、齒齦音、硬顎音：/d/、/t/、/n/、/l/、/r/、/z/、/s/、/ʒ/、/ʃ/、

/θ/、/ð/。

① **/d/ 類似注意符號的ㄉ**

發音説明

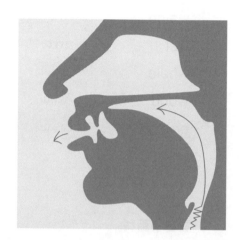

- /d/ 的發音部位在**齒齦**，發音時舌尖
  要抵上牙後方的齒齦擋住氣流，接
  著舌尖彈開齒齦，讓氣流衝出嘴巴，
  振動聲帶發出塞爆音。

- 發 /d/ 時，將手放在喉嚨上，**會**感覺
  到聲帶的**振動**，我們稱 /d/ 為有聲
  音。

注意

當 /d/ 出現在字尾的時候，只需要將氣流塞住**不爆出**，或者輕輕釋出即可，不
要唸得太重。

例子

TRACK 026

單字	音標	詞性	中文
add	/æd/	v.	增加
bad	/bæd/	adj.	壞的
candle	/ˋkændl̩/	n.	蠟燭
day	/de/	n.	一天
desk	/dɛsk/	n.	書桌
dinner	/ˋdɪnɚ/	n.	晚餐
door	/dor/	n.	門

kind	/kaɪnd/	n.	種類
pudding	/ˈpʊdɪŋ/	n.	布丁
stand	/stænd/	v.	站立
today	/təˋde/	adv.	（在）今天

② **/t/ 類似注意符號的ㄊ**

發音說明

- /d/ 和 /t/ 的發音部位相同，都在
  齒齦，發 /d/ 時舌尖要抵上牙後方的
  齒齦擋住氣流，接著舌尖彈開齒齦，
  讓氣流衝出嘴巴，**不振動**聲帶發出
  塞爆音。

- 發 /t/ 時，將手放在喉嚨上，**不會**感
  覺到聲帶的**振動**，我們稱 /t/ 為無聲
  音。

注意

當 /t/ 出現在字尾的時候，只需要將氣流塞住**不爆出**，或者輕輕釋出即可，不
要唸得太重。此外，/s/ 後面的 /t/ 為弱送氣，讀音像是注音符號的ㄉ。

例字

TRACK 027

單字	音標	詞性	中文
bottle	/ˈbɑtḷ/	n.	瓶子

butter	/ˋbʌtɚ/	n.	奶油
cat	/kæt/	n.	貓
doctor	/ˋdɑktɚ/	n.	醫生
fast	/fæst/	adj.	迅速的
history	/ˋhɪstərɪ/	n.	歷史
put	/pʊt/	v.	放
sit	/sɪt/	v.	坐著
stay	/ste/	v.	停留
Thames	/tɛmz/	n.	（倫敦）泰晤士河
towel	/ˋtaʊəl/	n.	毛巾
toy	/tɔɪ/	n.	玩具
two	/tu/	n.	二
violet	/ˋvaɪəlɪt/	n.	紫蘿蘭

③ /n/ 類似注意符號的ㄋ

發音說明

- /n/ 的發音部位在**齒齦**，發音時舌尖要抵住上牙後方的齒齦擋住氣流，氣流經由**鼻腔**流出，**振動**聲帶發出鼻腔音。

- 發 /n/ 時，將手放在喉嚨上，會感覺到聲帶的**振動**，我們稱 /n/ 為有聲音。

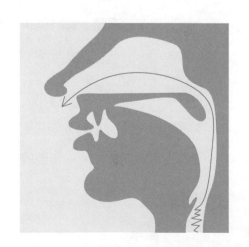

注意

/n/ 有兩種唸法，/n/ 在**母音前**，位於**音節的開頭**，其發音類似注音符號的ㄋ，對初學者來說，非常容易，但若是出現在**音節尾**，要發成類似注音符號的ㄣ，而非ㄋ的音。

此外，若讀者看到 /n/ 的下面出現一點，這叫**成節子音**，可構成一個**音節**，如果不會唸，可以先試著唸 /ən/，再把 /ə/ 的聲音省略，即可發出 /n̩/ 的聲音。以 button 為例，大多數的台灣英語學習者在唸 button 的時候，會唸成 /ˈbʌtən/，這樣唸固然沒錯，但在美式英語中常會聽到母語人士把 /ə/ 省略不唸，整個字唸成 /ˈbʌtn̩/，只要舌尖不離開上齒齦，雙唇微微張開，讓氣流從鼻腔出來，就可以發出 /tn̩/。至於，發 /tən/ 時，舌頭的動作在發完 /t/ 後，要由上而下再回到原位，舌頭下來的目的是為了發 /ə/。有別於發 /tən/ 時氣流從**鼻腔**出來，發 /tn̩/ 時氣流會同時由**口腔**及**鼻腔**出來。

例子

TRACK 028

單字	音標	詞性	中文
dentist	/ˈdɛntɪst/	n.	牙醫
funny	/ˈfʌnɪ/	adj.	有趣的
kind	/kaɪnd/	n.	種類
not	/nɑt/	adv.	不
now	/naʊ/	adv.	現在
run	/rʌn/	v.	跑
son	/sʌn/	n.	兒子
telephone	/ˈtɛləˌfon/	n.	電話
tennis	/ˈtɛnɪs/	n.	網球

④ **/l/ 類似注意符號的ㄌ**

- /l/ 的發音部位在**齒齦**，發音時舌尖要緊抵上牙後方的齒齦，氣流從舌頭兩側流出，**振動**聲帶發出邊音，屬於流音的一種。

- 發 /l/ 時，將手放在喉嚨上，**會**感覺到聲帶的**振動**，我們稱 /l/ 為有聲音。

注意

/l/ 有兩種唸法，/l/ 在**母音前**，位於**音節的開頭**，其發音類似注音符號的ㄌ，對初學者來說，非常容易，但若是出現**子音之前**，或在**音節尾**，所發出的聲音較模糊，類似注音符號ㄛ的音。值得留意的是，許多英語初學者容易有 **/n/、/l/ 不分**的情況，尤其是當 /l/ 之前或之後的音節中有鼻腔音 /m/、/n/、/ŋ/ 出現，/l/ 很容易受到受到同化而讀成 /n/，例如：把 lemon 唸成 /ˋnɛmən/、liner 唸成 /ˋnɪnɪɚ/ 的情況產生。

例子

TRACK 029

單字	音標	詞性	中文
bell	/bɛl/	n.	鐘
clap	/klæp/	v.	拍手
color	/ˋkʌlɚ/	n.	色彩
flower	/ˋflauɚ/	n.	花
lamp	/læmp/	n.	燈
leg	/lɛg/	n.	腿

light	/laɪt/	n.	光線
like	/laɪk/	prep.	像
live	/lɪv/	v.	活
pencil	/ˋpɛnsl̩/	n.	鉛筆
pill	/pɪl/	n.	藥丸
please	/pliz/	v.	使高興
pool	/pul/	n.	池
tell	/tɛl/	v.	告訴
wild	/waɪld/	adj.	野生的
yellow	/ˋjɛlo/	n.	黃色

發音小百科

在發 /l/ 的時候，主要有兩種不同的念法。如果 /l/ 後面有接母音，其發音類似注音符號的ㄌ，聲音較清晰，例如：low、light、law 等；如果 l 是在母音後，其發音類似注音符號的ㄛ，聲音較模糊，例如、ball、full、fill 等。發音比較清楚的聲音，叫做「亮的 l」、「清楚的 l」（light l），舌尖頂齒齦就能順利發出；而聲音比較模糊的，叫做「暗的 l」、「含糊 l」（dark l），發「含糊的 l」時，要留意舌後要抬高靠近軟顎，發音產生「軟顎化」的現象。

⑤ /r/ 類似注意符號的ㄖ

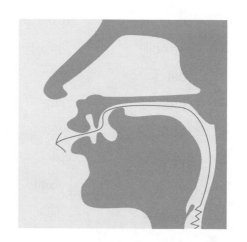

- /r/ 的發音部位在**齒齦**，發音時要舌尖要往後捲，舌尖靠近齒齦，但不碰觸齒齦，氣流從口腔中央流出，**振動**聲帶發出捲舌音，屬於流音的一種。

- 發 /r/ 時，將手放在喉嚨上，**會感覺到聲帶的振動**，我們稱 /r/ 為有聲音。

注意

/r/ 有兩種唸法，/r/ 在**母音前**或位於**音節的開頭**，其發音類似注音符號的ㄖ，對初學者來說，要記得捲舌，並將嘴唇噘圓發音，但若是 /r/ 出現在**母音後**或**音節尾**，所發出的聲音類似注音符號儿的音。值得注意的是，有不少人在唸 /r/ 的時候，往往唸的很像 /l/，例如：把 rice 唸成 /laɪs/、river 唸成 /ˈlɪvə/、very 唸成 /ˈvɛlɪ/，很容易造成誤解，學習者在唸 /r/ 的時候務必要捲舌、嘴唇要圓，才會發的正確，如果沒捲舌且展唇，就會發成 /l/。

例子

TRACK 030

單字	音標	詞性	中文
red	/rɛd/	n.	紅色
ride	/raɪd/	v.	騎馬
road	/rod/	n.	路
part	/pɑrt/	adj.	部分的

free	/fri/	adj.	自由的
are	/ɑr/	v.	是
ear	/ɪr/	n.	耳
tear	/tɛr/	v.	撕開
rare	/rɛr/	adj.	稀有的
bar	/bɑr/	n.	棒
crane	/kren/	n.	鶴
parrot	/ˋpærət/	n.	鸚鵡
carrot	/ˋkærət/	n.	胡蘿蔔
poor	/pʊr/	adj.	貧窮的
clear	/klɪr/	adj.	清澈的
for	/fɔr/	prep.	為

⑥ **/z/**

發音說明

- /z/ 的發音部位在**齒齦**，發音時舌尖要輕觸上齒齦，氣流從舌尖與上齒齦間的縫隙擠壓而出，**振動**聲帶發出摩擦音。

- 發 /z/ 時，將手放在喉嚨上，**會**感覺到聲帶的**振動**，我們稱 /z/ 為有聲音。

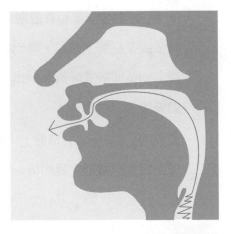

TRACK 031

例子

單字	音標	詞性	中文
easy	/ˋizɪ/	adj.	容易的
freeze	/friz/	v.	結冰

husband	/ˈhʌzbənd/	n.	丈夫
jazz	/dʒæz/	n.	爵士樂
music	/ˈmjuzɪk/	n.	音樂
nose	/noz/	n.	鼻
quiz	/kwɪz/	n.	測驗
rose	/roz/	n.	玫瑰花
size	/saɪz/	n.	尺寸
tease	/tiz/	v.	戲弄
zip	/zɪp/	n.	（子彈的）尖嘯聲
zoo	/zu/	n.	動物園

⑦ /s/ 類似注意符號的ㄙ

發音說明

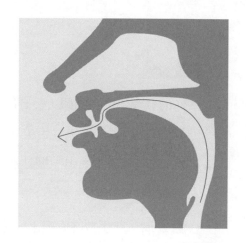

- /s/ 和 /z/ 的發音部位在**齒齦**，發 /s/ 時舌尖要輕觸上齒齦，氣流從舌尖與上齒齦間的縫隙擠壓而出，**不振動**聲帶發出摩擦音。

- 發 /s/ 時，將手放在喉嚨上，**不會**感覺到聲帶的**振動**，我們稱 /s/ 為無聲音。

例子

TRACK 032

單字	音標	詞性	中文
base	/bes/	adj.	基本的
city	/ˈsɪtɪ/	n.	城市

dress	/drɛs/	n.	洋裝
fast	/fæst/	adj.	迅速的
mass	/mæs/	v.	聚集
post	/post/	n.	崗位
sea	/si/	n.	海洋
sell	/sɛl/	v.	銷售
sick	/sɪk/	adj.	病的
sit	/sɪt/	v.	坐
six	/sɪks/	n.	六
trace	/tres/	n.	痕跡
vase	/ves/	n.	花瓶

⑧ **/ʃ/** 類似注意符號的 ㄒㄩ

發音說明

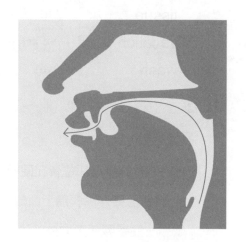

- /ʃ/ 的發音部位在**硬顎**，發 /ʃ/ 時舌面要升高輕觸上齒齦後方的硬顎，雙唇噘起，向外吹氣，氣流由縫隙擠壓而出，**不振動**聲帶發出摩擦音。

- 發 /ʃ/ 時，將手放在喉嚨上，**不會**感覺到聲帶的**振動**，我們稱 /ʃ/ 為無聲音。

注意

/ʃ/ 的發音雖近似中文「噓」的音，但 /ʃ/ 的嘴型比較大，而「噓」的嘴型比較尖、開口比較小，因此在發 /ʃ/ 的時候，記得**雙唇往外翹**，讓嘴巴開口大些，不要噘太小。

單字	音標	詞性	中文
action	/ˋækʃən/	n.	行動
brush	/brʌʃ/	n.	刷
cash	/kæʃ/	n.	現金
dish	/dɪʃ/	n.	碟
finish	/ˋfɪnɪʃ/	v.	結束
politician	/ˌpɑləˋtɪʃən/	n.	政治家
sugar	/ˋʃʊgɚ/	n.	糖
shoe	/ʃu/	n.	鞋
shoot	/ʃut/	v.	發射
short	/ʃɔrt/	adj.	短的
station	/ˋsteʃən/	n.	車站
tissue	/ˋtɪʃʊ/	n.	薄織物
vacation	/veˋkeʃən/	n.	假期
wash	/wɑʃ/	v.	洗

⑨ /ʒ/

發音說明

- /ʒ/ 和 /ʃ/ 的發音部位皆在**硬顎**，發 /ʒ/ 時舌面要升高輕觸上齒齦後方的硬顎，雙唇噘起，向外吹氣，氣流由縫隙擠壓而出，**振動**聲帶發出摩擦音。

- 發 /ʒ/ 時，將手放在喉嚨上，**會**感覺到聲帶的**振動**，我們稱 /ʒ/ 為有聲音。

注意

許多英語初學者不太會發 /ʒ/，事實上，只要持續發 /ʃ/，接著振動聲帶，就可以很容易發出 /ʒ/。此外，有學習者往往將 /ʒ/ 讀成 /dʒ/，將 garage 讀成 /ɡə`rɑdʒ/，甚至是將 usually 讀成 /ˈjudʒʊəlɪ/，學習者須留意避免這些典型錯誤。

例子

TRACK 034

單字	音標	詞性	中文
decision	/dɪ`sɪʒən/	n.	決定
garage	/ɡə`rɑʒ/	n.	車房
massage	/mə`sɑʒ/	n.	按摩
pleasure	/ˈplɛʒɚ/	n.	愉快
television	/ˈtɛlə͵vɪʒən/	n.	電視
usually	/ˈjuʒʊəlɪ/	adv.	通常地

⑩ **/θ/**

發音説明

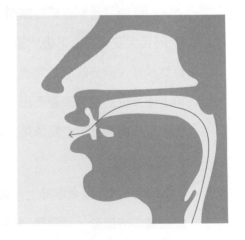

- /θ/ 的發音部位在**齒間**，發 /θ/ 時舌尖要放在上下排牙齒之間，輕輕咬住，向外吹氣，氣流由舌尖和上下牙齒的縫隙擠壓而出，**不振動**聲帶發出摩擦音，有點像是大舌頭一樣。

- 發 /θ/ 時，將手放在喉嚨上，**不會**感覺到聲帶的**振動**，我們稱 /θ/ 為無聲音。

例子

單字	音標	詞性	中文
thank	/θæŋk/	v.	感謝
three	/θri/	n.	三
nothing	/ˋnʌθɪŋ/	adv.	一點也不
birthday	/ˋbɝθˌde/	n.	生日
math	/mæθ/	n.	數學
tooth	/tuθ/	n.	牙齒
death	/dɛθ/	n.	死
path	/pæθ/	n.	途徑
both	/boθ/	pron.	兩者（都）
third	/θɝd/	n.	第三
faith	/feθ/	n.	信念

⑪ /ð/

發音說明

- /ð/ 和 /θ/ 的發音部位都在**齒間**，發 /ð/ 時舌尖要放在上下排牙齒之間，輕輕咬住，向外吹氣，氣流由舌尖和上下牙齒的縫隙擠壓而出，**振動**聲帶發出摩擦音，有點像是大舌頭一樣。

- 發 /ð/ 時，將手放在喉嚨上，**會**感覺到聲帶的**振動**，我們稱 /ð/ 為有聲音。

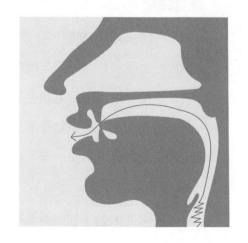

例子

單字	音標	詞性	中文
breathe	/brið/	v.	呼吸
brother	/ˈbrʌðɚ/	n.	兄弟
clothing	/ˈkloðɪŋ/	n.	衣服
father	/ˈfɑðɚ/	n.	父親
other	/ˈʌðɚ/	adj.	（兩者中）另一個的
rather	/ˈræðɚ/	adv.	相當
the	/ðə/	det.	這（個），那（個）
there	/ðɛr/	adv.	在那裡
these	/ðiz/	pron.	這些
they	/ðe/	pron.	（主格）他們
weather	/ˈwɛðɚ/	n.	天氣
with	/wɪð/	prep.	與⋯⋯一起

3. 軟顎音、硬顎音、聲門音：/g/、/k/、/h/、/dʒ/、/tʃ/、/ŋ/、/j/。

① **/g/ 類似注意符號的ㄍ**

發音說明

- /g/ 的發音部位在**軟顎**，發 /g/ 時，舌後抬高頂住軟顎，擋住氣流，再迅速彈開讓氣流衝出口腔，**振動**聲帶發出塞爆音。

- 發 /g/ 時，將手放在喉嚨上，會感覺到聲帶的**振動**，我們稱 /g/ 為有聲音。

注意

當 /g/ 出現在**字尾、音節結尾**，或 /g/ **後面接子音**的時候，只需要將氣流阻住**不爆出**，或者輕輕釋出即可，不要唸得太重。

例子

TRACK 037

單字	音標	詞性	中文
dog	/dɔg/	n.	狗
egg	/ɛg/	n.	蛋
English	/ˈɪŋglɪʃ/	n.	英語
exam	/ɪgˈzæm/	n.	考試
glove	/glʌv/	n.	手套
go	/go/	v.	去
green	/grin/	n.	綠色
grow	/gro/	v.	成長
guess	/gɛs/	v.	猜測

guitar	/gɪˋtɑr/	n.	吉他
hug	/hʌg/	v.	擁抱
together	/təˋgɛðə/	adv.	一起

② /k/ 類似注意符號的ㄎ

發音説明

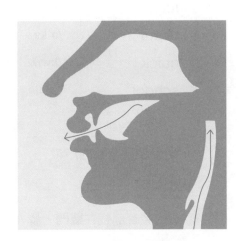

- /k/ 的發音部位在軟顎，發 /k/ 時，舌後抬高頂住**軟顎**，擋住氣流，再迅速彈開讓氣流衝出口腔，**不振動**聲帶發出塞爆音。

- 發 /k/ 時，將手放在喉嚨上，**不會**感覺到聲帶的**振動**，我們稱 /k/ 為無聲音。

注意

當 /k/ 出現在**字尾**、**音節結尾**，或 /k/ **後面接子音**的時候，只需要將氣流阻住**不爆出**，或者輕輕釋出即可，不要唸得太重。此外，/s/ 後面的 /k/ 為弱送氣，讀音像是注音符號的ㄍ。

例子

TRACK 038

單字	音標	詞性	中文
box	/bɑks/	n.	箱
cat	/kæt/	n.	貓
Christmas	/ˋkrɪsməs/	n.	聖誕節
clock	/klɑk/	n.	時鐘

doctor	/ˈdɑktɚ/	n.	醫生
keep	/kip/	v.	（長期或永久）持有
key	/ki/	n.	鑰匙
kiss	/kɪs/	v.	吻
luck	/lʌk/	n.	運氣
occur	/əˈkɝ/	v.	發生
quick	/kwɪk/	adj.	迅速的
school	/skul/	n.	學校

③ /h/ 類似注意符號的ㄏ

發音說明

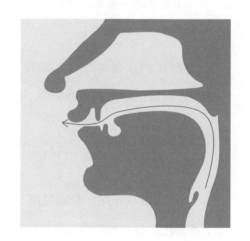

- /h/ 的發音部位在**聲門**，發 /h/ 時，舌頭自然平放，嘴巴輕鬆張開，氣流從喉嚨出來沒有明顯受到阻擋，**不振動**聲帶發出摩擦音。

- 發 /h/ 時，將手放在喉嚨上，**不會**感覺到聲帶的振動，我們稱 /h/ 為無聲音。

例子

TRACK 039

單字	音標	詞性	中文
ahead	/əˈhɛd/	adv.	在前
behind	/bɪˈhaɪnd/	prep.	在⋯⋯的後面
hair	/hɛr/	n.	毛髮

ham	/hæm/	n.	火腿
hat	/hæt/	n.	（有邊的）帽子
he	/hi/	pron.	他
heart	/hɑrt/	n.	心臟
hello	/hə`lo/	int.	哈囉，你好
high	/haɪ/	adj.	高的
horse	/hɔrs/	n.	馬
house	/haʊs/	n.	房子
hug	/hʌg/	v.	擁抱

④ /dʒ/ 類似注意符號的 ㄐㄩ

發音說明

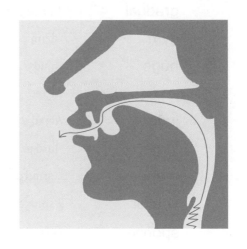

- /dʒ/ 的發音部位在**齒齦**和**硬顎**，發 /dʒ/ 時，雙唇嘟起微翹，舌面頂住上齒齦和硬顎的中間，先發 /d/ 先將氣流堵住，讓氣流受到阻礙，接著放鬆，留點間隙讓氣流擠壓而出，並**振動**聲帶發出摩擦音 /ʒ/，發 /dʒ/ 等於是發 /d/ 加 /ʒ/，兼具塞爆音和摩擦音的性質，我們稱 /dʒ/ 為塞擦音。

- 發 /dʒ/ 時，將手放在喉嚨上，**會**感覺到聲帶的**振動**，我們稱 /dʒ/ 為有聲音。

注意

/dʒ/ 和 /tʃ/ 的發音部位相同，但 /tʃ/ 是無聲，只要維持發 /tʃ/ 的嘴型，讓喉嚨振動，即可發出 /dʒ/。

此外，/dʒ/ 的發音雖近似中文「居」的音，但 /dʒ/ 的嘴型比較大，而「居」的嘴型比較尖、開口比較小，因此在發 /dʒ/ 的時候，記得**雙唇往外翹**，讓嘴巴開口大些，不要噘太小。

例子

TRACK 040

單字	音標	詞性	中文
age	/edʒ/	n.	年齡
bridge	/brɪdʒ/	n.	橋
danger	/ˋdendʒɚ/	n.	危險
dodge	/dɑdʒ/	v.	閃開
enjoy	/ɪnˋdʒɔɪ/	v.	享受
gradual	/ˋgrædʒʊəl/	adj.	逐漸的
gym	/dʒɪm/	n.	體育館
huge	/hjudʒ/	adj.	巨大的
joke	/dʒok/	v.	開玩笑
judge	/dʒʌdʒ/	v.	審判
large	/lɑrdʒ/	adj.	大的
orange	/ˋɔrɪndʒ/	n.	橙，柳橙
soldier	/ˋsoldʒɚ/	n.	（陸軍）兵
sponge	/spʌndʒ/	n.	海綿

⑤ /tʃ/ 類似注意符號的ㄑㄩ

發音說明

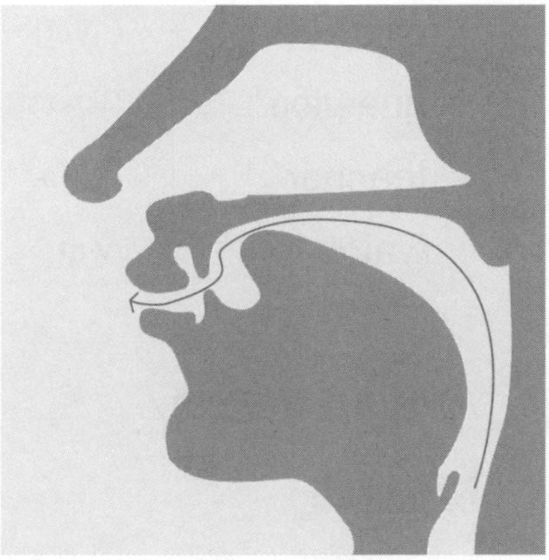

- /tʃ/ 和 /dʒ/ 的發音部位都在**齒齦**和**硬顎**，發 /tʃ/ 時，雙唇噘起微翹，舌面頂住上齒齦和硬顎的中間，先發 /t/ 先將氣流堵住，讓氣流受到阻礙，接著放鬆，留點間隙讓氣流擠壓而出，且**不振動**聲帶發出摩擦音 /ʃ/，發 /tʃ/ 等於是發 /t/ 加 /ʃ/，兼具塞爆音和摩擦音的性質，我們稱 /tʃ/ 為塞擦音。
- 發 /tʃ/ 時，將手放在喉嚨上，**不會**感覺到聲帶的**振動**，我們稱 /tʃ/ 為無聲音。

注意

/tʃ/ 的發音部位雖近似中文「去」的音，但 /tʃ/ 的嘴型比較大，而「去」的嘴型比較尖、開口比較小，因此在發 /tʃ/ 的時候，記得**雙唇往外翹**，讓嘴巴開口大些，不要噘太小。

例子

TRACK 041

單字	音標	詞性	中文
chair	/tʃɛr/	n.	椅子
cheap	/tʃip/	adj.	便宜的
charge	/tʃardʒ/	n.	費用
furniture	/ˋfɝnɪtʃɚ/	n.	家具
future	/ˋfjutʃɚ/	n.	未來

kitchen	/ˈkɪtʃɪn/	n.	廚房
much	/mʌtʃ/	adj.	許多
picture	/ˈpɪktʃɚ/	n.	圖片
question	/ˈkwɛstʃən/	n.	問題
teacher	/ˈtitʃɚ/	n.	老師
watch	/wɑtʃ/	n.	手錶

⑥ /ŋ/ 類似注意符號的ㄥ

發音說明

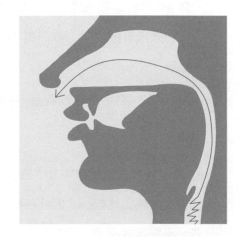

- /ŋ/ 的發音部位在**軟顎**，發 /ŋ/ 時，舌後抬高頂住軟顎，將氣流堵住，讓氣流由鼻腔流出，**振動**聲帶發出鼻腔音 /ŋ/。

- 發 /ŋ/ 時，將手放在喉嚨上，**會**感覺到聲帶的**振動**，我們稱 /ŋ/ 為有聲音。

（對於會講台語的英語學習者來說，唸出「黃」的台語發音，就會發英語的鼻腔音 /ŋ/。）

例字

TRACK 042

單字	音標	詞性	中文
bank	/bæŋk/	n.	堤
finger	/ˈfɪŋgɚ/	n.	手指
king	/kɪŋ/	n.	國王

link	/lɪŋk/	v.	連接
monkey	/ˋmʌŋkɪ/	n.	猴子
song	/sɔŋ/	n.	歌曲
thing	/θɪŋ/	n.	事物
think	/θɪŋk/	v.	想
wrong	/rɔŋ/	adj.	錯誤的

發音小百科

在 g 或 k 前的齒齦音 n，受到軟顎音 g 或 k 的影響，常被同化為 /ŋ/，例如：think 和 English 的 n 都要發成 /ŋ/。

⑦ /j/ 類似注意符號的一

發音說明

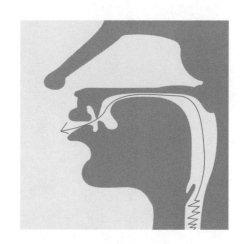

- /j/ 的發音部位在**硬顎**，發 /j/ 時，舌面提升接近硬顎，接著快速放鬆，讓氣流由口腔流出，**振動**聲帶發出滑音 /j/。

- 發 /j/ 時，將手放在喉嚨上，**會**感覺到聲帶的**振動**，我們稱 /j/ 為有聲音。

注意

/j/ 和 /ɪ/ 的發音位置很像，但 /j/ 是滑音，後面接著母音時，要很快滑到母音的位置，亦即馬上發出接到 /j/ 後面的母音，所以 /j/ 又叫「半母音」。

例子

單字	音標	詞性	中文
computer	/kəm`pjutɚ/	n.	電腦
few	/fju/	adj.	很少數的
knew	/nju/	v.	知道
lawyer	/`lɔjɚ/	n.	律師
onion	/`ʌnjən/	n.	洋蔥
student	/`stjudn̩t/	n.	學生
year	/jɪr/	n.	年
yes	/jɛs/	adv.	是
you	/ju/	pron.	你

貳、音節與重音

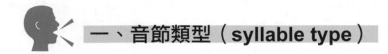

一、音節類型（**syllable type**）

　　英語是一種多音節類型的語言，每個單字至少由一個以上的音節所構成，音節是語音中最自然的語音結構單位，任何一個單字都可以分解為一個個的音節。

　　依據單字所包含的音節數量來劃分，可分為：

　　單音節字（monosyllable）：由一個音節所構成的字，例如：desk、chair、wind、boy、girl。

　　雙音節字（disyllable）：由兩個音節所構成的字，例如：reduce、joyous、pilot、collect、English。

　　三音節字（trisyllable）：由三個音節所構成的字，例如：introduce、computer、decorate、Japanese。

　　多音節字（polysyllable）：由超過一個音節所構成的詞。

　　由上述例子可得知，（一個至數個子音＋）一個母音（＋一個至數個子音）構成一個音節，這也是普遍英語學習者都知道的概念。但除了母音之外，響度比較大的「音節性子音」（syllabic consonant）和前面的子音亦可以構成一個音節，例如：ŋ̩、l̩ 等。

　　因為熟不熟悉音節的概念，攸關音節劃分和重音標記，所以有必要進一步介紹何謂音節。如下圖所示，一個音節一定要有「韻核」（nucleus），是音節的「核心音」，亦即「母音」；在「韻核」後，可不接子音，也可接至多三個子音，韻核後的子音稱為「韻尾」（coda），因為位於音節尾端，又稱為「音節尾子音」；「韻核」和「韻尾」合在一起，構成「韻（腳）」（rhyme），是主導音節音量的部分；「韻（腳）」（rhyme）前面可不加子音，也可加至多三個子音，「韻（腳）」前的子音稱為「韻頭」（onset），因為位於音節的開頭，又稱「音節首子音」。

▶ 音節結構：

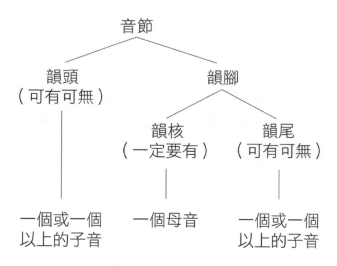

　　為了讓讀者清楚了解音節的結構，接下來我們舉數個單字，並佐以圖例作說明。

單音節字

① cat

如圖所示，cat 的韻核是 /æ/，是音節內的唯一一個母音，韻尾是 /t/，且韻核 /æ/ 和韻尾 /t/ 構成韻（腳）/æt/，/æt/ 和韻頭 /k/ 形成音節。

cat /kæt/ 的音節結構

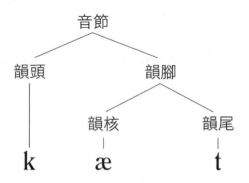

② rice

如圖所示，rice 的韻核是 /aɪ/，是音節內的唯一一個母音，韻尾是 /s/，且韻核 /aɪ/ 和韻尾 /s/ 構成韻（腳）/aɪs/，/aɪs/ 和韻頭 /r/ 形成音節。

rice /raɪs/ 的音節結構

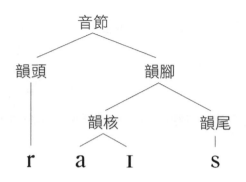

③ bow

如圖所示，bow 的韻核是 /aʊ/，是音節內的唯一個母音，韻尾空缺，韻核 /aʊ/ 獨自構成韻（腳），/aʊ/ 和韻頭 /b/ 形成音節。

bow /baʊ/ 的音節結構

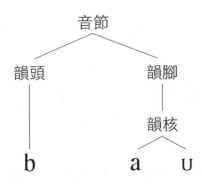

④ style

如圖所示，style 的韻核是 /aɪ/，是音節內的唯一個母音，韻尾是 /l/，且韻核 /aɪ/ 和韻尾 /l/ 構成韻（腳）/aɪl/，/aɪl/ 和韻頭 /st/ 兩子音形成音節。

style /staɪl/ 的音節結構

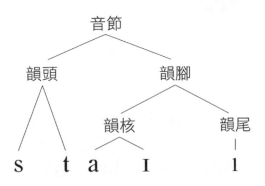

⑤ I

如圖所示，I 的韻核是 /aɪ/，是音節內的唯一個母音，韻尾和韻首空缺，/aɪ/ 自成一音節。

I /aɪ/ 的音節結構

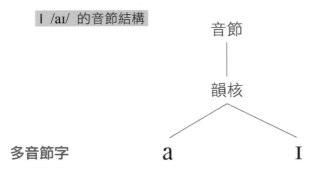

多音節字

① limit

如圖所示，limit 劃分為兩個音節，第一音節是 lim，第二個音節是 it。第一音節的韻核是 /ɪ/，是音節內的唯一一個母音，韻尾是 /m/，且韻核 /ɪ/ 和韻尾 /m/ 構成韻（腳）/ɪm/，韻（腳）/ɪm/ 和韻頭 /l/ 形成音節；第二音節的韻核是 /ɪ/，是音節內的唯一個母音，韻尾是 /t/，且韻核 /ɪ/ 和韻尾 /t/ 構成韻（腳）/ɪt/，韻頭空缺，/ɪt/ 形成音節。值得注意的是，limit 兩個音節擺一起時，第一音節是重音，因此在第一音節打上重音符號，如下所示。

limit /ˈlɪmɪt/ 的音節結構

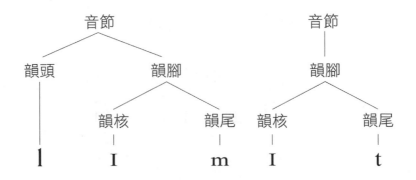

② potato

如圖所示，potato 劃分為三個音節，第一音節是 po，第二個音節是 ta，第三個音節是 to。第一音節的韻核是 /ə/，是音節內的唯一個母音，韻尾從缺，且韻核 /ə/ 獨自構成韻（腳），韻（腳）/ə/ 和韻頭 /p/ 形成音節；第二音節的韻核是 /e/，是音節內的唯一個母音，韻尾從缺，且韻核 /e/ 獨自構成韻（腳），韻（腳）/e/ 和韻頭 /t/ 形成音節；第三音節的韻核是 /o/，是音節內的唯一個母音，韻尾從缺，且韻核 /o/ 獨自構成韻（腳），韻（腳）/o/ 和韻頭 /t/ 形成音節。值得注意的是，三個音節放一起時，第二音節是重音，因此在第二音節打上重音符號，如下所示。

potato /pə`teto/ 的音節結構

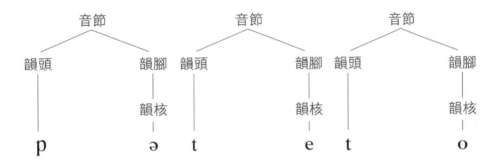

從上面 7 個字可以觀察到每個音節一定包含一個母音，但母音後面可以有子音，也可以沒有。據此，我們可以將音節分成兩大類，第一類是不含子音（韻尾）的音節，稱為「**開放音節**」（**open syllable**）；第二類是含子音（韻尾）的音節，稱為「**封閉音節**」（**closed syllable**）。簡而言之，**音節尾有子音**，即「**封閉音節**」，**反之**，則是「**開放音節**」。瞭解這兩類音節類型對於音節的劃分很有幫助，我們在接下來的幾個小節會更深入細談。

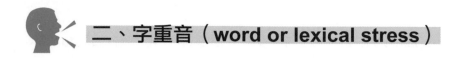

二、字重音（word or lexical stress）

英語的字重音和中文的四聲一樣重要，中文藉由四聲來區辨語意，而英文的重音位置不同，可能就會讀錯音，甚至造成誤會。例如：desert 的重音在前時，詞性是名詞，唸成 /ˋdɛzɚt/，意思是「沙漠」；重音在後的時候，唸成 /dɪˋzɝt/，意思是「拋棄」。事實上，母語人士是否能聽懂、聽清楚每一個單字，往往取決於**重音是否放對位置**，以及**重音節的母音是否唸對**。此外。輕音節並非焦點所在，母音往往會弱化。

（一）重音特質

大家常談論到的重音可分為「字重音」和「句重音」，因為本書的關注焦點是單字的發音，因此只談字重音的部分。據吳國賢教授所言，重音的發音要突出，使之與無重音的其他部分產生強烈對比，常見的方法有：「亮」、「強」、「長」、「揚」等等：

① 亮（clear）：亦即要把重音唸得清楚明亮。

② 強（strong）：亦即要把重音唸得特別重、特別強。

③ 長（long）：亦即要把重音的母音唸得比其他得音還要長。

④ 揚（rising）：亦即要把用上揚的方式唸出重音，音高較高。

（二）重音例子

我們不妨拿 responsible /rɪˋspɑnsəb!/ 一字來檢視以上的「亮」、「強」、「長」、「揚」四字訣，如下圖所示：

re|spon|si·ble

responsibe 一字的重音落在 spon，此處的音要讀的特別清楚、特別重，且讀起來比其他非重音節的音來的長、音高還要高。至於，其他非重音節的音，讀起來相對不清楚、較輕、較短、較低，甚至母音也讀 /ɪ/ 這種較輕的母音或懶人音 /ə/，我們在劃分音節的小節會細談，此處暫不深究。

根據字重音的突顯程度，可以分出主重音和次重音。**主重音在單字中突顯得程度高於次重音，又高於輕音。**

我們以 cel·e·bra·tion /ˌsɛləˋbreʃən/ 為例，說明主、次重音和輕音。

celebration 的主重音是第三音節的 bra，因此第三音節的音標 /ˋbre/ 上有主重音符號；次重音是第一音節的 cel，因此第一音節 /ˌsɛl/ 的音標上有次重音符號，其餘第二音節的 e 和第四音節的 tion 皆非重音節，母音弱化，輕讀為 /ə/。

最後，必須留意的是，重音節的母音一定是**長母音、雙母音、母音後帶著子音**這三種狀況的其中一種，我們以 **invest**、**population**、**employee** 三個字為例，讓讀者應證上述說法。

① in·vest /ɪn`vɛst/

invest 是雙音節字，重音落在第二音節的 vest 上，**母音 /ɛ/ 後面帶著 /st/ 兩子音**。

② em·ploy·ee /ˌɛmplɔɪ`i/

employee 是三音節字，主重音落在第三音節的 ee 上，**母音 /i/ 是長母音**；次重音落在第一音節 em 上，**母音 /ɛ/ 後面帶著子音 /m/**。

③ pop·u·la·tion /ˌpɑpjə`leʃən/

population 是四音節字，主重音落在第三音節的 la 上，**母音 a 是發雙母音 /e/**；次重音落在第一音節 pop 上，**母音 /ɑ/ 後面帶著子音 /p/**。

（三）重音影響發音

在緒論篇我們提到五個母音發成長音和短音是很固定的，我們再複習一次：

字母名稱	長母音 （KK 音標）	短母音 （KK 音標）
a	/e/	/æ/
e	/i/	/ɛ/
i	/aɪ/	/ɪ/
o	/o/	/ɑ/、/ɔ/
u	/ju/、/u/	/ʌ/、/ʊ/

根據上表，a、e、i、o、u 五個母音字母，發長音時是發字母本身讀音，不需要特別背；而短音發什麼音，只能靠記憶。在一般的情況下，五個母音的發音是很規律的，但有時候，卻又顯得不規律。舉兩個例子說明：

例 1. da‧ta ，第一個 a 發長音 /e/，符合上述規則，但第二個 a 卻發 /ə/，不符上述規則。

例 2. hus‧band 為例，母音 u 發短音 /ʌ/，符合上述規則，但 a 卻發 /ə/，不符上述規則。

為什麼會有這種情況產生呢？

主要原因是，**字重音會影響發音**。重音節的母音發音較為**規律**，而**非重音節**母音發音較**不規律**，且經常有弱化為懶人音 /ə/ 的現象。這麼一說，你可能就會比較清楚 da‧ta 的第二個 a 發 /ə/，hus‧band 的 a 發 /ə/ 的原因了。因為這兩個母音都位於非重音節，因此弱化為 /ə/。值得提醒的是，懶人音 /ə/，不會出現在重音節，因為重音節要唸的清楚。

此外，不只**五個單母音**在非重音節會弱化，母音二合字母也會，舉兩個例子說明：

例 1. famous /ˈfeməs/ 的 ou 非位於重音節，弱化成 /ə/。

例 2. certain /ˈsɝtən/ 的 ai 非位於重音節，也弱化成 /ə/。

讀者看到這裡可能有些疑問，a、e、i、o、u 五個母音字母，想知道什麼時候發長音、什麼時候發短音？

只要記得**短母音**或是**長母音**都可形成**封閉音節**，但開放音節只由**長母音**構成，大抵上就能判斷，像是 da‧ta 的 da 因為是位於開放音節，**開放音節由長母音構**成，因此發 /e/，而 hus‧band 的 hus 因為是位於**封閉音節**，加上是**重音節**，發**短母音**非常合理。

三、預測字重音

（一）常見的重音規則

1　單音節字本身就是重音所在。

例如：cut、read、hat、fly、cook、play、sure、coat 等。

2　雙音節字重音大多是在第一音節。

例如：body、dial、happy、dinner、equal、father、former、glory、handle、impulse、junior、knuckle、mercy、parent、regal、season、story、terror、uncle、vacant 等。

但也有例外，像借自法語的 hotel、entire、fatigue、unique 等，重音都在**第二音節**；雙音節的**動詞**常在**第二音節**，如：agree、decline、defeat、expand、incline、observe、persuade、receive 等。

（二）非中性字尾預測重音

非中性的字尾加在字幹後面會引起重音的改變，例如：employ /ɪmˋplɔɪ/ 加了 -ee，形成 employee /ˌɛmplɔɪˋi/，重音從 ploy 移到 ee 上，-ee 就是我們所說的「非中性子尾」。

　　非中性字尾會影響字重音，因此我們可以利用非中性字尾來預測字重音的位置。為了方便讀者學習，同一字尾中會加入少部分不同字源，但重音卻又符合規則的例字，例如：monsoon 是源自阿拉伯語、racoon 是源自印地安語。

　　此外，本書會在字尾前加入其他字母方便讀者辨識，例如在 –ion 前加入 c 或 t 字母，形成字母串 -cion、-tion。易言之，本單元會以讀者較能理解的方式編排，會和字源的分類、構詞學概念有些微的出入。

1　重音在最後一音節，大多是法語借字。

	字尾	例字	例外
（1）	-ade	arcade、blockade、cascade、crusade、lemonade、parade、serenade	accolade、comrade、decade、renegade
（2）	-aire	millionaire、questionnaire	
（3）	-ee	absentee、addressee、trainee、referee、refugee	committee、coffee、Yankee
（4）	-eer	auctioneer、commandeer、engineer、marketeer、mountaineer、pioneer、volunteer	foreseer
（5）	-esce	acquiesce、coalesce、convalesce、effervesce、effloresce	

	字尾	例字	例外
（6）	-ese	Burmese、Chinese、Japanese、Journalese、Lebanese、Portuguese、Vietnamese	
（7）	-esque	burlesque、grotesque、picturesque	
（8）	-ette	cigarette、cassette、silhouette	etiquette
（9）	-igue	fatigue、intrigue	
（10）	-ique	antique、boutique、critique、technique、unique	
（11）	-oo	bamboo、kangaroo、shampoo、tattoo	cuckoo
（12）	-oon	balloon、cartoon、cocoon、lagoon、monsoon、typhoon、racoon、platoon	
（13）	-self	himself、herself、oneself、myself、itself、yourself	

註解：標色加粗為字重音所在的音節。

2　重音在倒數第二音節。

	字尾	例字	例外
（1）	-cial	beneficial、commercial、financial、influential、official、social、special、superficial	
（2）	-cian	politician、musician、physician、technician、mathematician、electrician、magician、optician	

（3）	-cient	ancient、coefficient、efficient、sufficient	
（4）	-cious	auspicious、conscious、capricious、fallacious、pernicious、precious、precocious、pugnacious、suspicious	
（5）	-ic(s)	characteristics、critics、economics、mathematics、physics、republic、topic、atomic、energetic	arithmetic、lunatic、politics、rhetoric
（6）	-ish	establish、finish、distinguish、polish、abolish、diminish、punish、accomplish	
（7）	-ive	explosive、decisive、persuasive、inductive	
（8）	-sion	decision、division、discussion、version、occasion、conclusion、expression	
（9）	-tial	confidential、differential、essential、experiential、exponential、partial、potential、preferential、presidential、residential	
（10）	-tient	impatient、patient、quotient	

	字尾	例字	例外
（11）	-tion	addition、application、association、information、legislation、operation、organization、population、situation	
（12）	-tious	ambitious、cautious、facetious	

註解：標色加粗為字重音所在的音節。

3　超過三音節的字，其重音在**倒數第三音節。**

	字尾	例字	例外
（1）	-ate	anticipate、appreciate、concentrate、decorate、demonstrate、generate、illustrate、indicate、investigate、operate	
（2）	-graph	paragraph、photograph	
（3）	-ible	accessible、feasible、flexible、horrible、impossible、incredible、invisible、responsible、sensible、terrible、visible	eligible、intelligible
（4）	-ify	classify、diversify、identify、intensify、justify、personify、quantify、simplify	
（5）	-ist	scientist、terrorist、socialist、economist、therapist、columnist、specialist、journalist、psychologist	capitalist

（6）	-ite	appetite、definite、opposite	
（7）	-ize	criticize、customize、emphasize、minimize、mobilize、optimize、organize、recognize、stabilize、utilize	
（8）	-ous	enormous、fabulous、generous、numerous、previous、rigorous、vigorous	
（9）	-y	activity、community、industry、opportunity、productivity、property、security、technology、university	

註解：標色加粗為字重音所在的音節。

（三）複合字重音（compound word stress）

1　複合名詞（compound nouns）：重音通常在第一個字上。

bedroom	keyboard
birthday	railway
classroom	waterfall

2　複合動詞（compound verbs）：重音通常在第二個字上。

outsmart	understand
overflow	uphold

3　複合形容詞（compound adjectives）：重音通常在第二個字上。

duty-free	half-full
easy-going	handmade
good-looking	well-known

四、音節劃分（syllabification）

　　劃分音節一直都是英語教學中師生所關注的焦點，因為劃分音節可以幫助學生掌握發音的規則，也可對於學生的單字學習有所助益。此外，書籍的單字遇到跨行時也常用到劃分音節技巧，將一個字分到兩行裡面。但因為音節的劃分牽涉到對於**音節結構**、**重音的位置**、**長短音**、**央音** /ə/ 的理解，有必要進一步介紹，讓讀者在短時間內掌握音節劃分的訣竅。

　　本書參考莫建清教授主編的《三民實用英漢辭典》所提到的音節劃分方法，提出音節劃分的幾大原則，分別詳述。

（一）一個音節包含一個母音或音節性子音。

　　找出母音字母或音節性子音的位置和數量，就已經掌握音節劃分的第一步。值得注意的是，母音可能以單一母音字母、半母音、母音二合字母呈現、母音接 r 呈現，我們以 activity、photograph、colorless 為例，進一步說明。

activity	有 a、i、i、y 四個母音字母或半母音字母。	四個音節	ac·tiv·i·ty
photograph	有 o、o、a 三個母音字母。	三個音節	pho·to·graph
colorless	有 o、o、e 三個母音字母。	三個音節	col·or·less

（二）兩個母音相連，但唸不同音，在這兩個母音中間劃分音節。

　　兩個母音相連若非二合字母，唸成兩個音，要分成兩個音節，我們以 actual、reality 為例，進一步説明。

| actual | 有 a、u、a 三個母音字母，且 u、a 分開唸。 | 三個音節 | ac·tu·al |
| reality | 有 e、a、i、y 四個母音字母或半母音字母，且 e、a 分開唸。 | 四個音節 | re·al·i·ty |

（三）兩個或兩個以上的子音相連，且唸成不同音，就在第二個子音的前面劃分音節。

　　兩個子音若是發一個音，即子音二合字母，如：ch、ph、th、ng 等，就不能從中間劃分開來，但若兩個或兩個以上的子音唸成不同音，就需分開，劃入不同音節，我們 以 simplify、establish 為例，進一步説明。

| simplify | 有 i、i、y 三個母音字母或半母音字母。此外，mp 兩個子音相連，但發成兩個不同的音，因此從 mp 中間劃分開來。 | 三個音節 | sim·pli·fy |
| establish | 有 e、a、i 三個母音字母。此外，st 和 bl 皆是兩個子音相連，但皆發成兩個不同的音，因此分別從 st 和 bl 的中間劃分開來。 | 三個音節 | es·tab·lish |

（四）兩個相同子音和其中任一子音的發音相同，就在第二個子音的前面劃
　　　分音節。

　　此條劃分原則，和第三條相似，皆在兩子音中間劃分音節，我們以
common、hippo 為例，進一步說明。

common	有 o、o 二個母音字母。此外，mm 兩個相同子音皆發 /m/，因此從 mm 中間劃分開來。	二個音節	com·mon
hip·po	有 i、o 二個母音字母。此外，pp 兩個相同子音皆發 /p/，因此從 pp 中間劃分開來。	二個音節	hip·po

（五）長母音、雙母音、不帶重音的短母音之後接一個子音，將這個子音劃
　　　分給右側母音當韻頭。

　　當一子音出現在兩母音之間，到底要劃分給前面的母音當韻尾，還是劃分給
後面的母音當韻頭，一直困擾著許多學習者。

　　若在長母音、雙母音、不帶重音的短母音之後接一個子音，理應將這個子音
劃分給右側母音當韻頭。此種說法，符合「韻頭優先」（onset first）原則；若
一子音出現在兩母音之間，根據「韻頭優先」（onset first）原則，應該將子音
劃分為給右側母音當韻頭。我們以 computation、innovate、defy 為例，進一步
說明。

computation	有 o、u、a、i、o 五個母音字母（但 io 發一個音）。mp 兩個子音字母相連，但發成兩個不同的音，因此從 mp 中間劃分開來。再者，據上述劃分原則，u 是唸長母音，後面接一個子音 t，理應把 t 劃分給後面的母音字母 a。	四個音節	com·pu·ta·tion
innovate	有 i、o、a、e 三個母音字母，但字尾 e 不發音，因此共有三個音節。此外，nn 兩個子音相連，發成一個 n 的音，因此從 nn 中間劃分開來。再者，據上述劃分原則，o 是唸長母音，後面接一個子音 v，理應把 v 劃分給後面的母音字母 a。	三個音節	in·no·vate
defy	有 e、y 二個母音字母或半母音字母。據上述劃分原則，e 發短母音且不帶重音，後面接一個子音 f，理應把 f 劃分給後面的半母音字母 y。	二個音節	de·fy

（六）唸重音的短母音後面接一個子音，這個子音劃分給這個短母音當韻尾。

若一子音出現在兩母音之間，要劃分給哪個母音，除了第五個原則外，尚有另一個原則，唸重音的短母音後面接一個子音，這個子音劃分給這個短母音當韻尾。我們以 topic、finish 為例，進一步說明。

| topic | 有 o、i 二個母音字母。據上述劃分原則，o 發短母音且帶重音，後面接一個子音 p，理應把 p 劃分給前面的母音字母 o。 | 二個音節 | top·ic |
| finish | 有 i、i 二個母音字母。據上述劃分原則，第一個 i 發短母音且帶重音，後面接一個子音 n，理應把 n 劃分給前面的母音字母 i。 | 二個音節 | fin·ish |

（七）字源式音節劃分法：保持詞素完整。

有時我們依據上面所提到的音節劃分六大原則來劃分音節，卻發現字典的劃分和自己的劃分不一樣，這是為什麼呢？舉例來說，若依上述原則，teacher 應該要劃分為 tea·cher，creepy 應該要劃分為 cree·py，但事實上，查字典卻發現他們被劃分為：teach·er、creep·y。之所以這樣劃分，是為了保持 teach 和 creep 的完整性。不過，在音節劃分時，應以上述六大原則為首要考量，最後才考量「字源式音節劃分法」。

五、綜合應用：從 vitamin 來談劃分音節和發音

從 vitamin 來談劃分音節（syllabification）和發音（pronunciation）之間的關係

　　首先，子音位於兩母音之間，劃分音節時以「韻頭優先（onset first）」為準則，亦即當一子音介於兩個母音之間，可為前母音之韻尾（coda），或為後母音之韻頭（onset），若沒有其他考量，則該子音以劃分為韻頭為首要原則，若音節劃分正確，又知道重音落在何處，可高度預測母音的發音。

　　若依「韻頭優先（onset first）」原則來劃分 vitamin 的音節，應切分為 vi·ta·min /ˈvaɪtəmɪn/。但英式英語發音又和美式英語有些差異，英式英語的發音為 /ˈvɪtəmɪn/，故音節該劃分為 vit·a·min 才合乎發音規則；而這樣的劃分又呼應「詞素完整性」此一規則，vit 這個字根的意思是「生命」，把 vit 劃分在同一音節中可保留詞素的語意，但一般來説，「韻頭優先（onset first）」這一規則，在劃分音節時，其重要性遠大於詞素完整性這一條規則。

其他相關發音規則：

　　獨立（standalone）的母音字母 a、e、i、o、u，在**開放音節**（open syllable）裡面，又帶**重音**的情況下，發**長母音**，亦即字母本身的發音；在**封閉音節**裡面，又帶**重音**的情況下，發**短母音**。

　　而在非重音節中的母音讀音多變，最常見為變成輕讀音（schwa /ə/）。從下

表中，亦可以得知母音在非重音節除了弱化為 /ə/，也常弱化為 /ɪ/ 等母音。須特別留意字母 e，除了規律的長短音對應外，不發音的 e 尚可和前面的子音構成一概念上的音節，使前面含母音的音節開放，母音發長母音，如：date、Pete、nice、Coke、use。

獨立母音字母	開放音節 (open syllable)：音節結尾是母音字母		封閉音節 (closed syllable)：音節結尾是子音字母	
	重音 (stressed)	非重音 (unstressed)	重音 (stressed)	非重音 (unstressed)
a	/e/ cake, potato	/ə/ probable	/æ/ bat, command	/ɪ/ character /ə/ Christmas
e	/i/ Peter, delete	/ɪ/ eliminate /i/ simile	/ɛ/ pen, reset	/ə/ development
i	/aɪ/ pine, parasite	/ɪ/ determine /ə/ terrible	/ɪ/ sit, picnic	/ɪ/ insipid
o	/o/ vote, notebook	/o/ piano	/ɑ/ nod, conscious /ɔ/ dog, office	/ə/ parrot
u	/ju/ reduce /u/ flute	/ju/ produce(名詞)	/ʌ/ hut, cupboard /ʊ/ put, bosom	/ə/ platypus

最後，我們再用 eugenics 一字來練習音節劃分原則和母音長短音對應規則。按上述音節劃分原則，eugenics 應劃分音節為 eu·gen·ics /juˋdʒɛnɪks/，這樣劃分也呼應詞素完整性原則，保留 gen（生）詞素的完整，故切分為 eu·gen·ics。附帶一提，gene 中的母音 e 發 /i/ 是因字尾有不發音的 e，使得前面的音節開放，實際上雖然只有一音節，但結尾的 e 字母卻造成概念上的雙音節字 ge·ne。

參、自然發音篇

因各家手機系統不同，若無法直接掃描，仍可以（https://tinyurl.com/5u3z4697）電腦連結雲端下載收聽。

一、長音系統：單一母音字母發長音

（一）若一個重音節或單音節字以母音（或半母音 y）結尾，該母音屬於長音系統，發字母本身的讀音

1 若一個重音節或單音節字，以母音字母 a 結尾，a 大多發 /e/，但在字尾的 a 和極少數的音節尾 a 讀 /ɑ/，非 /e/。

單音節字

TRACK 044

單字	音標	詞性	中文
spa	/spɑ/	n.	溫泉浴場
bra	/brɑ/	n.	胸罩

雙音節字

單字	音標	詞性	中文
fa·ther	/ˈfɑðɚ/	n.	父親
a·cre	/ˈekɚ/	n.	英畝
a·pron	/ˈeprən/	n.	圍裙
bak·er	/ˈbekɚ/	n.	麵包（糕點）師
cha·os	/ˈkeɑs/	n.	混亂；混沌
fa·mous	/ˈfeməs/	adj.	著名的
ha·tred	/ˈhetrɪd/	n.	憎恨
na·tion	/ˈneʃən/	n.	國家

三音節（以上）的字

單字	音標	詞性	中文
a·vi·a·tion	/ˌevɪˋeʃən/	n.	航空
con·ta·gious	/kənˋtedʒəs/	adj.	接觸傳染性的
in·no·va·tion	/ˌɪnəˋveʃən/	n.	革新
po·ta·to	/pəˋteto/	n.	馬鈴薯
sit·u·a·tion	/ˌsɪtʃuˋeʃən/	n.	處境
to·ma·to	/təˋmeto/	n.	番茄
va·ca·tion	/veˋkeʃən/	n.	假期
gym·na·sium	/dʒɪmˋnezɪəm/	n.	體育館

2　若一個重音節或單音節字以母音字母 e 結尾，e 發 /i/。

單音節字

TRACK 045

單字	音標	詞性	中文
be	/bi/	v.	是
he	/hi/	pron.	他
she	/ʃi/	pron.	（主格）她
me	/mi/	pron.	（受格）我
we	/wi/	pron.	（主格）我們

雙音節字

單字	音標	詞性	中文
e·qual	/ˋikwəl/	adj.	相等的
e·ven	/ˋivən/	adv.	甚至
ve·to	/ˋvito/	n.	否決

3　若一個重音節或單音節字以母音字母 i 或 y 結尾，i 或 y 發 /aɪ/。

單音節字

TRACK 046

單字	音標	詞性	中文
hi	/haɪ/	int.	嗨
I	/aɪ/	pron.	我
my	/maɪ/	pron.	我的
by	/baɪ/	prep.	被
fry	/fraɪ/	v.	油炸
fly	/flaɪ/	v.	飛
cry	/kraɪ/	v.	哭
shy	/ʃaɪ/	adj.	怕羞的
why	/hwaɪ/	adv.	為什麼
dry	/draɪ/	adj.	乾的
try	/traɪ/	v.	試圖
sky	/skaɪ/	n.	天空
sly	/slaɪ/	adj.	狡猾的
spy	/spaɪ/	n.	間諜

雙音節字

單字	音標	詞性	中文
gi·ant	/ˋdʒaɪənt/	adj.	巨大的
pi·lot	/ˋpaɪlət/	v.	飛行員
ri·ot	/ˋraɪət/	n.	暴亂
sci·ence	/ˋsaɪəns/	n.	科學
hy·brid	/ˋhaɪbrɪd/	n.	混合詞

三音節（以上）的字

單字	音標	詞性	中文
i·vo·ry	/ˋaɪvərɪ/	n.	象牙
bi·cy·cle	/ˋbaɪsɪkl̩/	n.	腳踏車
ho·ri·zon	/həˋraɪzn̩/	n.	地平線

4　若一個重音節或單音節字以母音字母 o 結尾，o 發 /o/。

TRACK 047

單音節字

單字	音標	詞性	中文
go	/go/	v.	去
no	/no/	n.	不
so	/so/	conj.	因此

雙音節字

單字	音標	詞性	中文
a·go	/əˋgo/	adv.	在……以前
al·so	/ˋɔlso/	adv.	也
hel·lo	/həˋlo/	int.	哈囉
he·ro	/ˋhɪro/	n.	英雄
Hu·go	/ˋhjugo/	n.	雨果
mot·to	/ˋmɑto/	n.	座右銘
pho·to	/ˋfoto/	n.	照片
po·lo	/ˋpolo/	n.	馬球
vo·cal	/ˋvokl̩/	adj.	聲的
ze·ro	/ˋzɪro/	n.	零

三音節（以上）的字

單字	音標	詞性	中文
buf·fa·lo	/ˋbʌflˌo/	n.	水牛
pi·a·no	/pɪˋæno/	n.	鋼琴
ra·di·o	/ˋredɪˌo/	n.	無線電
to·bac·co	/təˋbæko/	n.	菸草
to·ma·to	/təˋmeto/	n.	番茄

例外字

單字	音標	詞性	中文
do	/du/	v.	做
to	/tu/	prep.	向

into	/ˋɪntu/	prep.	到……裡
onto	/ˋɑntu/	prep.	到……之上
who	/hu/	pron.	誰

5　若一個重音節或單音節字以母音字母 u 結尾，u 發 /ju/ 或 /u/。

單音節字

TRACK 048

單字	音標	詞性	中文
flu	/flu/	n.	流行性感冒

雙音節字

單字	音標	詞性	中文
bu·reau	/ˋbjʊro/	n.	事務處
Pe·ru	/pəˋru/	n.	祕魯
tru·ant	/ˋtruənt/	n.	逃學者
tu·lip	/ˋtjuləp/	n.	鬱金香

三音節（以上）的字

單字	音標	詞性	中文
con·clu·sion	/kənˋkluʒən/	n.	結論
de·lu·sion	/dɪˋluʒən/	n.	迷惑
tu·ber·cu·lo·sis	/tjuˌbɚkjəˋlosɪs/	n.	結核病

（二）單一母音字母出現在 單一子音與另一個不發音的 e 之前，讀長音（即母音字母本身發音）

1　a + 單一子音 + e：a 出現在 單一子音與另一個不發音的 e 之前，讀字母本身讀音 /e/。

單音節字

TRACK 049

單字	音標	詞性	中文
age	/edʒ/	n.	年齡
ate	/et/	v.	吃
babe	/beb/	n.	嬰兒
bake	/bek/	v.	烘麵包
base	/bes/	n.	基部
bathe	/beð/	v.	洗澡
blade	/bled/	n.	刀片
blame	/blem/	v.	責備
blaze	/blez/	n.	火焰
brave	/brev/	adj.	勇敢的
cage	/kedʒ/	n.	籠子
cake	/kek/	n.	蛋糕
cane	/ken/	n.	莖
cape	/kep/	n.	岬
case	/kes/	n.	容器
cave	/kev/	n.	洞穴
chase	/tʃes/	v.	追逐
dame	/dem/	n.	夫人
date	/det/	n.	日期

drape	/drep/	n.	簾
face	/fes/	n.	臉
fame	/fem/	n.	聲譽
fate	/fet/	n.	命運
flame	/flem/	n.	火焰
gale	/gel/	n.	強風
game	/gem/	n.	遊戲
gate	/get/	n.	大門
gaze	/gez/	v.	凝視
gave	/gev/	v.	給
grade	/gred/	n.	等級
grape	/grep/	n.	葡萄
graze	/grez/	v.	吃草
hate	/het/	v.	仇恨
Jane	/dʒen/	n.	珍
lace	/les/	n.	鞋帶
lake	/lek/	n.	湖
lame	/lem/	adj.	跛腳的
lane	/len/	n.	小路
late	/let/	adj.	遲的
made	/med/	adj.	製造的
make	/mek/	v.	做
male	/mel/	adj.	男性的
mane	/men/	n.	鬃毛
mate	/met/	n.	伙伴
name	/nem/	n.	名字

pace	/pes/	n.	一步
page	/pedʒ/	n.	頁
pale	/pel/	adj.	蒼白的
pane	/pen/	n.	窗格
pave	/pev/	v.	鋪
phrase	/frez/	n.	片語
place	/ples/	n.	地方
plane	/plen/	n.	平面
plate	/plet/	n.	盤子
race	/res/	n.	賽跑
rage	/redʒ/	n.	狂怒
rate	/ret/	n.	比例
raze	/rez/	v.	拆毀
safe	/sef/	adj.	安全的
sage	/sedʒ/	adj.	賢明的
sake	/sek/	n.	理由
sale	/sel/	n.	賣
same	/sem/	adj.	同樣的
safe	/sef/	adj.	安全的
save	/sev/	v.	挽救
scale	/skel/	n.	刻度
shade	/ʃed/	n.	蔭
shake	/ʃek/	v.	搖
shame	/ʃem/	n.	羞恥
shape	/ʃep/	n.	形狀
shave	/ʃev/	v.	剃毛髮

skate	/sket/	v.	滑冰
space	/spes/	n.	空間
spade	/sped/	n.	鏟
snake	/snek/	n.	蛇
stage	/stedʒ/	n.	舞臺
stake	/stek/	n.	樁
stale	/stel/	adj.	不新鮮的
state	/stet/	n.	狀況
take	/tek/	v.	拿
tale	/tel/	n.	故事
tame	/tem/	adj.	溫順的
tape	/tep/	n.	帶子
trade	/tred/	n.	貿易
wage	/wedʒ/	v.	進行
wake	/wek/	v.	醒來
wave	/wev/	n.	波浪
whale	/hwel/	n.	鯨

雙音節字

單字	音標	詞性	中文
a·maze	/əˋmez/	v.	使大為驚奇
cru·sade	/kruˋsed/	v.	聖戰
de·bate	/dɪˋbet/	n.	辯論
de·grade	/dɪˋgred/	v.	使降級
dis·grace	/dɪsˋgres/	v.	使丟臉
e·late	/ɪˋlet/	v.	使興奮

單字	音標	詞性	中文
em·brace	/ɪmˋbres/	v.	擁抱
en·gage	/ɪnˋgedʒ/	v.	佔用
e·rase	/ɪˋres/	v.	擦掉
es·cape	/əˋskep/	v.	逃跑
es·tate	/ɪsˋtet/	n.	地產
for·sake	/fɚˋsek/	v.	拋棄
in·sane	/ɪnˋsen/	adj.	瘋狂的
in·vade	/ɪnˋved/	v.	侵入
milk·shake	/ˌmɪlkˋʃek/	n.	奶昔
mis·take	/mɪˋstek/	n.	弄錯
per·suade	/pɚˋswed/	v.	說服
per·vade	/pɚˋved/	v.	彌漫於
re·late	/rɪˋlet/	v.	有關
re·place	/rɪˋples/	v.	取代
ro·tate	/ˋrotet/	v.	旋轉

三音節（含以上）

單字	音標	詞性	中文
un·der·take	/ˌʌndɚˋtek/	v.	進行
fai·ry·tale	/ˋfɛrɪˌtel/	adj.	神話故事般的

2　e＋單一子音＋e：e 出現在 單一子音與另一個不發音的 e 之前，讀字母本身讀音 /i/。

單音節字

TRACK 050

單字	音標	詞性	中文
scheme	/skim/	n.	計畫
scene	/sin/	n.	場面
these	/ðiz/	pron.	這些
eve	/iv/	n.	前夕
gene	/dʒin/	n.	基因
Steve	/stiv/	n.	史蒂夫

雙音節字

單字	音標	詞性	中文
com·pete	/kəm`pit/	v.	競爭
com·plete	/kəm`plit/	adj.	完整的
con·cede	/kən`sid/	v.	讓步
con·vene	/kən`vin/	v.	集會
de·lete	/dɪ`lit/	v.	刪除
di·screte	/dɪ`skrit/	adj.	分離的
ex·crete	/ɛk`skrit/	v.	排泄
ex·treme	/ɪk`strim/	adj.	極端的
im·pede	/ɪm`pid/	v.	妨礙
o·bese	/o`bis/	adj.	肥胖的
pre·cede	/pri`sid/	v.	處在……之前
re·cede	/rɪ`sid/	v.	後退

| se·crete | /sɪˋkrit/ | v. | 分泌 |
| se·rene | /səˋrin/ | adj. | 安詳的 |

三音節（以上）的字

單字	音標	詞性	中文
Can·to·nese	/ˌkæntəˋniz/	adj.	廣州的
in·ter·cede	/ˌɪntəˋsid/	v.	（為某人）說情
in·ter·vene	/ˌɪntəˋvin/	v.	介入
Jap·a·nese	/ˌdʒæpəˋniz/	n.	日本人
Tai·wa·nese	/ˌtaɪwəˋniz/	adj.	臺灣的

3 i（或 y）＋單一子音＋e：i 或 y 出現在 單一子音與另一個不發音的 e 之前，讀字母本身讀音 /aɪ/。

單音節字

TRACK 051

單字	音標	詞性	中文
bide	/baɪd/	v.	等待
bike	/baɪk/	n.	腳踏車
bite	/baɪt/	v.	咬
bride	/braɪd/	n.	新娘
cite	/saɪt/	v.	引用
crime	/kraɪm/	n.	罪
dice	/daɪs/	n.	骰子
dike	/daɪk/	n.	堤
dine	/daɪn/	v.	用餐

dive	/daɪv/	v.	跳水
drive	/draɪv/	v.	駕駛
fine	/faɪn/	adj.	美好的
five	/faɪv/	n.	五
glide	/glaɪd/	v.	滑行
hide	/haɪd/	v.	躲藏
hike	/haɪk/	v.	徒步旅行
ice	/aɪs/	n.	冰
kite	/kaɪt/	n.	風箏
knife	/naɪf/	n.	小刀
lice	/laɪs/	n.	蝨子
life	/laɪf/	n.	生命
like	/laɪk/	v.	喜歡
lime	/laɪm/	n.	石灰
line	/laɪn/	n.	繩；線
mice	/maɪs/	n.	老鼠
Mike	/maɪk/	n.	麥克
mile	/maɪl/	n.	英里
mine	/maɪn/	n.	礦山
nice	/naɪs/	adj.	好的
nine	/naɪn/	n.	九
pile	/paɪl/	n.	堆
pine	/paɪn/	n.	松樹
pipe	/paɪp/	n.	管
price	/praɪs/	n.	價格

prime	/praɪm/	adj.	最初的
prize	/praɪz/	n.	獎賞
rice	/raɪs/	n.	米
ride	/raɪd/	v.	騎（馬等）
ripe	/raɪp/	adj.	成熟的
rise	/raɪz/	v.	上升
shine	/ʃaɪn/	v.	發光
shrine	/ʃraɪn/	n.	神社
side	/saɪd/	n.	邊
site	/saɪt/	n.	地點
size	/saɪz/	n.	尺寸
slice	/slaɪs/	n.	薄片
slide	/slaɪd/	v.	滑
slime	/slaɪm/	n.	軟泥
smile	/smaɪl/	v.	微笑
spike	/spaɪk/	n.	牆頭釘
spite	/spaɪt/	n.	惡意
splice	/splaɪs/	v.	接合
stride	/straɪd/	v.	邁大步走
strife	/straɪf/	n.	衝突
strike	/straɪk/	v.	打
stripe	/straɪp/	n.	條紋
strive	/straɪv/	v.	努力
swipe	/swaɪp/	v.	猛擊
thrive	/θraɪv/	v.	興旺
tide	/taɪd/	n.	潮

tile	/taɪl/	n.	瓦
time	/taɪm/	n.	時間
tribe	/traɪb/	n.	部落
vibe	/vaɪb/	n.	氣氛
vice	/vaɪs/	adj.	副的
vine	/vaɪn/	n.	藤蔓
while	/hwaɪl/	n.	一會兒
white	/hwaɪt/	n.	白色
wide	/waɪd/	adj.	寬闊的
wife	/waɪf/	n.	妻子
wine	/waɪn/	n.	葡萄酒
wipe	/waɪp/	v.	擦
wise	/waɪz/	adj.	有智慧的
write	/raɪt/	v.	寫下
type	/taɪp/	n.	類型
style	/staɪl/	n.	風格

雙音節字

單字	音標	詞性	中文
a·bide	/əˋbaɪd/	v.	忍受
ad·vice	/ədˋvaɪs/	n.	勸告
ad·vise	/ədˋvaɪz/	v	勸告
a·like	/əˋlaɪk/	adj.	相同的
a·rise	/əˋraɪz/	v.	升起
col·lide	/kəˋlaɪd/	v.	碰撞
com·bine	/kəmˋbaɪn/	v.	結合

con·cise	/kən`saɪs/	adj.	簡明的
con·fide	/kən`faɪd/	v.	透露
con·fine	/kən`faɪn/	v.	限制
de·cide	/dɪ`saɪd/	v.	決定
de·cline	/dɪ`klaɪn/	v.	下降
de·fine	/dɪ`faɪn/	v.	給……下定義
de·rive	/dɪ`raɪv/	v.	取得
de·scribe	/dɪ`skraɪb/	v.	描繪
de·spite	/dɪ`spaɪt/	n.	惡意
de·vice	/dɪ`vaɪs/	n.	設備
de·vise	/dɪ`vaɪz/	v.	設計
dis·like	/dɪs`laɪk/	v.	不喜愛
di·vide	/də`vaɪd/	v.	分
en·tice	/ɪn`taɪs/	v.	誘使
ig·nite	/ɪg`naɪt/	v.	點燃
in·cline	/ɪn`klaɪn/	v.	傾斜
in·vite	/ɪn`vaɪt/	v.	邀請
pre·cise	/prɪ`saɪs/	adj.	精確的
pre·scribe	/prɪ`skraɪb/	v.	規定
pro·vide	/prə`vaɪd/	v.	提供
re·cline	/rɪ`klaɪn/	v.	斜倚
re·fine	/rɪ`faɪn/	v.	精鍊
suf·fice	/sə`faɪs/	v.	足夠
sur·prise	/sə`praɪz/	v.	使吃驚
sur·vive	/sə`vaɪv/	v.	活下來
u·nite	/ju`naɪt/	v.	使聯合

三音節（以上）的字

單字	音標	詞性	中文
con·cu·bine	/ˋkɑŋkjuˌbaɪn/	n.	姘婦
ex·cite·ment	/ɪkˋsaɪtmənt/	n.	刺激
un·der·mine	/ˌʌndɚˋmaɪn/	v.	在……下挖坑道

4　o＋單一子音＋e：o 出現在 單一子音與另一個不發音的 e 之前，讀字母本身讀音 /o/。

單音節字

TRACK 052

單字	音標	詞性	中文
bone	/bon/	n.	骨頭
choke	/tʃok/	v.	哽住
Coke	/kok/	n.	可口可樂
chrome	/krom/	n.	黃色
close	/klos/	adj.	近的
code	/kod/	n.	法典
cone	/kon/	n.	圓錐體
dome	/dom/	n.	圓屋頂
dose	/dos/	n.	一劑
globe	/glob/	n.	球狀物
grope	/grop/	v.	觸摸
hole	/hol/	n.	洞
home	/hom/	n.	家
hope	/hop/	v.	希望

joke	/dʒok/	v.	開玩笑
lobe	/lob/	n.	耳垂
lode	/lod/	n.	礦脈
lone	/lon/	adj.	孤單的
mode	/mod/	n.	形式
nope	/nop/	adv.	沒有
nose	/noz/	n.	鼻
note	/not/	n.	筆記
phone	/fon/	n.	電話
poke	/pok/	v.	戳
pope	/pop/	n.	教皇
pose	/poz/	n.	姿勢
prose	/proz/	n.	散文
quote	/kwot/	v.	引用
robe	/rob/	n.	長袍
rode	/rod/	v.	騎
role	/rol/	n.	角色
rope	/rop/	n.	繩
rose	/roz/	n.	玫瑰花
scope	/skop/	n.	觀測器
slope	/slop/	n.	傾斜
smoke	/smok/	n.	煙
sole	/sol/	n.	腳底
stone	/ston/	n.	石
stove	/stov/	n.	火爐
stroke	/strok/	n.	打

those	/ðoz/	pron.	那些
tone	/ton/	n.	音色
vote	/vot/	v.	投票
whole	/hol/	adj.	全部的
woke	/wok/	v.	醒來
wrote	/rot/	v.	寫
yoke	/jok/	n.	牛軛

例外字

單字	音標	詞性	中文
dove	/dʌv/	n.	鴿
love	/lʌv/	n.	愛
some	/sʌm/	pron.	一些

為什麼 love 不是拼成 luv /lʌv/？

根據上面所介紹的發音規則，love 的 o 應該發字母本身的讀音，即長音 /o/，亦即 love 要發 /lov/ 比較合乎發音規則。如果要發成 /lʌv/，拼成 luv 才合理，由 u 來表示 /ʌ/，如同 up 這個字的 u。那為什麼 love 這個字會是例外呢？其實，不只 love，為什麼 month, son, some, other, mother, brother, wonder, won 的 o 都發 /ʌ/ 呢？

自從 1066 年諾曼人征服英國，法語成為上流社會的語言，說法語的抄錄人員用法語的拼寫方式書寫英語，促使英語的拼寫與發音開始失去規範。其中有條規則是以 o 取代 u，特別是當 u 鄰近 u, m, n, v 字母時，為什麼是這些字母呢？因為這些字母的書寫方式都包含「短豎筆畫（short, vertical stroke）」，u, n, v 三個字母書寫時都是用兩「短豎筆畫」，m 則是用三「短豎筆畫」，因此當這些字母一起出現時很容讓人困惑，例如：luve（現代英語 love），wunder（現代英語 wonder），munuc（現代英語 monk）。為了讓這些字易讀，就用 o 取代 u，因此發音和拼寫就產生了落差，這也就是 love 為什麼不拼成 luv 的原因了。

雙音節字

單字	音標	詞性	中文
a·lone	/əˋlon/	adj.	單獨的
a·woke	/əˋwok/	v.	喚醒
com·pose	/kəmˋpoz/	v.	作曲
de·code	/diˋkod/	v.	譯解

de·vote	/dɪˋvot/	v.	將……奉獻
dis·pose	/dɪˋspoz/	v.	處理
e·lope	/ɪˋlop/	v.	私奔
ex·plode	/ɪkˋsplod/	v.	爆炸
ex·pose	/ɪkˋspoz/	v.	使暴露於
post·pone	/postˋpon/	v.	使延期
pro·mote	/prəˋmot/	v.	晉升
pro·pose	/prəˋpoz/	v.	提議
pro·voke	/prəˋvok/	v.	激怒
re·mote	/rɪˋmot/	adj.	遙遠的
sup·pose	/səˋpoz/	v.	猜想
tight·rope	/ˋtaɪtˏrop/	n.	繃索

三音節（以上）的字

單字	音標	詞性	中文
de·com·pose	/ˏdikəmˋpoz/	v.	分解
in·ter·pose	/ˏɪntəˋpoz/	v.	介入

5　u＋單一子音＋e：u 出現在 單一子音與另一個不發音的 e 之前，讀字母本身讀音 /ju/，偶爾讀 /u/。

單音節字

TRACK 053

單字	音標	詞性	中文
cube	/kjub/	n.	立方體
cure	/kjʊr/	v.	治癒
cute	/kjut/	adj.	可愛的
duke	/djuk/	n.	公爵
flute	/flut/	n.	長笛
fuse	/fjuz/	n.	保險絲
huge	/hjudʒ/	adj.	龐大的
mule	/mjul/	n.	騾
muse	/mjuz/	v.	沉思
mute	/mjut/	adj.	沉默的
puke	/pjuk/	n.	嘔吐
rude	/rud/	adj.	粗野的
rule	/rul/	n.	規則
tube	/tjub/	n.	管
tune	/tjun/	n.	曲調
use	/juz/	v.	用

雙音節字

單字	音標	詞性	中文
a·buse	/əˋbjuz/	v.	虐待

ac·cuse	/əˋkjuz/	v.	指控
a·muse	/əˋmjuz/	v.	使歡樂
con·fuse	/kənˋfjuz/	v.	把……弄糊塗
dif·fuse	/dɪˋfjuz/	v.	擴散
in·fuse	/ɪnˋfjuz/	v.	使充滿
re·fuse	/rɪˋfjuz/	v.	拒絕
pro·duce	/prəˋdjus/	v.	製造
se·duce	/sɪˋdjus/	v.	誘惑
dis·pute	/dɪˋspjut/	v.	爭論
com·pute	/kəmˋpjut/	v.	計算
re·fute	/rɪˋfjut/	v.	駁斥
com·mute	/kəˋmjut/	v.	通勤
as·sume	/əˋsjum/	v.	假定為
con·sume	/kənˋsjum/	v.	消耗
pre·sume	/prɪˋzum/	v.	假定
per·fume	/pɚˋfjum/	n.	香水
im·mune	/ɪˋmjun/	adj.	免疫的
ma·ture	/məˋtjʊr/	adj.	成熟的
en·dure	/ɪnˋdjʊr/	v.	忍耐

三音節（以上）的字

單字	音標	詞性	中文
in·tro·duce	/ˌɪntrəˋdjus/	v.	介紹
re·pro·duce	/ˌriprəˋdjus/	v.	繁殖
rep·u·ta·tion	/ˌrɛpjəˋteʃən/	n.	名譽

發音小百科

　　常聽到許多台灣人把 YouTube、Skype 的 e 誤唸為 /i/，事實上，英語除了外來借字，如：café、fiancé、résumé，字尾 e 才會發音，否則 e 都是不發音的。按照自然發音規則，YouTube 的 u 發長母音 /ju/，而 Skype 的 y 發長母音 /aɪ/，兩個字的 e 都是不發音的。

（三）若單一母音字母出現在「子音 + l + 母音」或「子音 + r + 母音」前，發長母音

1　a + 子音 + l / r + 母音：若母音字母 a 出現在子音 + l + 母音或子音 + r + 母音前，發長母音 /e/，即字母本身發音。

雙音節字

TRACK 054

單字	音標	詞性	中文
a·ble	/ˋebl̩/	adj.	能
a·cre	/ˋekɚ/	n.	英畝
ca·ble	/ˋkebl̩/	v.	纜
cra·dle	/ˋkredl̩/	n.	搖籃
fa·ble	/ˋfebl̩/	n.	寓言
ma·ple	/ˋmepl̩/	n.	楓樹
sta·ble	/ˋstebl̩/	adj.	穩定的
sta·ple	/ˋstepl̩/	n.	主要產品
ta·ble	/ˋtebl̩/	n.	桌子

2　e + 子音 + l / r + 母音：若母音字母 e 出現在 子音 + l + 母音 或 子音 + r + 母音前，發長母音 /i/，即字母本身發音。

雙音節字

TRACK 055

單字	音標	詞性	中文
ze·bra	/ˈzibrə/	n.	斑馬

3　i + 子音 + l / r + 母音：若母音字母 i 出現在 子音 + l + 母音 或 子音 + r + 母音前，發長母音 /aɪ/，即字母本身發音。

雙音節字

TRACK 056

單字	音標	詞性	中文
i·dle	/ˈaɪdl̩/	adj.	懶惰的
Bi·ble	/ˈbaɪbl̩/	n.	聖經
i·sle	/aɪl/	n.	島

4　o + 子音 + l / r + 母音：若母音字母 o 出現在 子音 + l + 母音 或 子音 + r + 母音前，發長母音 /o/，即字母本身發音。

雙音節字

TRACK 057

單字	音標	詞性	中文
no·ble	/ˈnobl̩/	adj.	高貴的
o·gle	/ˈogl̩/	v.	做媚眼

5　u + 子音 + l / r + 母音：若母音字母 u 出現在 子音 + l + 母音 或 子音 + r +
　　母音前，發長母音 /ju/，即字母本身發音。

雙音節字

TRACK 058

單字	音標	詞性	中文
bu·gle	/ˋbjug!/	n.	軍號
pu·trid	/ˋpjutrɪd/	adj.	腐敗的

二、短音系統：單一母音字母發短音

（一） 單一母音字母出現在**字尾**或**音節尾**的一個**子音**之前，這個母音要唸成**短母音**

1　a 出現在**字尾**或**音節尾**的一個**子音**之前，要唸成**短母音** /æ/。

單音節字

TRACK 059

單字	音標	詞性	中文
an	/æn/	det.	一
as	/æz/	adv.	跟……一樣地
at	/æt/	prep.	在……地點
bad	/bæd/	adj.	壞的
bag	/bæg/	n.	提袋
ban	/bæn/	v.	禁止
bat	/bæt/	n.	球棒
brag	/bræg/	v.	吹牛
cab	/kæb/	n.	計程車
can	/kæn/	n.	罐頭
cat	/kæt/	n.	貓
cap	/kæp/	n.	帽子
crab	/kræb/	n.	蟹
cram	/kræm/	v.	把……塞滿
clap	/klæp/	v.	拍手

dad	/dæd/	n.	爸爸
dam	/dæm/	n.	水壩
drag	/dræg/	v.	拉
fan	/fæn/	n.	風扇
fat	/fæt/	adj.	肥胖的
flag	/flæg/	n.	旗
flat	/flæt/	adj.	平的
glad	/glæd/	adj.	高興的
gas	/gæs/	n.	氣體
gram	/græm/	n.	克
hag	/hæg/	n.	醜老太婆
ham	/hæm/	n.	火腿
hat	/hæt/	n.	帽子
jam	/dʒæm/	n.	果醬
lad	/læd/	n.	少年
lag	/læg/	v.	走得慢
mad	/mæd/	adj.	發瘋的
mat	/mæt/	n.	地蓆
man	/mæn/	n.	成年男子
map	/mæp/	n.	地圖
nag	/næg/	v.	不斷嘮叨
pan	/pæn/	n.	平底鍋
pat	/pæt/	n.	輕拍
plan	/plæn/	n.	計畫
plat	/plæt/	n.	辮子
ran	/ræn/	v.	跑

rag	/ræg/	v.	對……惡作劇
rat	/ræt/	n.	鼠
sad	/sæd/	adj.	悲哀的
sag	/sæg/	v.	下陷
Sam	/sæm/	n.	山姆
sat	/sæt/	v.	坐
swam	/swæm/	v.	游泳
tag	/tæg/	n.	標籤
than	/ðæn/	conj.	比較
wag	/wæg/	n.	能言善辯的人

雙音節字

單字	音標	詞性	中文
rath·er	/ˈræðɚ/	adv.	相當
plan·et	/ˈplænɪt/	n.	行星

2　e 出現在**字尾**或**音節尾**的一個**子音**之前，要唸成**短母音** /ɛ/。

單音節字

TRACK 060

單字	音標	詞性	中文
bed	/bɛd/	n.	床
beg	/bɛg/	v.	乞討
Ben	/bɛn/	n.	班
den	/dɛn/	n.	洞穴
hen	/hɛn/	n.	母雞

ken	/kɛn/	n.	視野
leg	/lɛg/	n.	腿
let	/lɛt/	v.	允許
men	/mɛn/	n.	人
net	/nɛt/	n.	網
peg	/pɛg/	n.	栓
pen	/pɛn/	n.	筆
pet	/pɛt/	n.	寵物
red	/rɛd/	n.	紅
set	/sɛt/	n.	一套
shed	/ʃɛd/	v.	流出
shred	/ʃrɛd/	n.	碎片
stem	/stɛm/	n.	莖
ten	/tɛn/	n.	十
Ted	/tɛd/	n.	泰德
then	/ðɛn/	adv.	那時
wed	/wɛd/	v.	娶
wet	/wɛt/	adj.	濕的
when	/hwɛn/	adv.	什麼時候
get	/gɛt/	v.	獲得
yet	/jɛt/	conj.	可是
yes	/jɛs/	adv.	是

雙音節字

單字	音標	詞性	中文
re·gret	/rɪˋgrɛt/	v.	懊悔

3 i 或 y 出現在**字尾**或**音節尾**的一個**子音**之前，要唸成**短母音** /ɪ/。

單音節字

TRACK 061

單字	音標	詞性	中文
bid	/bɪd/	v.	命令
big	/bɪg/	adj.	大的
bin	/bɪn/	n.	箱子
bit	/bɪt/	n.	稍微
brim	/brɪm/	n.	邊
chin	/tʃɪn/	n.	下巴
dig	/dɪg/	v.	挖
did	/dɪd/	v.	做
dim	/dɪm/	adj.	微暗的
fit	/fɪt/	v.	合身
fix	/fɪks/	v.	固定
fig	/fɪg/	n.	服裝
hit	/hɪt/	v.	打擊
him	/hɪm/	pron.	他
hip	/hɪp/	n.	臀部
in	/ɪn/	prep.	在……裡
it	/ɪt/	pron.	它
if	/ɪf/	conj.	如果
ill	/ɪl/	adj.	生病的
Jim	/dʒɪm/	n.	吉姆
kid	/kɪd/	v.	欺騙
lid	/lɪd/	n.	蓋子

lip	/lɪp/	n.	嘴唇
mid	/mɪd/	adj.	中間的
pig	/pɪg/	n.	豬
pin	/pɪn/	n.	大頭針
rib	/rɪb/	n.	肋骨
rid	/rɪd/	v.	使免除
sin	/sɪn/	n.	罪孽
sip	/sɪp/	v.	啜飲
sit	/sɪt/	v.	坐著
skin	/skɪn/	n.	皮膚
spin	/spɪn/	n.	旋轉
swim	/swɪm/	v.	游泳
slim	/slɪm/	adj.	苗條的
six	/sɪks/	n.	六
tin	/tɪn/	n.	錫
till	/tɪl/	n.	錢櫃
tip	/tɪp/	n.	小費
twig	/twɪg/	n.	細枝
twin	/twɪn/	n.	雙胞胎
win	/wɪn/	v.	獲勝
will	/wɪl/	aux.	將
gym	/dʒɪm/	n.	體育館

4 o 出現在**字尾**或**音節尾**的一個**子音**之前，要唸成**短母音** /ɑ/ 或 /ɔ/。

單音節字

TRACK 062

單字	音標	詞性	中文
box	/bɑks/	n.	箱
cod	/kɑd/	v.	愚弄
dog	/dɔg/	n.	狗
dot	/dɑt/	n.	小圓點
fog	/fɑg/	n.	霧
frog	/frɑg/	n.	青蛙
from	/frɑm/	prep.	始於
god	/gɑd/	n.	上帝
got	/gɑt/	v.	得到
hog	/hɑg/	n.	豬
hop	/hɑp/	v.	跳過
hot	/hɑt/	adj.	熱的
job	/dʒɑb/	n.	工作
jog	/dʒɑg/	v.	慢跑
log	/lɔg/	n.	圓木
lot	/lɑt/	n.	很多
mob	/mɑb/	n.	暴民
mom	/mɑm/	n.	媽媽
mop	/mɑp/	n.	拖把
nod	/nɑd/	v.	點頭
not	/nɑt/	adv.	不
on	/ɑn/	prep.	在……上

ox	/ɑks/	n.	牛
pop	/pɑp/	n.	砰的一聲
pot	/pɑt/	n.	罐
rob	/rɑb/	v.	搶劫
rod	/rɑd/	n.	棒
smog	/smɑg/	n.	煙霧
sob	/sɑb/	v.	嗚咽
sod	/sɑd/	n.	討厭鬼
stop	/stɑp/	v.	停止
Tom	/tɑm/	n.	湯姆
top	/tɑp/	n.	頂部
wok	/wɑk/	n.	鐵鍋

5　u 出現在**字尾**或**音節尾**的一個**子音**之前，要唸成**短母音** /ʌ/。

單音節

TRACK 063

單字	音標	詞性	中文
bud	/bʌd/	n.	葉芽
bug	/bʌg/	n.	蟲子
bun	/bʌn/	n.	小圓麵包
bus	/bʌs/	n.	巴士
cup	/kʌp/	n.	杯子
cut	/kʌt/	v.	切
drug	/drʌg/	n.	藥品
drum	/drʌm/	n.	鼓

dug	/dʌg/	n.	挖
fun	/fʌn/	n.	娛樂
gun	/gʌn/	n.	槍
hug	/hʌg/	v.	緊抱
hum	/hʌm/	v.	發哼哼聲
mud	/mʌd/	n.	泥
nun	/nʌn/	n.	修女
nut	/nʌt/	n.	堅果
pun	/pʌn/	n.	雙關語
rub	/rʌb/	v.	磨擦
rug	/rʌg/	n.	小地毯
run	/rʌn/	v.	跑
scrub	/skrʌb/	v.	用力擦洗
shrub	/ʃrʌb/	n.	矮樹
stun	/stʌn/	v.	使昏迷
sum	/sʌm/	n.	總數
sun	/sʌn/	n.	太陽
sup	/sʌp/	v.	啜
tub	/tʌb/	n.	木盆
up	/ʌp/	adv.	向上

（二）單一母音字母代表短母音，出現在兩個或兩個以上的子音字母前

1　a 母音字母出現在**兩個**或兩個以上的子音字母前，發短母音 /æ/。

單音節字

TRACK 064

單字	音標	詞性	中文
bath	/bæθ/	n.	浴缸
black	/blæk/	adj.	黑色的
branch	/bræntʃ/	n.	樹枝
camp	/kæmp/	n.	野營
cast	/kæst/	v.	投
clasp	/klæsp/	v.	緊抱
class	/klæs/	n.	班級
crack	/kræk/	v.	使爆裂
damp	/dæmp/	adj.	有濕氣的
fact	/fækt/	n.	事實
fast	/fæst/	adj.	快的
glass	/glæs/	n.	玻璃
grand	/grænd/	adj.	雄偉的
grant	/grænt/	v.	同意
grass	/græs/	n.	草
hand	/hænd/	n.	手
Jack	/dʒæk/	n.	傑克
jazz	/dʒæz/	n.	爵士樂
lack	/læk/	v.	缺少
lamp	/læmp/	n.	燈

land	/lænd/	n.	陸地
last	/læst/	v.	持續
mask	/mæsk/	n.	假面具
mass	/mæs/	n.	大量
math	/mæθ/	n.	數學
pack	/pæk/	n.	包
pact	/pækt/	n.	契約
pass	/pæs/	v.	經過
past	/pæst/	adj.	過去的
patch	/pætʃ/	n.	補釘
plant	/plænt/	n.	植物
sack	/sæk/	n.	袋
sand	/sænd/	n.	沙地
sang	/sæŋ/	v.	唱
snack	/snæk/	n.	點心
splash	/splæʃ/	v.	濺
stamp	/stæmp/	n.	郵票

雙音節字

單字	音標	詞性	中文
bat·ter	/ˋbætɚ/	v.	連續猛擊
bat·tle	/ˋbætḷ/	v.	搏鬥
can·dle	/ˋkændḷ/	n.	蠟燭
lad·der	/ˋlædɚ/	n.	梯子
sad·dle	/ˋsædḷ/	n.	馬鞍
sam·ple	/ˋsæmpḷ/	n.	樣品

splat·ter	/ˋsplætɚ/	v.	濺潑
stam·mer	/ˋstæmɚ/	v.	口吃
tram·ple	/ˋtræmpl̩/	v.	踐踏

2　e 母音字母出現在**兩個**或兩個以上的**子音字母**前，發短母音 /ɛ/。

單音節字

TRACK 065

單字	音標	詞性	中文
bell	/bɛl/	n.	鐘
belt	/bɛlt/	n.	皮帶
bench	/bɛntʃ/	n.	長凳
best	/bɛst/	adj.	最好的
bless	/blɛs/	v.	保佑
cell	/sɛl/	n.	細胞
cent	/sɛnt/	n.	一分值的硬幣
check	/tʃɛk/	v.	檢查
deck	/dɛk/	n.	甲板
desk	/dɛsk/	n.	書桌
egg	/ɛg/	n.	蛋
else	/ɛls/	adv.	其他
end	/ɛnd/	v.	結束
felt	/fɛlt/	v.	感覺
Fred	/frɛd/	n.	佛瑞德
French	/frɛntʃ/	n.	法國人
held	/hɛld/	v.	握著

Jeff	/dʒɛf/	n.	傑夫
kept	/kɛpt/	v.	保持
kettle	/ˋkɛtl̩/	n.	水壺
left	/lɛft/	adj.	左方的
lend	/lɛnd/	v.	貸款
lens	/lɛnz/	n.	鏡片
less	/lɛs/	adj.	較小的
melt	/mɛlt/	v.	融化
neck	/nɛk/	n.	脖子
nest	/nɛst/	n.	巢
next	/nɛkst/	adj.	接下去的
peck	/pɛk/	v.	啄
rent	/rɛnt/	v.	租用
rest	/rɛst/	n.	休息
scent	/sɛnt/	n.	氣味
self	/sɛlf/	n.	自身
sell	/sɛl/	v.	賣
send	/sɛnd/	v.	發送
sense	/sɛns/	n.	感覺
slept	/slɛpt/	v.	睡覺
smell	/smɛl/	v.	嗅
speck	/spɛk/	n.	斑點
spend	/spɛnd/	v.	花費
tell	/tɛl/	v.	告訴
tend	/tɛnd/	v.	往往會
tent	/tɛnt/	n.	帳篷

單字	音標	詞性	中文
test	/tɛst/	n.	試驗
vest	/vɛst/	n.	背心
well	/wɛl/	adv.	很好地
went	/wɛnt/	v.	去
west	/wɛst/	n.	西方
wreck	/rɛk/	n.	失事
yell	/jɛl/	v.	叫喊

雙音節字

單字	音標	詞性	中文
de·pend	/dɪ`pɛnd/	v.	依靠
de·tect	/dɪ`tɛkt/	v.	發現
el·der	/ˋɛldɚ/	adj.	年齡較大的
e·lect	/ɪ`lɛkt/	v.	選舉
e·vent	/ɪ`vɛnt/	n.	事件
ex·cept	/ɪk`sɛpt/	prep.	除……之外
ex·press	/ɪk`sprɛs/	v.	表達
in·vent	/ɪn`vɛnt/	v.	發明
les·son	/ˋlɛsṇ/	n.	課程
let·ter	/ˋlɛtɚ/	n.	信
pres·ent	/prɪ`zɛnt/	v.	呈獻
pre·vent	/prɪ`vɛnt/	v.	防止
re·ject	/rɪ`dʒɛkt/	v.	拒絕
re·spect	/rɪ`spɛkt/	v.	敬重
se·lect	/sə`lɛkt/	v.	選擇
set·tle	/ˋsɛtḷ/	v.	安頓

3 i 母音字母出現在**兩個**或兩個以上的**子音字母**前，發短母音 /ɪ/。

單音節字

TRACK 066

單字	音標	詞性	中文
bill	/bɪl/	n.	帳單
brick	/brɪk/	n.	磚塊
bring	/brɪŋ/	v.	帶來
cliff	/klɪf/	n.	懸崖
cling	/klɪŋ/	v.	黏著
dish	/dɪʃ/	n.	盤
drift	/drɪft/	v.	使漂流
fill	/fɪl/	v.	裝滿
film	/fɪlm/	v.	電影
fist	/fɪst/	n.	拳
gift	/gɪft/	n.	禮品
Gill	/gɪl/	n.	吉爾
hill	/hɪl/	n.	小山
kick	/kɪk/	v.	踢
kill	/kɪl/	v.	殺死
kiss	/kɪs/	v.	吻
lick	/lɪk/	v.	舔
lift	/lɪft/	v.	舉起
list	/lɪst/	n.	表
milk	/mɪlk/	n.	牛奶
miss	/mɪs/	v.	錯過
pick	/pɪk/	v.	挑選

print	/prɪnt/	v.	印刷
rich	/rɪtʃ/	adj.	有錢的
sick	/sɪk/	adj.	病的
sift	/sɪft/	v.	過濾
sing	/sɪŋ/	v.	唱歌
sink	/sɪŋk/	v.	下沉
stiff	/stɪf/	adj.	硬的
still	/stɪl/	adv.	還
sting	/stɪŋ/	v.	刺
strict	/strɪkt/	adj.	嚴格的
switch	/swɪtʃ/	v.	使轉換
thick	/θɪk/	adj.	厚的
triple	/ˋtrɪpl̩/	adj.	三倍的
which	/hwɪtʃ/	pron.	哪一個
wind	/wɪnd/	n.	風
witch	/wɪtʃ/	n.	女巫

雙音節字

單字	音標	詞性	中文
dim·ple	/ˋdɪmpl̩/	n.	酒窩
ex·ist	/ɪgˋzɪst/	v.	存在
in·sist	/ɪnˋsɪst/	v.	堅持
kit·ten	/ˋkɪtn̩/	n.	小貓
lit·tle	/ˋlɪtl̩/	adj.	小的
pim·ple	/ˋpɪmpl̩/	n.	丘疹
sim·ple	/ˋsɪmpl̩/	adj.	簡單的

發音小百科

　　Christ 的 i 後面雖緊鄰 st 兩個子音字母，但卻發長音 /aɪ/，而 Christmas 唸成 /ˋkrɪsməs/，i 卻要發短音 /ɪ/。此外，Christmas 中的 t 在現代英語中是不發音的，這是為什麼呢？有人推測 stm 三個子音放一起不好發音，尤其是 /t/ 後面要接著發 /m/ 較為費力，故將 /t/ 略去不發音，只保留拼寫，使 t 成為啞音。語言學家 McCawley 提到在 Christmas、listen、mistletoe 中的字母 t 本要發音，但在 16 世紀的時候，/t/ 就變成不發音的字母了。他整理出一條語音規則，如：/t/ → Ø / s + ＿＿＿ + / l、m、n /。簡而言之，當 st 後面接流音 l 或接鼻腔音 m、n 時，t 往往不發音，例子有：chasten、castle、hasten、nestle、bristle、bustle、hustle、glisten、throstle、jostle、mistletoe、Christmas、listen、fasten、moisten。

4　o 母音字母出現在**兩個**或兩個以上的**子音字母**前，發短母音 /ɔ/ 或 /ɑ/。

單音節字

TRACK 067

單字	音標	詞性	中文
block	/blɑk/	n.	街區
bomb	/bɑm/	n.	炸彈
bond	/bɑnd/	n.	囚禁
clock	/klɑk/	n.	時鐘
cock	/kɑk/	n.	公雞
doll	/dɑl/	n.	玩偶
flock	/flɑk/	n.	羊群

fond	/fɑnd/	adj.	喜歡的
golf	/gɑlf/	n.	高爾夫球運動
lock	/lɑk/	n.	鎖
mock	/mɑk/	n.	嘲弄
off	/ɔf/	prep.	離開
opt	/ɑpt/	v.	選擇
pond	/pɑnd/	n.	池塘
rock	/rɑk/	n.	岩石
sock	/sɑk/	n.	短襪
soft	/sɔft/	adj.	柔軟的
solve	/sɑlv/	v.	解決
stock	/stɑk/	n.	存貨

雙音節字

單字	音標	詞性	中文
be·yond	/bɪˋjɑnd/	prep.	越過

發音小百科 ————————————————

bomb、climb、comb、crumb、dumb、lamb、limb、numb、plumb、thumb、tomb、womb 這些字都以 mb 結尾，但 mb 前的母音，有的發長音、有的發短音，較不一致。其中有個有趣的現象，值得注意，上述單字 mb 緊鄰時，b 皆不發音。為什麼呢？

就字源上來看，這些字大多源自古英語，但亦有源自其他語言的，如：thumb 源自古英語、plumb 源自古法語，在中古英語時期，mb 皆要發音，但在早期現代英語時，b 已不發音，目的是讓發音更為流暢。就發音的位置來看，/m/ 和 /b/ 都是雙唇音，但 /m/ 是鼻腔音、/b/ 是口腔音，氣流出去的位置不同，mb 發音時 /m/ 和 /b/ 兩音緊鄰，要從發鼻腔音轉為發口腔音，較為費力，因此省略 /b/ 的發音。不過，上述單字都是單音節字，若是遇到雙音節字，有的 b 需發音、有的不用，如 bombard、crumble、lambaste 的 b 需要發音，但 climber、plumber 的 b 卻不用發音，需要讀者多費心記憶。

發音小百科

為什麼 hop（跳）改成現在分詞和動名詞時，要重複 p 加 -ing 呢？

為了幫助讀者理解，我們先看看 hop 的發音 /hɑp/，因為母音字母後面接一子音，且出現在單字的尾巴，o 要發短音 /ɑ/。一旦我們在 hop 後面直接加上 -ing 形成現在分詞和動名詞，就會和 hope 的現在分詞或動名詞形式 hoping 相同，為避免混淆，應避免直接在 hop 後面加 -ing。此外，按照發音趨勢，hoping 的 p 按「韻頭優先（onset first）」的原則，要跟 -ing 合併為一音節，因此 hoping 音節應劃分為 ho·ping，如此一來，ho 就成為開放音節，因此母音 o 要發長音，如此一來，hop 的現在分詞和動名詞，母音的發音就會改變。此外，拼成 hopping 還有一個好處，按照本單元所介紹的發音規則，pp 兩子音前方的母音要發短母音，o 字母的短母音發 /ɑ/，這樣就可以維持 hop 的原有發音了。

5　u 母音字母出現在**兩個**或兩個以上的**子音字母**前，發短母音 /ʌ/。

單音節字

TRACK 068

單字	音標	詞性	中文
bump	/bʌmp/	v.	碰
crumb	/krʌm/	n.	麵包屑
duck	/dʌk/	n.	鴨
dumb	/dʌm/	adj.	啞的
dump	/dʌmp/	v.	傾倒
dust	/dʌst/	n.	灰塵
fuck	/fʌk/	v.	性交

funk	/fʌŋk/	n.	驚恐
hunt	/hʌnt/	v.	追獵
jump	/dʒʌmp/	v.	跳躍
just	/dʒʌst/	adv.	正好
much	/mʌtʃ/	adj.	許多
must	/mʌst/	aux.	必須
numb	/nʌm/	adj.	麻木的
pump	/pʌmp/	n.	抽吸
stuck	/stʌk/	adj.	陷住
stuff	/stʌf/	n.	材料
stung	/stʌŋ/	v.	刺
such	/sʌtʃ/	pron.	這樣的人
truck	/trʌk/	n.	卡車

雙音節字

單字	音標	詞性	中文
dis·cuss	/dɪˋskʌs/	v.	討論
re·sult	/rɪˋzʌlt/	n.	結果
stut·ter	/ˋstʌtɚ/	n.	結巴

（三）例外中的小規則

上述規則雖然有例外，但在例外中仍可以理出諸多小規則：

1　al 加子音字母（較常見的如：l、d、t、k），雖然 a 後面緊臨著兩個子音字母，但 a 會發 /ɔ/ 的音，而不是發 /æ/ 的音。

單音節

TRACK 069

單字	音標	詞性	中文
all	/ɔl/	adj.	一切的
bald	/bɔld/	adj.	禿頭的
ball	/bɔl/	n.	球
call	/kɔl/	v.	叫喊
fall	/fɔl/	n.	落下
gall	/gɔl/	n.	魯莽
hall	/hɔl/	n.	會堂
halt	/hɔlt/	v.	停止行進
mall	/mɔl/	n.	購物中心
salt	/sɔlt/	n.	鹽
scald	/skɔld/	v.	燙傷
squall	/skwɔl/	n.	高聲喊叫
stalk	/stɔk/	v.	偷偷靠近
stall	/stɔl/	n.	欄
talk	/tɔk/	v.	講話
tall	/tɔl/	adj.	身材高的
walk	/wɔk/	v.	走
wall	/wɔl/	n.	牆

發音小百科

（1）中古英語的 al 出現在 k 的前面時，l 是要發音的，但 a 在早期現代英語發成 /ɔ/ 時，字母 l 就不再發音了。

（2）calf、half 的 a 皆發 /æ/ 而不發 /ɔ/；salve、halve 的 a 皆發 /æ/ 而不發 /ɔ/；calm、balm、palm、psalm 的 a 皆發 /ɑ/ 而不發 /æ/，雖不符合上述 a 母音字母在兩子音前要發成 /æ/ 的規則，但符合單一母音字母出現在兩個或兩個以上的子音字母前，發短母音這條規則。值得留意的是，這四個字的 l 都不發音。

2　i 後面接 ld 或 nd，構成 ild 或 ind，此處的 i 通常發長音 /aɪ/，而非短音 /ɪ/。

單音節

單字	音標	詞性	中文
bind	/baɪnd/	v.	捆
blind	/blaɪnd/	adj.	瞎的
child	/tʃaɪld/	n.	小孩
find	/faɪnd/	v.	找到
grind	/graɪnd/	v.	磨
hind	/haɪnd/	adj.	身體後部的
kind	/kaɪnd/	n.	種類
mild	/maɪld/	adj.	溫和的
mind	/maɪnd/	n.	頭腦

單字	音標	詞性	中文
rind	/raɪnd/	n.	外皮
wild	/waɪld/	adj.	野的
wind	/waɪnd/	v.	蜿蜒

雙音節字

單字	音標	詞性	中文
be·hind	/bɪˋhaɪnd/	prep.	在……的背後

3　單字中兩子音字母 gh 前面所接的母音 i 要發長音 /aɪ/，而非發短音 /ɪ/，而且此處的 gh 不發音。

單音節

TRACK 070

單字	音標	詞性	中文
blight	/blaɪt/	n.	禍害
bright	/braɪt/	adj.	明亮的
fight	/faɪt/	v.	打仗
flight	/flaɪt/	n.	飛翔
fright	/fraɪt/	n.	驚嚇
high	/haɪ/	adj.	高的
knight	/naɪt/	n.	騎士
light	/laɪt/	n.	光
might	/maɪt/	aux.	可能
night	/naɪt/	n.	夜
sigh	/saɪ/	v.	嘆氣
sight	/saɪt/	n.	視覺

	/θaɪ/	n.	大腿
thigh	/θaɪ/	n.	大腿
tight	/taɪt/	adj.	緊的

雙音節字

單字	音標	詞性	中文
al·right	/ɔl`raɪt/	adj	沒問題的
bright·en	/`braɪtn̩/	v.	使明亮
fright·en	/`fraɪtn̩/	v.	使驚恐
light·en	/`laɪtn̩/	v.	變亮

三音節（以上）的字

單字	音標	詞性	中文
al·might·y	/ɔl`maɪtɪ/	adj.	全能的

4 ol + 子音字母，o 字母不發短母音 /ɑ/，而發長母音 /o/。

單音節

TRACK 071

單字	音標	詞性	中文
cold	/kold/	adj.	冷的
colt	/kolt/	n.	小馬駒
gold	/gold/	n.	金幣
hold	/hold/	v.	握著
holt	/holt/	n.	雜木林
mold	/mold/	n.	模子
molt	/molt/	v.	蛻變

單字	音標	詞性	中文
old	/old/	adj.	老的
scold	/skold/	v.	罵
sold	/sold/	v.	賣
told	/told/	v.	告訴

5　p / b / f + u + l / sh / tch 中的 u 字母發 /ʊ/。

單音節

TRACK 072

單字	音標	詞性	中文
pull	/pʊl/	v.	拉
bull	/bʊl/	n.	公牛
full	/fʊl/	adj.	滿的
push	/pʊʃ/	v.	推
bush	/bʊʃ/	n.	灌木
butch	/bʊtʃ/	adj.	男子般的

例外字

單字	音標	詞性	中文
dull	/dʌl/	adj.	不明顯的
gull	/gʌl/	n.	易受騙的人
null	/nʌl/	adj.	無效的

雙音節

單字	音標	詞性	中文
butch·er	/ˋbʊtʃɚ/	n.	肉販

6　nge 前的母音 a 發長音，而非短音。

單音節字

單字	音標	詞性	中文
change	/tʃendʒ/	v.	改變
range	/rendʒ/	n.	排
strange	/strendʒ/	adj.	奇怪的

雙音節字

單字	音標	詞性	中文
ar·range	/əˋrendʒ/	v.	整理
dan·ger	/ˋdendʒɚ/	n.	危險
strang·er	/ˋstrendʒɚ/	n.	陌生人

7   ste 前的母音 a 發長音,而非短音。

單音節字

單字	音標	詞性	中文
chaste	/tʃest/	adj.	貞潔的
haste	/hest/	n.	急忙
paste	/pest/	n.	漿糊
taste	/test/	n.	味覺
waste	/west/	v.	浪費

例外字

單字	音標	詞性	中文
caste	/kæst/	n.	種姓

三、母音二合字母（vowel digraph）

二合字母顧名思義是兩個字母擺在一起，代表一個音素，只發一個音。二合字母可以是由兩個子音字母或兩個母音字母（或一個母音字母加一個半母音字母）所組成。本章節將逐一介紹母音二合字母，想了解何謂子音二合字母，請看子音二合字母章節。

何謂母音二合字母？請看下表：

$$母音二合字母：母音字母 + \begin{cases} 母音 \\ 半母音 \end{cases}$$

母音二合字母顧名思義是將兩個母音字母組合在一起，但只發一個音，可能發長音、短音、雙母音，例如：tea 中的 ea 發長音 /i/、bread 中的 ea 發短音 /ɛ/、buy 中的 uy 發雙母音 /aɪ/、boy 中的 oy 發雙母音 /ɔɪ/。事實上，大多數的二合字母是按第一個母音字母發音，發長音，第二個字母不發音，尤其是當單一母音字母出現在不發音的 e 字母之前，通常發長音，即字母本身發音。如：ee 經常按第一個字母 e 發 /i/、ie 經常按第一個字母 i 發 /aɪ/、oe 經常按第一個字母 o 發 /o/、ue 經常按第一個字母 u 發 /ju/。至於，按第二字母發音是比較罕見的，例如：eu 可按第二個字母 u 發長音 /ju/。此外，也有兩個母音字母都發音，形成雙母音的例子，例如：oy 或 oi 可發 /ɔɪ/、ai 可發 /aɪ/，甚至有不按兩個母音字母發音的例子，如：oo 可發 /u/ 或 /ʊ/。

值得一提的是，並非兩個母音放在一起就叫做二合字母。根據上述的定義，二合字母要兩個字母**合在一起發一個音**，不管是發成長音、短音或雙母音（雙母音也視為一個音，因為中間發音連續，沒間斷），皆需置於同一音節中，若置於不同音節中，發成兩個音，就不叫二合字母了，例如：reality 這個字的 ea 發音並非合在一起，發成 /i/ 或 /ɛ/，而是各自分開發音，e 發 /i/、a 發 /æ/，分屬不同音節，因此 reality 發成 /riˋælətɪ/，而非 /ˋrilətɪ/ 或 /ˋrɛlətɪ/。

接著，我們來看英語發音系統中的母音二合字母組合有哪些，請看下表：

	a	e	i	o	u	w	y	總計
a	**aa**	**ae**	ai	**ao**	au	aw	ay	7 種
e	ea	ee	ei	**eo**	eu	ew	ey	7 種
i	**ia**	ie		**io**				3 種
o	oa	oe	oi	oo	ou	ow	oy	7 種
u		ue	**ui**				**uy**	3 種

如上圖所示，英語發音系統中有 27 個母音二合字母（其中 ia 和 io 當二合字母只出現在 r 之前，本單元不做討論），出現頻率較高的組合用**藍色**標示，出現頻率較低的用黑色標示。以學習效益來看，學習者應該優先掌握藍色的部分，行有餘力，才進到黑色部分。此外，二合字母可能有多種發音，我們會先列出常見的音，若太罕見，會略過不談，或者在發音小百科中説明解釋。

母音二合字母例字：

	a	e	i	o	u	w	y
a	baa	nae	gain	gaol	taught	law	pay
e	beach	feet	deceive	people	feud	hew	key
i	marriage	piece		prior			

o	coal	toe	coin	book	mouth	cow	toy
u		true	build				buy

（一）a＋母音字母（半母音字母）

　　茲針對下列七種以 a 字母為首的母音二合字母逐一說明：aa、ae、ai、ao、au、aw、ay，藍色是較為常見的、黑色是較少見的。

1　aa

aa 的組合相當罕見，出現時經常發 /ɑ/。

單音節字

TRACK 075

單字	音標	詞性	中文
baa	/bɑ/	n.	羊、仔牛的叫聲

雙音節字

單字	音標	詞性	中文
laa·ger	/ˈlagɚ/	n.	用裝甲車圍成的臨時防禦營

三音節（以上）的字

單字	音標	詞性	中文
Af·ri·kaans	/ˌæfrɪˈkɑns/	n.	南非荷蘭語

2　ae

ae 的組合較少見，可發字母本身的讀音 /e/。

單音節字

TRACK 076

單字	音標	詞性	中文
Rae	/re/	n.	瑞伊（人名）
Mae	/me/	n.	梅（人名）
nae	/ne/	adv.	沒有

雙音節字

單字	音標	詞性	中文
Is·rael	/ˋɪzrel/	n.	以色列

三音節（以上）的字

單字	音標	詞性	中文
Is·rae·li	/ɪzˋrelɪ/	n.	以色列人

ae 亦可只發第二個字母 e 本身的讀音 /i/。

雙音節字

單字	音標	詞性	中文
ae·on	/ˋiən/	n.	永世；萬古
Ae·sop	/ˋisɑp/	n.	伊索
ae·gis	/ˋidʒɪs/	n.	保護
al·gae	/ˋældʒi/	n.	水藻

| Cae·sar | /ˈsizɚ/ | n. | 凱撒 |
| lar·vae | /ˈlɑrvi/ | n. | 幼蟲 |

三音節（以上）的字

單字	音標	詞性	中文
a·lum·nae	/əˈlʌmˌni/	n.	女校友
a·nae·mi·a	/əˈnimɪə/	n.	貧血
en·cy·clo·pae·di·a	/ɪnˌsaɪkləˈpidɪə/	n.	百科全書
pae·di·a·tri·cian	/ˌpidɪəˈtrɪʃən/	n.	小兒科醫師

發音小百科

　　美國韋氏字典曾對 ae 拼寫簡化，改拼 ae 為 e，例如：將 anaemia 改為 anemia、paediatrician 改為 pediatrician、encyclopaedia 改為 encyclopedia，惟不改動拉文複數名詞字尾，例如：不將 alumnae 為 *alume。

ae 亦可發 /ɛ/。

三音節（以上）的字

單字	音標	詞性	中文
aes·thet·ic	/ɛsˈθɛtɪk/	adj.	美學的

發音小百科

母音二合字母 ae 在英語中甚少出現，可發成 /e/、/i/、/ɛ/、/aɪ/。含有 ae 字母的單字大多源自於拉丁語，ae 在拉丁語中本發雙母音 /aɪ/，後來發音改變，變成 /i/，有些拉丁借字中的 ae 發 /i/，如：al·gae /ˈældʒi/、Cae·sar /ˈsizɚ/、lar·vae /ˈlɑrvi/、a·lum·nae /əˈlʌmˌni/。ae 的另一個發音是 /ɛ/，例子有：aes·thet·ic /ɛsˈθɛtɪk/。值得一提的是，ae·gis 這個字常見的發音是 /ˈidʒɪs/，但亦有人發成 /ˈedʒɪs/，因為將 ae 發成 /e/，較合乎 e 字母前的母音發長音這條規則，惟 ae 發成 /e/ 的情況甚少，因此一般自然發音書大多不列這條規則，而單音節字 ae 發 /e/ 的情況，似乎僅見於人名 Mae、Rae 中。此外，美國眾議院在表決是否通過總統彈劾案的時候，議員們用 nae 來表示否決，ae 發音也是 /e/。最後，我們來看 ae 發 /aɪ/ 的例子，和 ae 發 /e/ 一樣，也相當罕見，maes·tro /ˈmaɪstro/ 的 ae 發 /aɪ/ 是反映義大利文的發音。

3　ai

ai 通常讀 /e/（ai 大多置於字首或字中）。

單音節字

TRACK 077

單字	音標	詞性	中文
aid	/ed/	n.	幫助
ail	/el/	v.	使痛苦
aim	/em/	v.	瞄準
bail	/bel/	n.	保釋
bait	/bet/	n.	餌
braid	/bred/	n.	髮辮

brain	/bren/	n.	腦袋
braise	/brez/	v.	以文火燉煮
chain	/tʃen/	n.	鏈
claim	/klem/	n.	要求
drain	/dren/	v.	排出
fail	/fel/	v.	失敗
faint	/fent/	adj.	頭暈的
faith	/feθ/	n.	信念
frail	/frel/	adj.	身體虛弱的
gain	/gen/	v.	得到
grain	/gren/	n.	穀粒
hail	/hel/	v.	招呼
jail	/dʒel/	n.	監獄
maid	/med/	n.	少女
mail	/mel/	n.	郵件
main	/men/	adj.	主要的
maize	/mez/	n.	玉蜀黍
nail	/nel/	n.	釘子
paid	/ped/	adj.	有薪金的
pail	/pel/	n.	桶
pain	/pen/	n.	痛
paint	/pent/	v.	油漆
plain	/plen/	adj.	簡樸的
plaint	/plent/	n.	悲嘆
praise	/prez/	n.	讚揚
raid	/red/	n.	侵襲

rail	/rel/	n.	欄杆
rain	/ren/	n.	雨
raise	/rez/	v.	舉起
sail	/sel/	n.	帆
saint	/sent/	n.	聖徒
snail	/snel/	n.	蝸牛
Spain	/spen/	n.	西班牙
sprain	/spren/	n.	扭傷
stain	/sten/	v.	沾汙
straight	/stret/	adj.	筆直的
strain	/stren/	v.	拉緊
strait	/stret/	n.	海峽
tail	/tel/	n.	尾巴
taint	/tent/	v.	使感染
trail	/trel/	v.	拖
train	/tren/	n.	列車
trait	/tret/	n.	特徵
vain	/ven/	adj.	愛虛榮的
waist	/west/	n.	腰
wait	/wet/	v.	等

例外字

單字	音標	詞性	中文
plaid	/plæd/	n.	彩格披肩

雙音節字

單字	音標	詞性	中文
a·fraid	/əˋfred/	adj.	害怕的
at·tain	/əˋten/	v.	達到
a·wait	/əˋwet/	v.	等候
cam·paign	/kæmˋpen/	n.	運動
con·tain	/kənˋten/	v.	包含
dai·ly	/ˋdelɪ/	adj.	每日的
dai·sy	/ˋdezɪ/	n.	雛菊
de·tain	/dɪˋten/	v.	留住
dis·dain	/dɪsˋden/	n.	輕蔑
ex·claim	/ɪksˋklem/	v .	呼喊
ex·plain	/ɪkˋsplen/	v.	解釋
fail·ure	/ˋfeljɚ/	n.	失敗
faith·ful	/ˋfeθfəl/	adj.	忠實的
main·stream	/ˋmenˏstrim/	n.	主流
main·tain	/menˋten/	v.	維持
ob·tain	/əbˋten/	v.	得到
paint·ing	/ˋpentɪŋ/	n.	繪畫
pre·vail	/prɪˋvel/	v.	勝過
pro·claim	/prəˋklem/	v.	宣告
raid·er	/ˋredɚ/	n.	突襲者
re·frain	/rɪˋfren/	v.	忍住
re·tain	/rɪˋten/	v.	保留
straight·en	/ˋstretn/	v.	使挺直
trail·er	/ˋtrelɚ/	n.	拖車

wai·ter	/ˈwetɚ/	n.	侍者

三音節（以上）的字

單字	音標	詞性	中文
at·tain·ment	/əˈtenmənt/	n.	成就
a·vail·a·ble	/əˈveləbl̩/	adj.	可用的
con·tain·er	/kənˈtenɚ/	n.	貨櫃；容器（如箱、盒、罐等）
may·on·naise	/ˌmeəˈnez/	n.	美乃滋
re·tail·er	/rɪˈtelɚ/	n.	零售商

> ai 也可發 /ɛ/。

單音節字

單字	音標	詞性	中文
said	/sɛd/	v.	說

雙音節字

單字	音標	詞性	中文
a·gain	/əˈgɛn/	adv.	再一次
a·gainst	/əˈgɛnst/	prep.	反對
prai·rie	/ˈprɛrɪ/	n.	大草原

發音小百科 ─────────

就以學習效益而言，學習母音二合字母 ai 的發音，應以長音 /e/ 為優先，接著才記憶發短音的 /ɛ/ 的例子，這樣就足以解決大部分 ai 的發音。雖然 ai 大部分發這兩種發音，但還是會遇到發其他音的狀況，例如在 plaid 中的 ai 要發 /æ/、在 aisle、Hawaii 當中 ai 要發 /aɪ/。至於，在非重音節當中，ai 常弱化為 /ə/，例如：certain 和 mountain 中的 ai 都發 /ə/。

4　ao

ao 這個母音二合字母非常罕見，例字不多，可發 /e/。

單音節字

TRACK 078

單字	音標	詞性	中文
gaol	/ˋdʒel/	n.	監獄

ao 也可發 /aʊ/。

雙音節字

單字	音標	詞性	中文
Mao·ri	/ˋmaʊrɪ/	n.	毛利人

發音小百科 ─────────

ao 當母音二合字母使用時，發 /e/ 和 /aʊ/，例字相當少。在非重音節中 ao 唸成 /o/，例如：Pharaoh 要唸成 /ˋfɛro/。

5　au

au 通常發短母音 /ɔ/。

單音節字

單字	音標	詞性	中文
caught	/kɔt/	v.	抓住
cause	/kɔz/	n.	原因
clause	/klɔz/	n.	條款
fault	/fɔlt/	n.	毛病
flaunt	/flɔnt/	v.	炫耀
fraud	/frɔd/	n.	欺騙
gaunt	/gɔnt/	adj.	憔悴的
haul	/hɔl/	v.	拖
haunt	/hɔnt/	v.	使困擾
launch	/lɔntʃ/	v.	開始
maul	/mɔl/	n.	大木槌
Paul	/pɔl/	n.	保羅
pause	/pɔz/	n.	暫停
sauce	/sɔs/	n.	調味醬
staunch	/stɔntʃ/	adj.	堅固的
taught	/tɔt/	v.	教
taunt	/tɔnt/	n.	辱罵
vault	/vɔlt/	n.	拱頂

雙音節字

單字	音標	詞性	中文
auc·tion	/ˈɔkʃən/	n.	拍賣
Au·gust	/ˈɔˋɡəst/	n.	八月
au·ral	/ˈɔrəl/	adj.	耳的；聽覺的
aus·tere	/ɔˈstɪr/	adj.	嚴厲的
au·thor	/ˈɔθɚ/	n.	作者
au·tumn	/ˈɔtəm/	n.	秋季
be·cause	/bɪˈkɔz/	conj.	因為
daugh·ter	/ˈdɔtɚ/	n.	女兒
haugh·ty	/ˈhɔtɪ/	adj.	高傲的
laun·dry	/ˈlɔndrɪ/	n.	洗衣店
Lau·ra	/ˈlɔrə/	n.	羅拉
laur·el	/ˈlɔrəl/	n.	月桂樹
naugh·ty	/ˈnɔtɪ/	adj.	頑皮的
pau·per	/ˈpɔpɚ/	n.	窮人

三音節（以上）的字

單字	音標	詞性	中文
au·di·ble	/ˈɔdəbl̩/	adj.	可聽見的
Aus·tri·a	/ˈɔstrɪə/	n.	奧地利
au·then·tic	/ɔˈθɛntɪk/	adj.	可信的
au·thor·i·ty	/əˈθɔrətɪ/	n.	權力
au·thor·ize	/ˈɔθəˌraɪz/	v.	授權給
au·to·mat·ic	/ˌɔtəˋmætɪk/	adj.	自動的
in·au·gu·rate	/ɪnˈɔgjəˌret/	v.	開始

| saus·age | /ˈsɔsɪdʒ/ | n. | 香腸 |

發音小百科

　　以學習效益來說，記憶 au 發短母音 /ɔ/ 就很夠用，但偶爾還是會遇到例外的發音。au 發 /ɔ/ 之外的音，約有 /æ/、/e/、/o/ 三種，例字都不多。au 發 /æ/ 的單字，如：aunt、laugh；發 /e/ 的單字，如：gauge；發 /o/ 的單字，如：源自法語的 chauffeur /ˈʃofə/、gauche /goʃ/、chauvinism /ˈʃovɪnˌɪzəm/；發 /au/ 的單字，如：源自西班牙的 gaucho /ˈgautʃo/。另外，au 在弱音節，會弱化為 /ə/，例如 restaurant /ˈrɛstərənt/。

6　aw

aw 通常發短母音 /ɔ/。

單音節字

TRACK 080

單字	音標	詞性	中文
awe	/ɔ/	n.	敬畏
awl	/ɔl/	n.	尖錐
awn	/ɔn/	n.	芒
brawl	/brɔl/	n.	爭吵
caw	/kɔ/	n.	鴉叫聲
claw	/klɔ/	n.	爪
crawl	/krɔl/	v.	爬行
dawn	/dɔn/	n.	黎明

draw	/drɔ/	v.	繪製
drawn	/drɔn/	adj.	扭曲的
fawn	/fɔn/	v.	幼鹿
jaw	/dʒɔ/	n.	下頜
law	/lɔ/	n.	法律
lawn	/lɔn/	n.	草坪
paw	/pɔ/	n.	腳爪
prawn	/prɔn/	n.	蝦
raw	/rɔ/	adj.	生的
saw	/sɔ/	v.	拉鋸
scrawl	/skrɔl/	v.	潦草地寫
squawk	/skwɔk/	v.	抗議
straw	/strɔ/	n.	稻草
thaw	/θɔ/	v.	融解
trawl	/trɔl/	n.	拖網
yawn	/jɔn/	v.	呵欠

雙音節字

單字	音標	詞性	中文
aw·ful	/ˋɔful/	adj.	可怕的
awk·ward	/ˋɔkwəd/	adj.	笨拙的
draw·er	/ˋdrɔ˦/	n.	抽屜
law·yer	/ˋlɔjə/	n.	律師
saw·yer	/ˋsɔjə/	n.	鋸木匠

7 ay

ay 通常讀 /e/。

單音節字（通常位於字尾）

TRACK 081

單字	音標	詞性	中文
bay	/be/	v.	咆哮
clay	/kle/	n.	泥土
day	/de/	n.	一天
gay	/ge/	adj.	同性戀的
gray	/gre/	adj.	灰色的
hay	/he/	n.	乾草
Jay	/dʒe/	n.	傑
lay	/le/	v.	放
may	/me/	aux.	可能
pay	/pe/	v.	支付
play	/ple/	v.	玩耍
pray	/pre/	v.	祈禱
ray	/re/	n.	光線
say	/se/	v.	說
slay	/sle/	v.	殺死
spray	/spre/	v.	噴灑
stay	/ste/	v.	停留
stray	/stre/	v.	迷路
sway	/swe/	v.	搖動
tray	/tre/	n.	盤子
way	/we/	n.	道路

雙音節字

單字	音標	詞性	中文
a·way	/əˋwe/	adv.	離開
cray·fish	/ˋkreˌfɪʃ/	n.	淡水螯蝦
cray·on	/ˋkreən/	n.	蠟筆
de·cay	/dɪˋke/	v.	腐朽
dis·may	/dɪsˋme/	n.	驚慌
hay·stack	/ˋheˌstæk/	n.	乾草堆
pay·check	/ˋpeˌtʃɛk/	n.	薪津

三音節（以上）的字

單字	音標	詞性	中文
Ma·lay·si·a	/məˋleʒə/	n.	馬來西亞

發音小百科 ————

　　許多英語初學者經常會將 says 和 said 的音發錯，將此處的 ay 和 ai 發成 /e/。事實上，此處的 ay 和 ai 應該發成 /ɛ/ 才對。此外，says 的 s 應該要發成 /z/，says 要讀成 /sɛz/。值得一提的是，ay 還有一個罕見發音 /i/，例如 quay 的 ay 要發 /i/。

（二）e + 母音字母（半母音字母）

茲針對下列七種以 e 字母為首的母音二合字母逐一說明：ea、ee、ei、eo、eu、ew、ey，藍色是較為常見的、**黑色**是較少見的。

1 ea

ea 通常發第一個字母 e 的音，即長母音 /i/。

單音節

TRACK 082

單字	音標	詞性	中文
beach	/bitʃ/	n.	海灘
bead	/bid/	n.	有孔小珠
beak	/bik/	n.	鳥嘴
beam	/bim/	v.	照射
bean	/bin/	n.	豆
beast	/bist/	n.	野獸
beat	/bit/	v.	擊
bleach	/blitʃ/	v.	漂白
bleak	/blik/	adj.	荒涼的
breach	/britʃ/	n.	破壞
breathe	/brið/	v.	呼吸

發音小百科

breathe 的 ea 位於 th 和不發音的 e 字母之前，且位於單字尾巴，符合母 + 子 + e 母音要發長音的規則，因此 ea 要發長音 /i/。

單字	音標	詞性	中文
cheap	/tʃip/	adj.	便宜的
cheat	/tʃit/	v.	欺騙
clean	/klin/	adj.	清潔的
cleave	/kliv/	v.	砍開
creak	/krik/	n.	嘎吱聲
cream	/krim/	n.	奶油
deal	/dil/	n.	交易
dean	/din/	n.	教務長
dream	/drim/	n.	夢
each	/itʃ/	adj.	各自的
east	/ist/	n.	東方
feast	/fist/	n.	盛宴
feat	/fit/	n.	功績
flea	/fli/	n.	跳蚤
gleam	/glim/	n.	微光
glean	/glin/	v.	點滴搜集
heal	/hil/	v.	治癒
heap	/hip/	v.	堆積
heat	/hit/	n.	熱度
heave	/hiv/	v.	舉起
knead	/nid/	v.	捏
leach	/litʃ/	v.	過濾
lead	/lid/	v.	引導
leaf	/lif/	n.	葉子

leak	/lik/	v.	洩漏
lean	/lin/	v.	傾斜
leap	/lip/	v.	跳
least	/list/	adj.	最小的
leave	/liv/	v.	離開
meal	/mil/	n.	膳食
mean	/min/	adj.	小氣的
meat	/mit/	n.	肉
neat	/nit/	adj.	整潔的
pea	/pi/	n.	豌豆
peach	/pitʃ/	n.	桃子
peak	/pik/	n.	山頂
peal	/pil/	v.	大聲鳴響
plea	/pli/	n.	請求
plead	/plid/	v.	辯護
preach	/pritʃ/	v.	布道
reach	/ritʃ/	v.	抵達
read	/rid/	v.	讀
reap	/rip/	v.	收割
scream	/skrim/	v.	尖叫
sea	/si/	n.	海
seal	/sil/	v.	密封
seam	/sim/	v.	接縫
seat	/sit/	n.	座位
sneak	/snik/	v.	偷偷地走
speak	/spik/	v.	說話

squeak	/skwik/	n.	吱吱聲
squeal	/skwil/	v.	發出長而尖的叫聲
steal	/stil/	v.	偷
steam	/stim/	n.	蒸汽
streak	/strik/	n.	條紋
stream	/strim/	n.	小河
tea	/ti/	n.	茶
teach	/titʃ/	v.	教
team	/tim/	n.	隊
treat	/trit/	v.	對待
tweak	/twik/	n.	扭
veal	/vil/	n.	小牛肉
weak	/wik/	adj.	弱的
wean	/win/	v.	使斷奶
weave	/wiv/	v.	編製
wheat	/hwit/	n.	小麥
wreath	/riθ/	n.	花圈
yeast	/jist/	n.	酵母
zeal	/zil/	n.	熱心

雙音節字

單字	音標	詞性	中文
ap·peal	/ə`pil/	v.	呼籲
bea·ver	/`bivɚ/	n.	海狸
be·queath	/bɪ`kwið/	v.	把……遺贈給
cleav·age	/`klivɪdʒ/	n.	劈開

con·ceal	/kən`sil/	v.	隱蔽
de·crease	/ˋdikris/	n.	減少
de·feat	/dɪˋfit/	v.	戰勝
dis·ease	/dɪˋziz/	n.	病
ea·ger	/ˋigɚ/	adj.	熱心的
Ea·ster	/ˋistɚ/	n.	復活節
fea·ture	/ˋfitʃɚ/	n.	特徵
in·crease	/ɪnˋkris/	v.	增大
leaf·let	/ˋliflɪt/	n.	傳單
mea·ger	/ˋmigɚ/	adj.	瘦的
mis·lead	/mɪsˋlid/	v.	使迷離
re·lease	/rɪˋlis/	v.	釋放
re·peal	/rɪˋpil/	v.	撤銷
re·peat	/rɪˋpit/	v.	重複
re·veal	/rɪˋvil/	v.	展現
sea·port	/ˋsiˌport/	n.	海港
team·work	/ˋtimˌwɝk/	n.	聯合作業

三音節（以上）的字

單字	音標	詞性	中文
rea·son·a·ble	/ˋriznəbḷ/	adj.	通情達理的

ea 也可發短音 /ɛ/。

單音節字

單字	音標	詞性	中文
bread	/brɛd/	n.	麵包
breath	/brɛθ/	n.	呼吸
cleanse	/klɛnz/	v.	使清潔
dead	/dɛd/	adj.	死的
dealt	/dɛlt/	v.	處理
death	/dɛθ/	n.	死
dread	/drɛd/	v.	懼怕
head	/hɛd/	n.	頭
health	/hɛlθ/	n.	健康
lead	/lɛd/	n.	鉛
read	/rɛd/	v.	讀
spread	/sprɛd/	v.	使伸展
thread	/θrɛd/	n.	線
tread	/trɛd/	v.	踩
wealth	/wɛlθ/	n.	財富

雙音節字

單字	音標	詞性	中文
break·fast	/ˋbrɛkfəst/	n.	早餐
feath·er	/ˋfɛðɚ/	n.	羽毛
heav·en	/ˋhɛvən/	n.	天國
jeal·ous	/ˋdʒɛləs/	adj.	妒忌的

leath·er	/ˈlɛðɚ/	n.	皮革
mea·sure	/ˈmɛʒɚ/	v.	測量
pleas·ant	/ˈpɛznt/	n.	農夫
plea·sure	/ˈplɛʒɚ/	n.	愉快
read·y	/ˈrɛdɪ/	adj.	準備好的
stead·y	/ˈstɛdɪ/	adj.	穩固的
trea·sure	/ˈtrɛʒɚ/	n.	金銀財寶
weap·on	/ˈwɛpən/	n.	武器
weath·er	/ˈwɛðɚ/	n.	天氣
zeal·ous	/ˈzɛləs/	adj.	熱心的

三音節（以上）的字

單字	音標	詞性	中文
treach·e·ry	/ˈtrɛtʃərɪ/	n.	背叛

發音小百科 ───────────────────

　　ea 有時發長音 /i/、有時發短音 /ɛ/，如果我們將語意或字源上相關的字，倆倆配成一對，會發現每組單字有長短音交替的規律（即 /i/ 變為 /ɛ/），例如：please / pleasant、heal / health、zeal / zealous、deal / dealt、clean / cleanse，這是因為在每組字的第一個字上加上「非中性字尾」，如：-ant、-th、-ous、-t、-se，致使發音改變，形成長短音交替的規律狀況。

* 註解：

中性字尾是構詞學中的概念，但因涉及發音，我們有必要加以介紹。字尾可分兩類，分別是**中性字尾**和**非中性字尾**。中性字尾顧名思義就是保持中立的字尾，加到字根上，**並不會改變字根的母音、子音、重音**，這些字尾有：-ness、-less、-hood、-ful、-ly、-able 等，例如：care 加 -ful，形成 careful；use 加上 -less，形成 useless；comfort 加上 -able，形成 comfortable，這些加了中性字尾的字根，其母音、子音、重音並未有任何改變，因此我們稱呼 -ful、-less、-able 等為中性字尾。至於非中性字尾，就是不保持中立的字尾，加到字根上，**可能會改變字根的母音、子音、重音**等，例如：-ion、-ity、-y、-al、-ic、-ee、-th 等，例如：history /ˋhɪstərɪ/ 加上 -ic，形成 historic /hɪsˋtɔrɪk/，重音從第一音節移到第二音節，o 在重音節中發 /ɔ/，**非重音節發** /ə/；heal /hil/ 加上 -th，形成 health /hɛlθ/，母音從 /i/ 變為 /ɛ/。學習者若能略懂構詞學概念，就能減少發音錯誤。

三音節（以上）的字

單字	音標	詞性	中文
al·read·y	/ɔlˋrɛdɪ/	adv.	已經
en·deav·or	/ɪnˋdɛvɚ/	v.	努力

ea 也可發短音 /e/。

單音節字

單字	音標	詞性	中文
break	/brek/	v.	打破

| great | /gret/ | adj. | 大的 |
| steak | /stek/ | n. | 牛排 |

雙音節字

單字	音標	詞性	中文
break·out	/ˋbrek͵aʊt/	n.	包圍突破

2 ee

ee 通常發第一個字母 e 的讀音，即長母音 /i/。

單音節字

TRACK 083

單字	音標	詞性	中文
bee	/bi/	n.	蜜蜂
beech	/bitʃ/	n.	山毛櫸
beep	/bip/	n.	嗶嗶的聲音
bleed	/blid/	v.	出血
breech	/britʃ/	n.	後膛
breed	/brid/	v.	使繁殖
breeze	/briz/	n.	微風
cheek	/tʃik/	n.	臉頰
cheep	/tʃip/	v.	吱吱地叫
creed	/krid/	n.	教義
creek	/krik/	n.	小河
creep	/krip/	v.	躡手躡足地走

deed	/did/	n.	行為
deem	/dim/	v.	認為
deep	/dip/	adj.	深的
fee	/fi/	n.	酬金
feed	/fid/	v.	餵
feel	/fil/	v.	摸
feet	/fit/	n.	腳
flee	/fli/	v.	逃走
fleet	/flit/	adj.	快速的
free	/fri/	adj.	自由的
freeze	/friz/	v.	結冰
glee	/gli/	n.	快樂
greed	/grid/	n.	貪心
Greek	/grik/	n.	希臘人
green	/grin/	n.	綠色
greet	/grit/	v.	問候
heed	/hid/	v.	留心
heel	/hil/	n.	腳後跟
keen	/kin/	adj.	熱心的
keep	/kip/	v.	保有
knee	/ni/	n.	膝
kneel	/nil/	v.	跪
kneed	/nid/	adj.	有節的
leech	/litʃ/	n.	水蛭
leek	/lik/	n.	韭蔥
meek	/mik/	adj.	溫順的

meet	/mit/	v.	遇見
need	/nid/	v.	需要
peek	/pik/	v.	偷看
peel	/pil/	v.	削去……的皮
peep	/pip/	v.	偷看
preen	/prin/	v.	精心打扮
queen	/ˋkwin/	n.	王后
reed	/rid/	n.	蘆葦
reek	/rik/	n.	臭氣
reel	/ril/	n.	捲軸
sneeze	/sniz/	v.	打噴嚏
screech	/skritʃ/	v.	尖叫
screen	/skrin/	n.	屏
see	/si/	v.	看見
seed	/sid/	n.	種子
seek	/sik/	v.	尋找
seem	/sim/	v.	看來好像
seen	/sin/	v.	看
sheep	/ʃip/	n.	綿羊
sheet	/ʃit/	n.	床單
sleep	/slip/	v.	睡覺
sleeve	/sliv/	n.	袖子
sneeze	/sniz/	v.	打噴嚏
speech	/spitʃ/	n.	説話
speed	/spid/	n.	速率
squeeze	/skwiz/	v.	榨

steel	/stil/	n.	鋼
steep	/stip/	v.	泡
street	/strit/	n.	街道
sweep	/swip/	v.	清掃
sweet	/swit/	adj.	甜的
tee	/ti/	n.	球座
teem	/tim/	v.	倒出
teen	/tin/	n.	青少年
three	/θri/	n.	三
tree	/tri/	n.	樹
tweet	/twit/	v.	啾鳴
week	/wik/	n.	一星期
weep	/wip/	v.	哭泣
wheel	/hwil/	n.	輪子
wheeze	/hwiz/	v.	發出氣喘聲

雙音節字

單字	音標	詞性	中文
a·gree	/əˋgri/	v.	同意
as·leep	/əˋslip/	adj.	睡著的
be·seech	/bɪˋsitʃ/	v.	懇求
be·tween	/bɪˋtwin/	prep.	在……之間
di·screet	/dɪˋskrit/	adj.	謹慎的
es·teem	/ɪsˋtim/	n.	尊敬
fee·ble	/ˋfibl̩/	adj.	虛弱的
in·deed	/ɪnˋdid/	adv.	真正地

單字	音標	詞性	中文
nee·dle	/ˋnidl̩/	n.	針
nom·i·nee	/͵nɑməˋni/	n.	被提名人
o·ver·see	/͵ovɚˋsi/	v.	監視；俯瞰
peep·hole	/ˋpip͵hol/	n.	窺視孔
seed·ling	/ˋsidlɪŋ/	n.	籽生植物
suc·ceed	/səkˋsid/	v.	成功
thir·teen	/ˋθɝˋtin/	n.	十三
wheel·chair	/ˋhwil͵tʃɛr/	n.	輪椅

三音節（以上）的字

單字	音標	詞性	中文
chim·pan·zee	/͵tʃɪmpænˋzi/	n.	黑猩猩
dis·a·gree	/͵dɪsəˋgri/	v.	不一致
em·plo·yee	/͵ɛmplɔɪˋi/	n.	受僱者
ref·er·ee	/͵rɛfəˋri/	n.	裁判
ref·u·gee	/͵rɛfjʊˋdʒi/	n.	難民
teen·ag·er	/ˋtin͵edʒɚ/	n.	十幾歲的青少年

ee 亦可發短音 /ɪ/，但例子不多。

單音節字

單字	音標	詞性	中文
been	/bɪn/	p.p.	是

雙音節字

單字	音標	詞性	中文
coffee	/ˋkɔfɪ/	n.	咖啡

> ee 亦可發 /e/，但例子極少。

三音節（以上）的字

單字	音標	詞性	中文
Bee·tho·ven	/ˋbeˌtovən/	n.	貝多芬

3　ei

> ei 經常發長母音 /e/。

單音節字

TRACK 084

單字	音標	詞性	中文
beige	/beʒ/	n.	米黃色的
eight	/et/	n.	八
feign	/fen/	v.	裝作
feint	/fent/	n.	偽裝
freight	/fret/	n.	貨物
reign	/ren/	n.	統治
rein	/ˋren/	n.	韁繩
sleigh	/sle/	n.	雪橇
vein	/ven/	n.	靜脈
weight	/wet/	n.	重

雙音節字

單字	音標	詞性	中文
neigh·bor	/ˋnebɚ/	n.	鄰居
rein·deer	/ˋrenˌdir/	n.	馴鹿

ei 可發第一個字母 e 的音,即長母音 /i/。

單音節字

單字	音標	詞性	中文
seize	/siz/	v.	抓住

雙音節字

單字	音標	詞性	中文
cei·ling	/ˋsilɪŋ/	n.	天花板
con·ceit	/kənˋsit/	n.	自滿
con·ceive	/kənˋsiv/	v.	構想出
de·ceit	/dɪˋsit/	n.	欺騙
de·ceive	/dɪˋsiv/	v.	欺騙
ei·ther	/ˋiðɚ/	adj.	任一的
lei·sure	/ˋliʒɚ/	n.	閒暇
nei·ther	/ˋniðɚ/	adj.	兩者都不
per·ceive	/pɚˋsiv/	v.	察覺
re·ceipt	/rɪˋsit/	n.	收到
re·ceive	/rɪˋsiv/	v.	收到

ei 亦可發長音 /aɪ/，但例子不多。

單音節字

單字	音標	詞性	中文
height	/haɪt/	n.	高度
sleight	/slaɪt/	n.	靈巧

雙音節字

單字	音標	詞性	中文
Ein·stein	/ˋaɪnˏstaɪn/	n.	愛因斯坦
Ei·leen	/ˋaɪlin/	n.	愛琳

三音節（以上）的字

單字	音標	詞性	中文
Ei·sen·hower	/ˋaɪzn̩ˏhauɚ/	n.	艾森豪
Fah·ren·heit	/ˋfærənˏhaɪt/	n.	華氏溫度計
Fran·ken·stein	/ˋfræŋkənˏstaɪn/	n.	作法自斃的人；毀掉創造自己的人的怪物
Ka·lei·do·scope	/kəˋlaɪdəˏskop/	n.	萬花筒
seis·mo·graph	/ˋsaɪzməˏgræf/	n.	地震儀

4　eo

eo 通常發第一個字母 e 的音，即長母音 /i/。

雙音節字

TRACK 085

單字	音標	詞性	中文
people	/ˈpipl̩/	n.	人們

eo 亦可發 /ɛ/。

雙音節字

單字	音標	詞性	中文
leop·ard	/ˈlɛpɚd/	n.	美洲豹

三音節（以上）的字

單字	音標	詞性	中文
jeop·ar·dy	/ˈdʒɛpɚdɪ/	n.	風險

發音小百科

　　雙母音字母 eo 大多出現在外來借字中，如：拉丁語、希臘語、法語借字。eo 可發 e 的字母音，即長母音 /i/，如：people；有時發 /ɛ/，例如：leopard、jeopardy；此外，在非重音節中 eo 常弱化為 /ə/ 或 /ɪ/，如：sugeon、pigeon。

5 eu

eu 通常發 /ju/。

TRACK 086

單音節字

單字	音標	詞性	中文
feud	/fjud/	n.	世仇

雙音節字

單字	音標	詞性	中文
eu·nuch	/ˋjunək/	n.	閹人
feud·al	/ˋfjudḷ/	adj.	封建制度的
neu·ron	/ˋnjʊrɑn/	n.	神經單位
neu·tral	/ˋnjutrəl/	adj.	中立的

三音節（以上）的字

單字	音標	詞性	中文
eu·pho·ni·ous	/juˋfonɪəs/	adj.	悦耳的
eu·gen·ics	/juˋdʒɛnɪks/	n.	優生學
eu·lo·gy	/ˋjulədʒɪ/	n.	頌詞
eu·phe·mis·m	/ˋjufəmɪzəm/	n.	婉轉説法
eu·tha·na·si·a	/ˌjuθəˋneʒɪə/	n.	安樂死
eu·pep·tic	/juˋpɛptɪk/	adj.	消化良好的
pneu·mo·ni·a	/njuˋmonjə/	n.	肺炎
eu·re·ka	/juˋrikə/	int.	我發現了！

發音小百科

　　eu 多發 /ju/，且可以當字根或字首用，表示「好地」（well）或「好的」（good），這些單字都借自希臘語，例如：euthanasia、eugenics 等。有少數單字中的 eu 不發 /ju/，例如 maneuver 的 eu 發 /u/、Freud 的 eu 發 /ɔɪ/。

6　ew

ew 通常發 /ju/。

單音節字

TRACK 087

單字	音標	詞性	中文
dew	/dju/	n.	露
ewe	/ju/	n.	母羊
few	/fju/	adj.	很少數的
hew	/hju/	v.	砍
new	/nju/	adj.	新的
skew	/skju/	adj.	斜的
spew	/spju/	v.	嘔吐
stew	/stju/	v.	煮
knew	/nju/	v.	知道

發音小百科

dew、new、stew、knew 的 ew，除了發 /ju/，亦可發為 /u/。

雙音節字

單字	音標	詞性	中文
neph·ew	/ˋnɛfju/	n.	姪兒
New·ton	/ˋnjutən/	n.	牛頓
re·new	/rɪˋnju/	v.	使更新
re·view	/rɪˋvju/	v.	再檢查
stew·ard	/ˋstjuwəd/	v.	管理

ew 亦可發 /u/。

單音節字

單字	音標	詞性	中文
blew	/blu/	v.	吹
brew	/bru/	v.	釀造
chew	/tʃu/	v.	嚼
crew	/kru/	n.	全體機員
drew	/dru/	v.	畫
flew	/flu/	v.	飛
grew	/gru/	v.	成長
Jew	/dʒu/	n.	猶太人
screw	/skru/	n.	螺絲
shrew	/ʃru/	n.	潑婦
shrewd	/ʃrud/	adj.	精明的
strew	/stru/	v.	播
threw	/θru/	v.	丟

雙音節字

單字	音標	詞性	中文
jew·el	/ˈdʒuəl/	n.	寶石
Jew·ish	/ˈdʒuɪʃ/	adj.	猶太人的

三音節（以上）的字

單字	音標	詞性	中文
brew·er·y	/ˈbruərɪ/	n.	釀造廠

發音小百科

ew 大多發 /ju/ 或 /u/，但亦有發 /o/ 的，但例子極少，如：sew。

7　ey

ey 可發 /e/。

單音節字

TRACK 088

單字	音標	詞性	中文
hey	/he/	int.	嗨
grey	/gre/	n.	灰色
prey	/pre/	v.	捕食
they	/ðe/	pron.	他們

雙音節字

單字	音標	詞性	中文
o·bey	/ə`be/	v.	服從
con·vey	/kən`ve/	v.	運送
sur·vey	/sə`ve/	v.	調查

發音小百科 ─────────────────────

eye 要用自然發音法來教，是有點難度的，因為幾乎找不到其他 ey 發 /aɪ/ 的例子（geyser 的 ey 有 /i/ 和 /aɪ/ 兩種唸法，算是罕見字），因此很多人都視 eye 為自然發音的例外字，但就語言發展歷史來看，ey 會發 /aɪ/ 其實是很有道理的。從上述例子來看，ey 大部分都發 /i/ 和 /e/，eye 的 ey 發為 /aɪ/ 是相當罕見的。若從 eye 的發展歷史來看，eye 這個字在中古英語時期，曾發為 /e/，在中古英語後期的時候，母音提升發為 /i/，爾後再經歷母音大變遷（Great Vowel Shift），長母音 /i/ 改發雙母音 /aɪ/，才漸漸發展成現代英語的發音。

ey 可發第一個字母 e 的音，即長母音 /i/。

單音節

單字	音標	詞性	中文
key	/ki/	n.	鑰匙

雙音節

單字	音標	詞性	中文
don·key	/ˋdɑŋkɪ/	n.	驢

hon·ey	/ˈhʌnɪ/	n.	蜂蜜
mon·ey	/ˈmʌnɪ/	n.	錢
mon·key	/ˈmʌŋkɪ/	n.	猴子
tur·key	/ˈtɝkɪ/	n.	火雞
val·ley	/ˈvælɪ/	n.	山谷；溪谷
whis·key	/ˈhwɪskɪ/	n.	威士忌酒

發音小百科

　　上述單字的 ey 在 K.K. 音標中都是標示為 /ɪ/，但在美式發音中，都是發長音 /i/，只是氣流稍短些。

（三）i + 母音字母

　　茲針對以 i 字母為首的母音二合字母說明，本單元只談：ie，不談 ia 和 io。根據學者 Wijk 等人的看法，認為 liar 的 ia、prior 的 io，有時會被當成二合字母，因為 liar、prior 和 fire、hire、spire、lyre 這些字皆押同一個韻，不過這樣的例子極少，故在此不特別討論。

1　ie

ie 可發第一個字母 i 的音，即長音 /aɪ/。

TRACK 089

單音節字

單字	音標	詞性	中文
die	/daɪ/	v.	死

lie	/laɪ/	v.	躺
pie	/paɪ/	n.	派
tie	/taɪ/	n.	領帶

發音小百科

ye 發音同 ie，發 /aɪ/，但例字不多，例如：bye、dye。

---

ie 亦可發長音 /i/。

單音節字

單字	音標	詞性	中文
brief	/brif/	adj.	短暫的
chief	/tʃif/	n.	首領
field	/fild/	n.	原野
grief	/grif/	n.	悲痛
niece	/nis/	n.	姪女
piece	/pis/	n.	一個
shield	/ˋʃild/	v.	保護
shriek	/ʃrik/	v.	尖叫
siege	/sidʒ/	n.	圍攻
thief	/θif/	n.	賊
wield	/wild/	v.	揮舞
yield	/jild/	v.	出產

雙音節字

單字	音標	詞性	中文
a·chieve	/ə`tʃiv/	v.	完成
be·lief	/bɪ`lif/	n.	相信
be·lieve	/bɪ`liv/	v.	相信

學習小百科

ie 通常發 /aɪ/ 或 /i/，以學習效益而言，記憶上述兩者就已足夠。但偶有例外，例如在 friend 中的 ie 發 /ɛ/、sieve 中的 ie 發 /ɪ/。此外，ie 在非重音節，通常會弱化為 /ɪ/，例如：在 mischief 的 ie。

（四）o + 母音字母（半母音字母）

茲針對下列七種以 o 字母為首的母音二合字母逐一說明：oa、oe、oi、oo、ou、ow、oy，這些母音二合字母都是較為常見的。

1　oa

oa 通常發第一個字母 o 的音，即長音 /o/。

TRACK 090

單音節字

單字	音標	詞性	中文
boast	/bost/	v.	自吹自擂
boat	/bot/	n.	小船
cloak	/klok/	n.	斗篷

coach	/kotʃ/	v.	訓練
coal	/kol/	n.	煤
coast	/kost/	n.	海岸
coat	/kot/	n.	外套
coax	/koks/	v.	勸誘
croak	/krok/	v.	呱呱地叫
float	/flot/	v.	漂浮
foam	/fom/	n.	泡沫
goat	/got/	n.	山羊
groan	/gron/	n.	呻吟聲
loaf	/lof/	n.	（一條或一塊）麵包
loan	/lon/	n.	借出
moan	/mon/	n.	呻吟聲
moat	/mot/	n.	護城河
oak	/ok/	n.	橡樹
oath	/oθ/	n.	宣誓
poach	/potʃ/	v.	侵佔
road	/rod/	n.	道路
roam	/rom/	v.	漫步
roast	/rost/	adj.	烘烤的
soak	/sok/	v.	浸泡
soap	/sop/	n.	肥皂
throat	/θrot/	n.	喉嚨
toast	/tost/	n.	吐司

雙音節字

單字	音標	詞性	中文
cock·roach	/ˈkɑk͵rotʃ/	n.	蟑螂
down·load	/ˈdaʊn͵lod/	v.	下載
rain·coat	/ˈren͵kot/	n.	雨衣
roast·er	/ˈrostɚ/	n.	烘烤器
toast·er	/ˈtostɚ/	n.	烤麵包器

三音節（以上）的字

單字	音標	詞性	中文
o·ver·coat	/ˈovɚ͵kot/	n.	外套

oa 亦可發 /ɔ/。

單音節字

單字	音標	詞性	中文
broad	/brɔd/	adj.	寬的

雙音節字

單字	音標	詞性	中文
a·broad	/əˈbrɔd/	adv.	在國外
broad·cast	/ˈbrɔd͵kæst/	v.	廣播
broad·band	/ˈbrɔd͵bænd/	adj.	寬頻的

2　oe

oe 常發第一個字母 o 的音，即長音 /o/。

單音節字

TRACK 091

單字	音標	詞性	中文
doe	/do/	n.	雌鹿
foe	/fo/	n.	敵人
hoe	/ho/	n.	鋤頭
Joe	/dʒo/	n.	朱歐
roe	/ro/	n.	魚卵
toe	/to/	n.	腳趾
woe	/wo/	n.	悲哀

oe 亦可發 /u/。

單音節字

單字	音標	詞性	中文
shoe	/ʃu/	n.	鞋

雙音節字

單字	音標	詞性	中文
ca·noe	/kə`nu/	n.	獨木舟

oe 亦可發 /i/。

三音節（以上）的字

單字	音標	詞性	中文
foe·tus	/ˋfitəs/	n.	胎
oe·soph·a·gus	/iˋsɑfəgəs/	n.	食道
sub·poe·na	/səbˋpinə/	n.	傳票
Phoe·be	/ˋfibɪ/	n.	女子名
phoe·nix	/ˋfinɪks/	n.	鳳凰
a·moe·ba	/əˋmibə/	n.	變形蟲

oe 亦可發 /ɛ/。

三音節（以上）的字

單字	音標	詞性	中文
Oed·i·pus	/ˋɛdəpəs/	n.	伊迪帕斯（底比斯的英雄，殺父娶母）
oes·tro·gen	/ˋɛstrədʒən/	n.	雌激素

發音小百科 ────────────

　　在 18 世紀末、19 世紀初時，美國韋氏字典曾簡化 oe 的拼寫為 e，因此有些字的拼法就改變了，例如：foetus 簡化為 fetus、oesophagus 簡化為 esophagus、oestrogen 簡化為 estrogen。相較於美式英語多朝簡化方向前進，英式英語到現在還保留不少 oe 的古老拼法。儘管如此，Oedipus 這個字在美式英語中並沒有簡化為 *Edipus。此外，許多單音節字，像發 toe、Joe 為了保持 oe 發 /o/ 長音，也未經歷簡化，更別說是像動詞 go 的現在式第三人稱用法 goes、名詞 tomato 的複數變化 tomatoes，也沒有將 oe 簡化為 e。值得留意的是，does 的 oe 發音是例外，發 /ʌ/，學習者須特別留意。

3　oi

oi 通常發 /ɔɪ/。

單音節字

TRACK 092

單字	音標	詞性	中文
choice	/tʃɔɪs/	n.	選擇
coil	/kɔɪl/	v.	捲
coin	/kɔɪn/	n.	硬幣
foil	/fɔɪl/	n.	箔
hoist	/hɔɪst/	v.	升起
join	/dʒɔɪn/	v.	連結
joint	/dʒɔɪnt/	adj.	連接的

noise	/nɔɪz/	n.	聲響
oil	/ɔɪl/	n.	油
point	/pɔɪnt/	v.	指，指出
soil	/sɔɪl/	v.	弄髒
spoil	/spɔɪl/	v.	損壞
voice	/vɔɪs/	n.	聲音

雙音節字

單字	音標	詞性	中文
ap·point	/əˋpɔɪnt/	v.	任命
a·void	/əˋvɔɪd/	v.	避開
em·broil	/ɪmˋbrɔɪl/	v.	使混亂
toi·let	/ˋtɔɪlɪt/	n.	廁所
mois·ture	/ˋmɔɪstʃɚ/	n.	濕氣
oint·ment	/ˋɔɪntmənt/	n.	軟膏
poi·son	/ˋpɔɪzn̩/	adj.	有毒的
re·joice	/rɪˋdʒɔɪs/	v.	欣喜

三音節（以上）的字

單字	音標	詞性	中文
bois·ter·ous	/ˋbɔɪstərəs/	adj.	喧鬧的

發音小百科 ────────────────

oi 在非重音節中，常會弱化為 /ə/，如下面兩個字：

porpoise /ˋpɔrpəs/ n. 海豚；鼠海豚

tortoise /ˋtɔrtəs/ n. 陸龜；龜

4 oo

oo 通常發長音 /u/。

單音節字

TRACK 093

單字	音標	詞性	中文
bloom	/blum/	v.	開花
boo	/bu/	int.	噓
boom	/bum/	n.	隆隆聲
boost	/bust/	n.	一舉
boot	/but/	n.	靴
booth	/buθ/	n.	貨攤
broom	/brum/	n.	掃帚
choose	/tʃuz/	v.	選擇
cool	/kul/	n.	涼爽
coon	/kun/	n.	浣熊
doom	/dum/	v.	判決
droop	/drup/	v.	下垂
food	/fud/	n.	食物

fool	/ful/	n.	傻瓜
gloom	/glum/	n.	黑暗
goose	/gus/	n.	鵝
groom	/grum/	n.	新郎
groove	/gruv/	n.	常規
loop	/lup/	n.	環狀物
loose	/lus/	adj.	鬆的
loot	/lut/	v.	搶劫
mood	/mud/	n.	心情
moon	/mun/	n.	月球
moose	/mus/	n.	麋
noon	/nun/	n.	正午
ooze	/uz/	v.	冒出
pool	/pul/	n.	共同資金
proof	/pruf/	n.	證據
roof	/ruf/	n.	屋頂
room	/rum/	n.	房間
roost	/rust/	n.	棲木
school	/skul/	n.	學校
scoop	/skup/	n.	勺子
shoot	/ʃut/	v.	發射
smooth	/smuð/	adj.	平滑的
stool	/stul/	n.	凳子
too	/tu/	adv.	太，過
tool	/tul/	n.	工具
tooth	/tuθ/	n.	牙齒

troop	/trup/	n.	軍隊
zoo	/zu/	n.	動物園
zoom	/zum/	v.	發出嗡嗡聲

雙音節字

單字	音標	詞性	中文
a·loof	/əˋluf/	adv.	分開地
bal·loon	/bəˋlun/	n.	氣球
boot·y	/ˋbutɪ/	n.	戰利品
car·toon	/kɑrˋtun/	n.	連環漫畫
co·coon	/kəˋkun/	n.	繭
ig·loo	/ˋɪglu/	n.	冰屋
noo·dle	/ˋnudl̩/	n.	麵條
ta·boo	/təˋbu/	n.	禁忌
voo·doo	/ˋvudu/	n.	巫毒教

三音節（以上）的字

單字	音標	詞性	中文
boo·me·rang	/ˋbuməˌræŋ/	n.	回力鏢

oo 也可發短音 /ʊ/。

單音節字

單字	音標	詞性	中文
book	/bʊk/	n.	書

brook	/bruk/	n.	小河
cook	/kuk/	v.	烹調
crook	/kruk/	v.	彎曲
foot	/fut/	n.	腳
good	/gud/	adj.	好的
hood	/hud/	n.	頭巾
hook	/huk/	n.	掛鉤
look	/luk/	v.	看
shook	/ʃuk/	v.	把（板料等）裝配起來
soot	/sut/	n.	煤灰
stood	/stud/	v.	站立
took	/tuk/	v.	拿
wood	/wud/	n.	木頭
wool	/wul/	n.	羊毛

雙音節字

單字	音標	詞性	中文
rook·ie	/ˋrukɪ/	n.	新手
soot·y	/ˋsutɪ/	adj.	煤煙的
spoon·ful	/ˋspunˌful/	n.	一匙的量
wood·en	/ˋwudn̩/	adj.	木製的
wool·len	/ˋwulɪn/	n.	羊毛織物

發音小百科 ────────────────────

oo 何時發 /u/，何時發 /ʊ/，常讓人摸不著頭緒。為了幫助你降低記憶負擔，特別提供兩條記憶方法給你參考。第一，oo 在 k 的前面大多是發短音 /ʊ/，例如：book、cook、shook 的 oo 發 /ʊ/，但凡有規則必有例外，需特別留意例外單字，例如：spooky 的 oo 是發 /u/ 而非 /ʊ/。第二，字尾的 oo 發長音，例如：zoo、too、taboo 等。此外，有些字的 oo 發音兩者皆可，有人發長音 /u/、有人發短音 /ʊ/，例如在美式英語中 soon、spoon、root 的 oo，/u/ 和 /ʊ/ 都有人唸，這說明發音是會因人、因地、因時而產生變異的。

oo 也可發 /ʌ/。

單音節字

單字	音標	詞性	中文
blood	/blʌd/	n.	血液
flood	/flʌd/	n.	洪水

oo 也可發 /o/。

單音節字

單字	音標	詞性	中文
brooch	/brotʃ/	n.	女用胸針

三音節（以上）的字

單字	音標	詞性	中文
Roo·se·velt	/ˈrozəˌvɛlt/	n.	羅斯福

5　ou

ou 通常發雙母音 /aʊ/。

單音節字

單字	音標	詞性	中文
blouse	/blaʊz/	n.	短上衣
bounce	/baʊns/	v.	彈起
bound	/baʊnd/	v.	跳躍
bout	/baʊt/	n.	比賽
cloud	/klaʊd/	n.	雲
couch	/kaʊtʃ/	n.	長沙發
crouch	/kraʊtʃ/	v.	蹲伏
flour	/flaʊr/	n.	麵粉
foul	/faʊl/	adj.	骯髒的
found	/faʊnd/	v.	建立
gout	/gaʊt/	n.	痛風
ground	/graʊnd/	n.	地面
hound	/haʊnd/	n.	獵犬
hour	/aʊr/	n.	小時
house	/haʊs/	n.	房子

loud	/laʊd/	adj.	大聲的
louse	/laʊs/	n.	虱子
mouse	/maʊs/	n.	鼠
mouth	/maʊθ/	n.	嘴
ouch	/aʊtʃ/	int.	哎喲！
ounce	/aʊns/	n.	盎司
our	/aʊr/	pron.	我們的
out	/aʊt/	adv.	出外
pouch	/paʊtʃ/	n.	小袋
pounce	/paʊns/	v.	猛撲
pound	/paʊnd/	n.	動物收容所
proud	/praʊd/	adj.	驕傲的
round	/raʊnd/	adj.	圓的
rouse	/raʊz/	v.	叫醒
shout	/ʃaʊt/	v.	呼喊
sound	/saʊnd/	n.	聲音
sour	/saʊr/	adj.	酸的
south	/saʊθ/	n.	南方
spouse	/spaʊz/	n.	配偶
spout	/spaʊt/	v.	噴出
sprout	/spraʊt/	v.	發芽
stout	/staʊt/	n.	過胖的人
trout	/traʊt/	n.	鮭魚

雙音節字

單字	音標	詞性	中文
a·bound	/ə`baʊnd/	v.	大量存在
a·bout	/ə`baʊt/	prep.	關於
ac·count	/ə`kaʊnt/	n.	帳戶
a·loud	/ə`laʊd/	adv.	出聲地
an·nounce	/ə`naʊns/	v.	宣布
a·rouse	/ə`raʊz/	v.	喚起
as·tound	/ə`staʊnd/	v.	使震驚
coun·cil	/`kaʊnsl̩/	n.	會議
coun·sel	/`kaʊnsl̩/	n.	商議
de·vour	/dɪ`vaʊr/	v.	狼吞虎嚥地吃
floun·der	/`flaʊndɚ/	v.	掙扎
found·er	/`faʊndɚ/	v.	（船）浸水而沉沒
foun·tain	/`faʊntɪn/	n.	泉水
mouth·piece	/`maʊθˌpis/	n.	（樂器的）吹口
out·break	/`aʊtˌbrek/	n.	爆發
out·come	/`aʊtˌkʌm/	n.	結果
out·fit	/`aʊtˌfɪt/	n.	全套裝備
pro·found	/prə`faʊnd/	adj.	深刻的
pro·nounce	/prə`naʊns/	v.	發音
re·bound	/rɪ`baʊnd/	v.	彈回
sur·mount	/sɚ`maʊnt/	v.	克服
sur·round	/sɚ`raʊnd/	v.	圍繞

三音節（以上）的字

單字	音標	詞性	中文
coun·te·nance	/ˈkaʊntənəns/	n.	面容

ou 也可發 /ʌ/。

單音節字

單字	音標	詞性	中文
touch	/tʌtʃ/	v.	接觸
young	/jʌŋ/	adj.	年輕的

雙音節字

單字	音標	詞性	中文
cous·in	/ˈkʌzn̩/	n.	堂（或表）兄弟姊妹
doub·le	/ˈdʌbl̩/	adv.	雙倍地
cou·ple	/ˈkʌpl̩/	n.	（一）對
coun·try	/ˈkʌntrɪ/	n.	國家
south·ern	/ˈsʌðɚn/	adj.	南方的
Doug·las	/ˈdʌgləs/	n.	道格拉斯（英屬地曼島國首都）

發音小百科 ────────────

　　south 的 ou 大家都知道要發 /aʊ/，但變成 southern 之後，卻忽略母音產生變化，發為 /ʌ/，須特別留意。

ou 也可發 /u/。

單音節字

單字	音標	詞性	中文
soup	/sup/	n.	湯

雙音節字

單字	音標	詞性	中文
sou·ve·nir	/ˋsuvəˌnɪr/	n.	紀念品

6 ow

ow 通常發雙母音 /aʊ/。

TRACK 095

單音節字

單字	音標	詞性	中文
bow	/baʊ/	v.	鞠躬
brown	/braʊn/	adj.	棕色的
browse	/braʊz/	v.	瀏覽，隨便翻閱
cow	/kaʊ/	n.	母牛
crowd	/kraʊd/	n.	人群
crown	/kraʊn/	n.	王冠
fowl	/faʊl/	n.	禽；家禽
growl	/graʊl/	v.	咆哮
how	/haʊ/	adv.	如何

now	/naʊ/	adv.	現在
owl	/aʊl/	n.	貓頭鷹
towel	/ˋtaʊəl/	n.	毛巾
vowel	/ˋvaʊəl/	n.	母音

雙音節字

單字	音標	詞性	中文
al·low	/əˋlaʊ/	v.	允許
down·hill	/ˌdaʊnˋhɪl/	adv.	向下
down·stairs	/ˌdaʊnˋstɛrz/	adv.	在樓下
drow·sy	/ˋdraʊzɪ/	adj.	昏昏欲睡的
flow·er	/ˋflaʊɚ/	n.	花
pow·der	/ˋpaʊdɚ/	n.	粉末

三音節（以上）的字

單字	音標	詞性	中文
al·low·ance	/əˋlaʊəns/	n.	津貼
cow·ard·ice	/ˋkaʊɚdɪs/	n.	膽小
now·a·days	/ˋnaʊəˌdez/	adv.	現今

ow 亦可發 /o/。

單音節字

單字	音標	詞性	中文
blow	/blo/	n.	吹動
bowl	/bol/	n.	碗
crow	/kro/	n.	烏鴉
flow	/flo/	v.	流動
glow	/glo/	v.	發光
grow	/gro/	v.	成長
growth	/groθ/	n.	生長
know	/no/	v.	知道
known	/non/	v.	知道
low	/lo/	adj.	低的
mow	/mo/	v.	刈草
owe	/o/	v.	欠債
own	/on/	adj.	自己的
row	/ro/	v.	划
show	/ʃo/	v.	顯示
slow	/slo/	adj.	慢的
snow	/sno/	n.	雪
sow	/so/	v.	播種
throw	/θro/	n.	投擲
tow	/to/	v.	拖

雙音節字

單字	音標	詞性	中文
ar·row	/ˋæro/	n.	箭
bar·row	/ˋbæro/	n.	手推車
be·low	/bəˋlo/	adv.	在下面
fel·low	/ˋfɛlo/	adj.	同伴的
fol·low	/ˋfɑlo/	v.	跟隨
nar·row	/ˋnæro/	adj.	狹窄的
pil·low	/ˋpɪlo/	n.	枕頭
shal·low	/ˋʃælo/	adj.	淺的
spar·row	/ˋspæro/	n.	麻雀
win·dow	/ˋwɪndo/	n.	窗戶
yel·low	/ˋjɛlo/	n.	黃色

7　oy

oy 經常發 /ɔɪ/。

單音節字

TRACK 096

單字	音標	詞性	中文
boy	/bɔɪ/	n.	男孩
cloy	/klɔɪ/	v.	使人感到膩煩
coy	/kɔɪ/	adj.	害羞的
ploy	/plɔɪ/	n.	計謀
Roy	/rɔɪ/	n.	洛伊

單字	音標	詞性	中文
soy	/sɔɪ/	n.	醬油
toy	/tɔɪ/	n.	玩具

雙音節字

單字	音標	詞性	中文
an·noy	/ə`nɔɪ/	v.	令人討厭
boy·cott	/`bɔɪ͵kɑt/	v.	聯合抵制
de·stroy	/dɪ`strɔɪ/	v.	毀壞
em·ploy	/ɪm`plɔɪ/	v.	僱用
joy·ful	/`dʒɔɪfəl/	adj.	高興的
joy·ous	/`dʒɔɪəs/	adj.	快樂的
loy·al	/`lɔɪəl/	adj.	忠誠的
oy·ster	/`ɔɪstɚ/	n.	牡蠣
roy·al	/`rɔɪəl/	adj	皇家的
voy·age	/`vɔɪɪdʒ/	n.	航行

三音節（以上）的字

單字	音標	詞性	中文
an·noy·ance	/ə`nɔɪəns/	n.	使人煩惱的事
dis·loy·al	/dɪs`lɔɪəl/	adj.	不忠誠的

（五）u + 母音字母（半母音字母）

茲針對下列三種以 u 字母為首的母音二合字母逐一說明：ue、ui、uy，藍色是較為常見的、**黑色**是較少見的。

1　ue

ue 可發第一個字母 u 的音，即長音 /ju/。

TRACK 097

單音節字

單字	音標	詞性	中文
hue	/hju/	n.	色澤
due	/dju/	adj.	應支付的

雙音節字

單字	音標	詞性	中文
sub·due	/səbˋdju/	v.	征服

三音節（以上）的字

單字	音標	詞性	中文
rev·e·nue	/ˋrɛvəˏnju/	n.	稅收

ue 也可發 /u/。

單音節字

單字	音標	詞性	中文
blue	/blu/	n.	藍色

單字	音標	詞性	中文
clue	/klu/	n.	線索
cruel	/ˋkruəl/	adj.	殘忍的
glue	/glu/	n.	膠水
sue	/su/	v.	控告
true	/tru/	adj.	真實的

雙音節字

單字	音標	詞性	中文
con·strue	/kənˋstru/	v.	解釋
en·sue	/ɛnˋsu/	v.	接著發生

2　ui

> 可按第一個字母 u 發音，即長音 /ju/。

雙音節字

TRACK 098

單字	音標	詞性	中文
nui·sance	/ˋnjusn̩s/	n.	討厭的人（或事物）

> ui 也可發 /u/。

單音節字

單字	音標	詞性	中文
bruise	/bruz/	n.	傷痕
cruise	/kruz/	v.	巡航

fruit	/frut/	n.	水果
juice	/dʒus/	n.	果汁
suit	/sut/	n.	套裝

雙音節字

單字	音標	詞性	中文
pur·suit	/pɚˋsut/	n.	追蹤
re·cruit	/rɪˋkrut/	v.	徵募

ui 也可以發 /ɪ/。

單音節字

單字	音標	詞性	中文
build	/bɪld/	v.	建築

雙音節字

單字	音標	詞性	中文
build·ing	/ˋbɪldɪŋ/	n.	建築物

3 uy

uy 發 /aɪ/，但例字很少。

TRACK 099

單音節字

單字	音標	詞性	中文
buy	/baɪ/	v.	買

四、r（murmuring sound）

（一）「單一母音字母 + r」出現在詞尾或後面接一個子音字母

　　「單一母音字母 + r」出現在**詞尾**或**後面接一個子音字母**，且位於單音節或重音節中，ar 發 /ɑr/、or 發 /ɔr/、er、ir、yr、ur 皆發 /ɝ/。ar、or、er、ir、yr、ur 若位於非重音節，常弱化為 /ɚ/。

1 ar

ar 出現在詞尾，發 /ɑr/。

TRACK 100

單音節字

單字	音標	詞性	中文
bar	/bɑr/	v.	閂住
car	/kɑr/	n.	汽車
far	/fɑr/	adj.	遠的
jar	/dʒɑr/	v.	震動
mar	/mɑr/	v.	毀損
scar	/skɑr/	v.	結疤
star	/stɑr/	n.	星
tar	/tɑr/	n.	焦油
tsar	/tsɑr/	n.	沙皇

雙音節字

單字	音標	詞性	中文
a·far	/əˋfɑr/	adv.	在遠方

> ar 接一個子音字母，發 /ɑr/。

單音節字

單字	音標	詞性	中文
arc	/ɑrk/	n.	弧形
ark	/ɑrk/	n.	方舟
arm	/ɑrm/	n.	手臂
art	/ɑrt/	n.	美術
barge	/bɑrdʒ/	n.	大型遊艇
bark	/bɑrk/	n.	吠聲
barn	/bɑrn/	n.	穀倉
card	/kɑrd/	n.	紙牌
carp	/kɑrp/	n.	鯉魚
cart	/kɑrt/	n.	運貨車
carve	/kɑrv/	v.	雕刻
charge	/tʃɑrdʒ/	v.	索價
charm	/tʃɑrm/	n.	魅力
chart	/tʃɑrt/	n.	圖表
Clark	/klɑrk/	n.	克拉克
dark	/dɑrk/	n.	黑暗
dart	/dɑrt/	v.	投擲

farm	/farm/	n.	農場
hard	/hard/	adj.	困難的
harm	/harm/	n.	損傷
harp	/harp/	n.	豎琴
large	/lardʒ/	adj.	大的
lark	/lark/	v.	嬉耍
mark	/mark/	n.	標記
mart	/mart/	n.	市場
park	/park/	n.	公園
part	/part/	n.	一部分
scarf	/skarf/	n.	圍巾
shark	/ʃark/	v.	詐騙
sharp	/ʃarp/	adj.	鋒利的
smart	/smart/	adj.	漂亮的
spark	/spark/	n.	火花
start	/start/	v.	開始
yard	/jard/	n.	院子
yarn	/jarn/	n.	紗線

雙音節字

單字	音標	詞性	中文
a·larm	/əˋlarm/	n.	警報
a·part	/əˋpart/	adv.	分開地
arm·pit	/ˋarmˌpɪt/	n.	腋下
bar·ber	/ˋbarbɚ/	n.	理髮師
bar·code	/ˋbarkod/	n.	條碼

car·ton	/ˋkɑrtn̩/	n.	紙盒
dar·ling	/ˋdɑrlɪŋ/	adj.	親愛的
de·part	/dɪˋpɑrt/	v.	起程
em·bark	/ɪmˋbɑrk/	v.	上船
gar·bage	/ˋgɑrbɪdʒ/	n.	垃圾
gar·den	/ˋgɑrdn̩/	n.	花園
mar·tyr	/ˋmɑrtɚ/	n.	烈士
re·mark	/rɪˋmɑrk/	v.	談論

三音節（以上）的字

單字	音標	詞性	中文
car·pen·ter	/ˋkɑrpəntɚ/	n.	木工
phar·ma·cy	/ˋfɑrməsɪ/	n.	藥局

> **ar** 在非重音節常弱化為 /ɚ/。

雙音節字

單字	音標	詞性	中文
al·tar	/ˋɔltɚ/	n.	祭壇
beg·gar	/ˋbɛgɚ/	n.	乞丐
bur·glar	/ˋbɝglɚ/	n.	破門盜賊
cel·lar	/ˋsɛlɚ/	n.	地下室
col·lar	/ˋkɑlɚ/	n.	衣領
dol·lar	/ˋdɑlɚ/	n.	元
gram·mar	/ˋgræmɚ/	n.	文法

單字	音標	詞性	中文
li·ar	/ˋlaɪɚ/	n.	說謊的人
lu·nar	/ˋlunɚ/	adj.	月球上的
pil·lar	/ˋpɪlɚ/	n.	柱子
po·lar	/ˋpolɚ/	adj.	北極的
so·lar	/ˋsolɚ/	adj.	太陽的
sug·ar	/ˋʃʊgɚ/	n.	糖

三音節（以上）的字

單字	音標	詞性	中文
cal·en·dar	/ˋkæləndɚ/	n.	日曆
pop·u·lar	/ˋpɑpjələ/	adj.	大眾的
reg·u·lar	/ˋrɛgjələ/	adj.	規則的

2　er

ar 出現在詞尾，發 /ɚ/。

單音節字

單字	音標	詞性	中文
her	/hɚ/	det.	她的

雙音節字

單字	音標	詞性	中文
con·fer	/kənˋfɝ/	v.	授予
de·fer	/dɪˋfɝ/	v.	推遲

in·fer	/ɪnˋfɝ/	v.	推論
pre·fer	/prɪˋfɝ/	v.	更喜歡
re·fer	/rɪˋfɝ/	v.	論及
trans·fer	/trænsˋfɝ/	v.	轉換

er 接一個子音字母，發 /ɝ/。

單音節字

單字	音標	詞性	中文
clerk	/klɝk/	n.	辦事員
germ	/dʒɝm/	n.	細菌
herb	/ɝb/	n.	草本植物
jerk	/dʒɝk/	v.	猛然一動
merge	/mɝdʒ/	v.	使（公司等）合併
nerve	/nɝv/	n.	神經
serve	/sɝv/	v.	服務
stern	/stɝn/	adj.	嚴格的
term	/tɝm/	n.	期限
verb	/vɝb/	n.	動詞
verge	/vɝdʒ/	n.	邊緣

雙音節字

單字	音標	詞性	中文
ad·verse	/ædˋvɝs/	adj.	逆向的
a·lert	/əˋlɝt/	adj.	警覺的

as·sert	/əˋsɝt/	v.	斷言
cer·tain	/ˋsɝtən/	adj.	確鑿的
con·serve	/kənˋsɝv/	v.	保存
des·ert	/dɪˋzɝt/	v.	拋棄
des·sert	/dɪˋzɝt/	n.	甜點
e·merge	/ɪˋmɝdʒ/	v.	浮現
fer·tile	/ˋfɝtl̩/	adj.	豐富的
herb·al	/ˋhɝbl̩/	adj.	草本的
per·fect	/ˋpɝfɪkt/	adj.	完美的
per·son	/ˋpɝsn̩/	n.	人
ser·vice	/ˋsɝvɪs/	n.	服務
ter·mite	/ˋtɝmaɪt/	n.	白蟻

三音節（以上）的字

單字	音標	詞性	中文
de·ter·mine	/dɪˋtɝmɪn/	v.	決定
e·mer·gent	/ɪˋmɝdʒənt/	adj.	意外的
ex·ter·nal	/ɪkˋstɝnəl/	n.	外觀
in·ter·nal	/ɪnˋtɝnl̩/	n.	本質
per·ma·nent	/ˋpɝmənənt/	adj.	永久的
u·ni·verse	/ˋjunəˏvɝs/	n.	宇宙
ver·sa·tile	/ˋvɝsətl̩/	adj.	多才多藝

er 在非重音節常弱化為 /ɚ/。

雙音節字

單字	音標	詞性	中文
flow·er	/ˈflaʊɚ/	n.	花
af·ter	/ˈæftɚ/	prep.	在……以後
bet·ter	/ˈbɛtɚ/	adv.	更好地
broth·er	/ˈbrʌðɚ/	n.	兄弟
dan·ger	/ˈdendʒɚ/	n.	危險
ev·er	/ˈɛvɚ/	adv.	在任何時候
fa·ther	/ˈfɑðɚ/	n.	父親
ham·mer	/ˈhæmɚ/	n.	鐵鎚
let·ter	/ˈlɛtɚ/	n.	信
moth·er	/ˈmʌðɚ/	n.	母親
o·ver	/ˈovɚ/	prep.	在……之上
pa·per	/ˈpepɚ/	n.	紙
pow·er	/ˈpaʊɚ/	n.	權力
riv·er	/ˈrɪvɚ/	n.	河
show·er	/ˈʃaʊɚ/	n.	陣雨
sim·mer	/ˈsɪmɚ/	v.	即將爆發
sis·ter	/ˈsɪstɚ/	n.	姐妹
sum·mer	/ˈsʌmɚ/	n.	夏天
swim·mer	/ˈswɪmɚ/	n.	游泳者
teach·er	/ˈtitʃɚ/	n.	老師
tow·er	/ˈtaʊɚ/	n.	塔樓
un·der	/ˈʌndɚ/	prep.	在……下面

| wa·ter | /ˈwɔtɚ/ | n. | 水 |
| win·ter | /ˈwɪntɚ/ | n. | 冬季 |

三音節

單字	音標	詞性	中文
ham·burg·er	/ˈhæmˌbɝɡɚ/	n.	漢堡

發音小百科 ─────────────

　　er 除了發 /ɝ/ 和 /ɚ/，在古法文借字 sergeant 中，er 亦可發 /ɑr/。英國人當初從法語借進這個字的時候，就已呈現不同的發音和拼法，有唸成 sERgeant 的、亦有唸成 sARgeant 的，後來 sARgeant 這個發音勝出，較為流行，但在 19 世紀時，辭典編撰者認為 sERgeant 比較貼近法語的拼法，因此將拼法定調為 sergeant，但發音已然定型，導致拼寫和發音不一致的現象。

3　ir 或 yr

> ir 出現在詞尾，發 /ɝ/。

TRACK 102

單音節字

單字	音標	詞性	中文
fir	/fɝ/	n.	冷杉
sir	/sɝ/	n.	先生
stir	/stɝ/	v.	攪拌

ir 接一個子音字母，發 /ɝ/。

單音節字

單字	音標	詞性	中文
bird	/bɝd/	n.	鳥
dirt	/dɝt/	n.	灰塵
firm	/fɝm/	adj.	穩固的
first	/fɝst/	n.	第一
flirt	/flɝt/	v.	調情
girl	/gɝl/	n.	女孩
shirt	/ʃɝt/	n.	襯衫
skirt	/skɝt/	n.	裙子
smirk	/smɝk/	n.	嘻嘻笑
swirl	/swɝl/	v.	打旋
third	/θɝd/	n.	第三
twirl	/twɝl/	v.	快速轉動
whirl	/hwɝl/	v.	旋轉

雙音節字

單字	音標	詞性	中文
af·firm	/əˋfɝm/	v.	斷言
cir·cuit	/ˋsɝkɪt/	n.	環行
cir·cus	/ˋsɝkəs/	n.	馬戲團
con·firm	/kənˋfɝm/	v.	證實
dirt·y	/ˋdɝtɪ/	adj.	髒的

單字	音標	詞性	中文
thir·teen	/ˋθɝˏtin/	n.	十三
thir·ty	/ˋθɝˏtɪ/	n.	三十

三音節（以上）的字

單字	音標	詞性	中文
cir·cu·late	/ˋsɝkjəˏlet/	v.	循環
cir·cum·stance	/ˋsɝkəmˏstæns/	n.	情況

> ir 或 yr 在非重音節常弱化為 /ɚ/。

雙音節字

單字	音標	詞性	中文
e·lix·ir	/ɪˋlɪksɚ/	n.	萬能藥
sat·yr	/ˋsætɚ/	n.	好色之徒

4 or

> or 出現在詞尾，發 /ɔr/。

TRACK 103

單音節字

單字	音標	詞性	中文
for	/fɔr/	prep.	為
nor	/nɔr/	conj.	也不
or	/ɔr/	conj.	或者

or 也可以發 /or/。

單音節字

單字	音標	詞性	中文
sword	/sord/	n.	劍

雙音節字

單字	音標	詞性	中文
ex·port	/ˌɪksˋport/	v.	輸出
im·port	/ɪmˋport/	v.	輸入
por·tion	/ˋporʃən/	n.	（一）部分
por·tray	/porˋtre/	v.	畫

三音節（以上）的字

單字	音標	詞性	中文
port·fo·li·o	/portˋfolɪˌo/	n.	文件夾
pro·por·tion	/prəˋporʃən/	n.	比例

or 接一個子音字母，發 /ɔr/。

單音節字

單字	音標	詞性	中文
born	/bɔrn/	adj.	出生的
cord	/kɔrd/	n.	細繩
cork	/kɔrk/	n.	軟木塞

corn	/kɔrn/	n.	穀物
ford	/fɔrd/	v.	涉水而過
fork	/fɔrk/	n.	餐叉
form	/fɔrm/	n.	形狀
horn	/hɔrn/	n.	觸角
horse	/hɔrs/	n.	馬
lord	/lɔrd/	n.	貴族
pork	/pɔrk/	n.	豬肉
port	/pɔrt/	n.	港口
scorn	/skɔrn/	n.	輕蔑
short	/ʃɔrt/	adj.	短的
sort	/sɔrt/	n.	種類
sport	/spɔrt/	n.	運動
storm	/stɔrm/	n.	暴風雨
thorn	/θɔrn/	n.	有刺植物
torn	/tɔrn/	v.	撕開

雙音節字

單字	音標	詞性	中文
ab·sorb	/əb`sɔrb/	v.	吸收
bor·der	/`bɔrdɚ/	n.	邊緣
con·form	/kən`fɔrm/	v.	遵守
cor·ner	/`kɔrnɚ/	n.	街角
en·dorse	/ɪn`dɔrs/	v.	在（發票、票據等）背面簽名
form·al	/`fɔrml̩/	adj.	正式的

for·mer	/ˈfɔrmɚ/	adj.	從前的
morn·ing	/ˈmɔrnɪŋ/	n.	早晨
in·form	/ɪnˈfɔrm/	v.	通知
nor·mal	/ˈnɔrml̩/	adj.	正常的
or·bit	/ˈɔrbɪt/	n.	（天體等的）運行軌道
per·form	/pɚˈfɔrm/	v.	演出
rec·ord	/rɪˈkɔrd/	v.	記錄
re·form	/ˌrɪˈfɔrm/	v.	改革
storm·y	/ˈstɔrmɪ/	adj.	暴風雨的
trans·form	/trænsˈfɔrm/	v.	改變
trans·port	/ˈtrænsˌpɔrt/	n.	運輸

三音節（以上）的字

單字	音標	詞性	中文
ac·cord·ing	/əˈkɔrdɪŋ/	adj.	相符的
cor·di·al	/ˈkɔrdʒəl/	adj.	熱忱的
for·tu·nate	/ˈfɔrtʃənɪt/	adj.	幸運的
im·por·tant	/ɪmˈpɔrtn̩t/	adj.	重要的
or·di·na·ry	/ˈɔrdn̩ˌɛrɪ/	adj.	通常的
snor·kel·ling	/ˈsnɔrklɪŋ/	n.	使用水下呼吸管潛游

or 在非重音節常弱化為 /ɚ/。

雙音節字

單字	音標	詞性	中文
ac·tor	/ˈæktɚ/	n.	男演員
au·thor	/ˈɔθɚ/	n.	作者
cen·sor	/ˈsɛnsɚ/	n.	（出版物、電影等的）審查員
col·or	/ˈkʌlɚ/	n.	色彩
doc·tor	/ˈdɑktɚ/	n.	醫生
fac·tor	/ˈfæktɚ/	n.	因素
fa·vor	/ˈfevɚ/	n.	幫助
for·bid	/fɚˈbɪd/	v.	禁止
for·get	/fɚˈgɛt/	v.	忘記
for·give	/fɚˈgɪv/	v.	原諒
for·sake	/fɚˈsek/	v.	拋棄
har·bor	/ˈhɑrbɚ/	n.	海港
hu·mor	/ˈhjumɚ/	n.	幽默
la·bor	/ˈlebɚ/	n.	勞動
mi·nor	/ˈmaɪnɚ/	adj.	較小的
neigh·bor	/ˈnebɚ/	n.	鄰居
sail·or	/ˈselɚ/	n.	水手
scis·sors	/ˈsɪzɚz/	n.	剪刀
stub·born	/ˈstʌbɚn/	adj.	倔強的
tai·lor	/ˈtelɚ/	n.	（尤指男裝）裁縫師
vend·or	/ˈvɛndɚ/	n.	小販

三音節（以上）的字

單字	音標	詞性	中文
bach·e·lor	/ˈbætʃələ/	n.	單身男子
el·e·va·tor	/ˈɛləˌvetə/	n.	電梯
es·ca·la·tor	/ˈɛskəˌletə/	n.	電扶梯
for·ev·er	/fəˈɛvə/	adv.	永遠
in·for·ma·tion	/ˌɪnfəˈmeʃən/	n.	資訊
pro·fes·sor	/prəˈfɛsə/	n.	教授
pro·jec·tor	/prəˈdʒɛktə/	n.	投影機
re·fri·ge·ra·tor	/rɪˈfrɪdʒəˌretə/	n.	冰箱
trans·por·ta·tion	/ˌtrænspəˈteʃən/	n.	運輸
vis·it·or	/ˈvɪzɪtə/	n.	訪問者

5　ur

ur 出現在詞尾，發 /ɝ/。

TRACK 104

單音節字

單字	音標	詞性	中文
blur	/blɝ/	n.	模糊
fur	/fɝ/	n.	（獸類的）軟毛
slur	/slɝ/	v.	含混不清地說話
spur	/spɝ/	n.	激勵

雙音節字

單字	音標	詞性	中文
con·cur	/kənˈkɝ/	v.	同意

in·cur	/ɪnˋkɝ/	v.	招致
oc·cur	/əˋkɝ/	v.	發生
re·cur	/rɪˋkɝ/	v.	再發生

ur 接一個子音字母，發 /ɝ/。

單音節字

單字	音標	詞性	中文
burn	/bɝn/	v.	發光
curb	/kɝb/	n.	控制
curl	/kɝl/	n.	卷髮
curve	/kɝv/	n.	曲線
hurl	/hɝl/	v.	猛力投擲
hurt	/hɝt/	v.	疼痛
nurse	/nɝs/	n.	護士
purge	/pɝdʒ/	v.	清除
purse	/pɝs/	n.	錢包
surf	/sɝf/	v.	上網瀏覽
surge	/sɝdʒ/	n.	大浪
turn	/tɝn/	v.	轉動
urge	/ɝdʒ/	v.	催促
spurt	/spɝt/	v.	噴射

雙音節字

單字	音標	詞性	中文
ab·surd	/əb`sɝd/	adj.	不合理的
bur·den	/`bɝdn̩/	n.	負擔
curl·y	/`kɝlɪ/	adj.	蜷曲的
cur·tain	/`kɝtn̩/	n.	簾
dis·turb	/dɪs`tɝb/	v.	妨礙
fur·nish	/`fɝnɪʃ/	v.	裝備
hur·ry	/`hɝɪ/	v.	匆忙
pur·ple	/`pɝpl̩/	n.	紫色
pur·pose	/`pɝpəs/	n.	目的
sur·face	/`sɝfɪs/	n.	表面
tur·moil	/`tɝmɔɪl/	n.	混亂
tur·tle	/`tɝtl̩/	n.	海龜
ur·ban	/`ɝbən/	adj.	城市的
ur·gent	/`ɝdʒənt/	adj.	緊急的

三音節（以上）的字

單字	音標	詞性	中文
pre·cur·sor	/pri`kɝsə/	n.	前導
sur·ge·ry	/`sɝdʒərɪ/	n.	外科

ur 在非重音節常弱化為 /ɚ/。

雙音節字

單字	音標	詞性	中文
yog·urt	/ˈjogɚt/	n.	優格
pur·sue	/pɚˈsu/	v.	追趕
sur·prise	/sɚˈpraɪz/	n.	使人驚訝的事
sur·vive	/sɚˈvaɪv/	v.	倖存
sur·vey	/sɚˈve/	v.	調查

三音節（以上）的字

單字	音標	詞性	中文
Sat·ur·day	/ˈsætɚde/	n.	星期六

（二）w 是一個有魔力的字母，可以使其後所接的母音變音

在 ar 的前面加上 w，ar 會發 /ɔr/；在 or 的前面加上 w，or 會發 /ɝ/。

1　war

w 加 ar，ar 發 /ɔr/。

TRACK 105

單音節字

單字	音標	詞性	中文
dwarf	/dwɔrf/	adj.	矮小的
quart	/kwɔrt/	n.	夸脫

swarm	/swɔrm/	v.	擠滿
war	/wɔr/	n.	戰爭
ward	/wɔrd/	n.	病房
warm	/wɔrm/	adj.	溫暖的
warn	/wɔrn/	v.	警告
wharf	/hwɔrf/	n.	碼頭

雙音節字

單字	音標	詞性	中文
a·ward	/ə`wɔrd/	n.	獎品
re·ward	/rɪ`wɔrd/	n.	獎賞
war·den	/`wɔrdn̩/	n.	典獄長
warn·ing	/`wɔrnɪŋ/	n.	警告
war·rant	/`wɔrənt/	n.	授權
to·ward	/tə`wɔrd/	prep.	接近
war·drobe	/`wɔrd͵rob/	n.	衣櫥

2　wor

w 加 or，or 發 /ɝ/。

單音節字

TRACK 106

單字	音標	詞性	中文
word	/wɝd/	n.	單字
work	/wɝk/	n.	工作

world	/wɝld/	n.	世界
worse	/wɝs/	adj.	更壞的
worst	/wɝst/	adj.	最壞的
worth	/wɝθ/	n.	價值
worm	/wɝm/	v.	蠕動

例外字

單字	音標	詞性	中文
wore	/wor/	v.	穿

雙音節字

單字	音標	詞性	中文
wor·thy	/ˋwɝðɪ/	adj.	有價值的
wor·ship	/ˋwɝʃɪp/	n.	崇拜
wor·ry	/ˋwɝɪ/	v.	擔心
book·worm	/ˋbʊkˌwɝm/	n.	書呆子
earth·worm	/ˋɝθˌwɝm/	n.	蚯蚓
silk·worm	/ˋsɪlkˌwɝm/	n.	蠶

（三）單一母音字母出現在「r + 母音字母」之前

單一母音字母出現在 「r + 母音字母」 之前，且出現在重音節或單音節中，另有一套發音規則。常見的形式是 「母音字母 + r + 不發音的 e」。

1　are

ar 本發 /ɑr/，但後面加了 e，are 要發成 /ɛr/。

單音節字

TRACK 107

單字	音標	詞性	中文
bare	/bɛr/	adj.	光禿禿的
care	/kɛr/	v.	在乎
dare	/dɛr/	v.	膽敢
flare	/flɛr/	v.	閃耀
glare	/glɛr/	n.	怒視
hare	/hɛr/	n.	野兔
rare	/rɛr/	adj.	稀有的
scare	/skɛr/	v.	驚嚇
share	/ʃɛr/	v.	分享
snare	/snɛr/	v.	捕捉
spare	/spɛr/	v.	分出
square	/skwɛr/	n.	正方形
stare	/stɛr/	n.	凝視
ware	/wɛr/	n.	陶器

雙音節字

單字	音標	詞性	中文
air·fare	/ˈɛrfɛr/	n.	飛機票價
bare·foot	/ˈbɛrˌfʊt/	adj.	赤腳的
bare·ly	/ˈbɛrlɪ/	adv.	勉強
com·pare	/kəmˈpɛr/	n.	比較
de·clare	/dɪˈklɛr/	v.	宣布
hard·ware	/ˈhɑrdˌwɛr/	n.	金屬器件
pre·pare	/prɪˈpɛr/	v.	準備
soft·ware	/ˈsɔftˌwɛr/	n.	軟體
ware·house	/ˈwɛrˌhaʊs/	n.	倉庫

三音節（以上）的字

單字	音標	詞性	中文
bare·head·ed	/ˈbɛrˈhɛdɪd/	adj.	光著頭的
kitch·en·ware	/ˈkɪtʃɪnˌwɛr/	n.	廚房用具
ta·ble·ware	/ˈtebl̩ˌwɛr/	n.	餐具

2　ere

er 本發 /ɝ/，但後面加了 e，ere 要發成 /ɪr/。

單音節字

TRACK 108

單字	音標	詞性	中文
here	/hɪr/	adv.	這裡

雙音節字

單字	音標	詞性	中文
co·here	/ko`hɪr/	v.	黏合

三音節（以上）的字

單字	音標	詞性	中文
in·ter·fere	/ˌɪntə`fɪr/	v.	干涉

ere 也可發成 /ɛr/。

單音節字

單字	音標	詞性	中文
there	/ðɛr/	adv.	在那裡

雙音節字

單字	音標	詞性	中文
therefore	/`ðɛrˌfor/	adv.	所以
thereby	/ðɛr`baɪ/	adv.	因此

3 ire

ir 本發 /ɝ/，但後面加了 e，ire 要發成 /aɪr/；yr 後面加 e，yre 也會發成 /aɪr/。

TRACK 109

單音節字

單字	音標	詞性	中文
hire	/haɪr/	v.	僱用
wire	/waɪr/	n.	金屬線
tyre	/taɪr/	n.	輪胎
lyre	/laɪr/	n.	（古希臘的）七弦豎琴

雙音節字

單字	音標	詞性	中文
re·quire	/rɪˋkwaɪr/	v.	需要
in·quire	/ɪnˋkwaɪr/	v.	訊問
ac·quire	/əˋkwaɪr/	v.	取得

4 ore

or 本發 /ɔr/，但後面加了 e，ore 常發成 /or/。

TRACK 110

單音節字

單字	音標	詞性	中文
bore	/bor/	v.	鑽孔
chore	/tʃor/	n.	家庭雜務

core	/kor/	n.	果核
ore	/or/	n.	礦石
pore	/por/	v.	注視
snore	/snor/	v.	打鼾
sore	/sor/	adj.	痛的
store	/stor/	n.	商店
swore	/swor/	v.	發誓
wore	/wor/	v.	穿

5　ure

ur 本發 /ɝ/，但後面加了 e，ure 常發成 /jʊr/ 或 /ʊr/。

單音節字

TRACK 111

單字	音標	詞性	中文
pure	/pjʊr/	adj.	純粹的
sure	/ʃʊr/	adj.	確信的
lure	/lʊr/	v.	引誘
cure	/kjʊr/	v.	治癒

雙音節字

單字	音標	詞性	中文
as·sure	/əˋʃʊr/	v.	擔保
in·sure	/ɪnˋʃʊr/	v.	接受保險
se·cure	/sɪˋkjʊr/	adj.	安全的

> ure 在非重音節，常發成 /ɚ/。

雙音節字

單字	音標	詞性	中文
pic·ture	/ˋpɪktʃɚ/	n.	畫；圖片
rup·ture	/ˋrʌptʃɚ/	n.	破裂
dent·ure	/ˋdɛntʃɚ/	n.	假牙
cap·ture	/ˋkæptʃɚ/	v.	捕獲

三音節（以上）的字

單字	音標	詞性	中文
de·par·ture	/dɪˋpartʃɚ/	n.	出發
fur·ni·ture	/ˋfɝnɪtʃɚ/	n.	家具
ad·ven·ture	/ədˋvɛntʃɚ/	n.	冒險

（四）母音二合字母加上 r

　　母音二合字母加 r，通常會使發長母音的母音二合字母的發音變短，僅有少數例外。

1　aer

> aer 常發 /ɛr/。

TRACK 112

三音節（以上）的字

單字	音標	詞性	中文
aero·space	/ˋɛrəˌspes/	n.	航空航天工業

2 air

air 通常發 /ɛr/。

單音節字

TRACK 113

單字	音標	詞性	中文
air	/ɛr/	n.	空氣
chair	/tʃɛr/	n.	椅子
fair	/fɛr/	adj.	公正的
hair	/hɛr/	n.	毛髮
pair	/pɛr/	n.	一對
stair	/stɛr/	n.	樓梯

雙音節

單字	音標	詞性	中文
af·fair	/əˋfɛr/	n.	事情
air·plane	/ˋɛrˏplen/	n.	飛機
air·port	/ˋɛrˏport/	n.	機場
chair·man	/ˋtʃɛrmən/	n.	主席
de·spair	/dɪˋspɛr/	n.	絕望
hair·cut	/ˋhɛrˏkʌt/	n.	理髮
hair·style	/ˋhɛrˏstaɪl/	n.	髮型
im·pair	/ɪmˋpɛr/	v.	削弱
re·pair	/rɪˋpɛr/	v.	修理
dai·ry	/ˋdɛrɪ/	adj.	牛奶的
fai·ry	/ˋfɛrɪ/	n.	仙女

三音節

單字	音標	詞性	中文
hair·dress·er	/ˈhɛrˌdrɛsɚ/	n.	美髮師

3 ear

ear 通常發 /ɪr/。

單音節字

TRACK 114

單字	音標	詞性	中文
beard	/bɪrd/	n.	鬍鬚
clear	/klɪr/	adj.	清澈的
dear	/dɪr/	adj.	親愛的
fear	/fɪr/	n.	害怕
gear	/gɪr/	n.	齒輪
hear	/hɪr/	v.	聽見
near	/nɪr/	adj.	近的
rear	/rɪr/	v.	撫養
shear	/ʃɪr/	n.	修剪
smear	/smɪr/	n.	誹謗
spear	/spɪr/	n.	矛
tear	/tɪr/	n.	眼淚
year	/jɪr/	n.	年

雙音節

單字	音標	詞性	中文
ap·pear	/əˋpɪr/	v.	出現
wear·y	/ˋwɪrɪ/	adj.	疲倦的

ear 可發 /ɛr/。

單音節字

單字	音標	詞性	中文
bear	/bɛr/	v.	承受
pear	/pɛr/	n.	梨
tear	/tɛr/	v.	撕開
wear	/wɛr/	v.	穿著
swear	/swɛr/	v.	發誓

三音節（以上）的字

單字	音標	詞性	中文
wear·a·ble	/ˋwɛrəbl̩/	adj.	可以穿戴的

ear 可發 /ɑr/。

單音節字

單字	音標	詞性	中文
heart	/hɑrt/	n.	心臟
hearth	/hɑrθ/	n.	壁爐地面

雙音節字

單字	音標	詞性	中文
heart·y	/ˈhɑrtɪ/	adj.	衷心的
heart·felt	/ˈhɑrtˌfɛlt/	adj.	真誠的
heart·beat	/ˈhɑrtˌbit/	n.	心跳

三音節（以上）的字

單字	音標	詞性	中文
whole-heart·ed	/ˈholˈhɑrtɪd/	adj.	全心全意

ear 也可以發 /ɝ/。

單音節字

單字	音標	詞性	中文
earn	/ɝn/	v.	掙得
earth	/ɝθ/	n.	地球
heard	/hɝd/	v.	聽見
learn	/lɝn/	v.	學習
pearl	/pɝl/	n.	珍珠
search	/sɝtʃ/	v.	搜尋
yearn	/jɝn/	v.	思念

雙音節字

單字	音標	詞性	中文
ear·ly	/ˈɝlɪ/	adj.	早的

re·hearse	/rɪˋhɝs/	v.	排練
re·search	/rɪˋsɝtʃ/	v.	研究
earth·quake	/ˋɝθˌkwek/	n.	地震

4　eer

eer 常發 /ɪr/。

單音節字

TRACK 115

單字	音標	詞性	中文
cheer	/tʃɪr/	n.	歡呼
deer	/dɪr/	n.	鹿
jeer	/dʒɪr/	v.	嘲笑
peer	/pɪr/	n.	同輩
queer	/kwɪr/	adj.	奇怪的
sheer	/ʃɪr/	adv.	全然
steer	/stɪr/	v.	駕駛

5　eir

eir 通常發 /ɛr/。

單音節字

TRACK 116

單字	音標	詞性	中文
their	/ðɛr/	pron.	他們的
heir	/ɛr/	n.	繼承人

eir 也可發 /ɪr/。

單字	音標	詞性	中文
weird	/wɪrd/	adj.	怪誕的

6　eur

eur 通常發 /ˋjur/。

雙音節字

TRACK 117

單字	音標	詞性	中文
Eur·ope	/ˋjurəp/	n.	歐洲
neu·ral	/ˋnjurəl/	adj.	神經中樞的
neu·ron	/ˋnjurɑn/	n.	神經元

法語借字含有 eur，有的發 /ur/、有的發 /ɝ/。

單音節字

單字	音標	詞性	中文
mas·seur	/mæˋsɝ/	n.	男按摩師

三音節（以上）字

單字	音標	詞性	中文
con·nois·seur	/ˌkɑnəˋsɝ/	n.	鑒定家
sab·o·teur	/ˌsæbəˋtɝ/	n.	從事破壞活動者

| am·a·teur | /ˈæməˌtʃʊr/ | n. | 業餘從事者 |

7　ier

ier 通常發 /ɪr/。

單音節字

TRACK 118

單字	音標	詞性	中文
bier	/bɪr/	n.	棺材
fierce	/fɪrs/	adj.	兇猛的
pier	/pɪr/	n.	碼頭
pierce	/pɪrs/	v.	突破
tier	/tɪr/	n.	一排

雙音節字

單字	音標	詞性	中文
cash·ier	/kæˈʃɪr/	v.	開除

8 oar

oar 常發 /or/。

單音節字

單字	音標	詞性	中文
oar	/or/	v.	划行
boar	/bor/	n.	公豬
roar	/ror/	v.	吼叫
board	/bord/	n.	黑板
hoard	/hord/	n.	貯藏物
coarse	/kors/	adj.	粗的
hoarse	/hors/	adj.	沙啞的

oar 在非重音節，常發 /ɚ/。

雙音節字

單字	音標	詞性	中文
cup·board	/ˋkʌbɚd/	n.	食櫥

9　oor

oor 可發 /ʊr/。

TRACK 120

單音節字

單字	音標	詞性	中文
boor	/bʊr/	n.	鄉下人
moor	/mʊr/	v.	停泊
poor	/pʊr/	adj.	貧窮的

雙音節字

單字	音標	詞性	中文
boor·ish	/ˈbʊrɪʃ/	adj.	粗野的

oor 亦可發 /or/。

單音節字

單字	音標	詞性	中文
door	/dor/	n.	門
floor	/flor/	n.	地板

10 oir

oir 出現在發文借字，多發 /wɑr/ 或 /vɔr/。

雙音節字

單字	音標	詞性	中文
mem·oir	/ˋmɛmwɑr/	n.	自傳

三音節（以上）的字

單字	音標	詞性	中文
rep·er·toire	/ˋrɛpɚˏtwɑr/	n.	可表演節目
res·er·voir	/ˋrɛzɚˏvɔr/	n.	水庫

oir 也可以發 /aɪr/。

單字	音標	詞性	中文
choir	/kwaɪr/	n.	合唱團

發音小百科

oir 源自法語，發音特別，通常發 /wɑr/ 或 /vɔr/，例如：memoir /ˋmɛmwɑr/、repertoire /ˋrɛpɚˏtwɑr/、reservoir /ˋrɛzɚˏvɔr/。然而，在這些含 oir 的法語借字中，choir 的發音唸成 /kwaɪr/，令許多英語學習者感到困惑，內心一定會問說這裡的 oir 為什麼會發成 /waɪr/ 呢？

如果我們從字源角度來看這個字就很好理解，上述這些發 /wɑr/ 或 /vɔr/ 的單字，例如：memoir /ˋmɛmwɑr/、repertoire /ˋrɛpɚˏtwɑr/、reservoir / ˋrɛzɚˏvɔr/，

相對而言，都是在比較晚的時期才借進英語中的，而 choir 是從古法語借進來的，在 13 世紀的時候拼做 queor，和古法語的拼法 quer 長的很像，到了大約 15 世紀的時候，queor 的拼法略微改變，拼為 quyre。聰明的你現在應該不難理解，為何在現代英語中唸成 /kwaɪr/ 了吧！其實 choir 一字就是保留 quyre 的唸法，只是單字拼法改變。到了在 17 世紀中葉時期，為了讓 choir 這個字和 chorus（合唱團）拼寫較一致，於是調整拼法，將 queor 調整成 choir。如此一來，choir 就長得和 chorus 很像了。只不過，在這拼寫調整的過程中，語音並沒有改變，於是在現代英語中，choir 拼寫和發音就產生了落差。

* 註解：

事實上，英語單字 chorus（合唱團）和 choir（唱詩班；合唱團）都可以追溯到拉丁語的 chorus，只是兩字循不同途徑進入英語，如下圖所示：

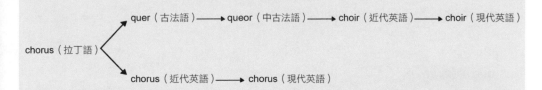

就字源而言，chorus 和 choir 兩字皆源自同一字，但循不同路徑進入英語，用專業一點的說法來解釋，叫做「雙飾詞」（doublet）。

11 our

our 通常發 /aʊr/。

單音節字

TRACK 122

單字	音標	詞性	中文
our	/aʊr/	pron.	我們的
hour	/aʊr/	n.	小時
sour	/saʊr/	adj.	酸的
flour	/flaʊr/	n.	麵粉

雙音節字

單字	音標	詞性	中文
de·vour	/dɪˋvaʊr/	v.	吞沒

our 可發 /ʊr/。

單音節字

單字	音標	詞性	中文
tour	/tʊr/	n.	旅行

雙音節字

單字	音標	詞性	中文
tour·ist	/ˋtʊrɪst/	n.	觀光者
de·tour	/ˋditʊr/	n.	繞道
gour·met	/ˋgʊrme/	n.	美食家

| gour·mand | /ˈgʊrmənd/ | n. | 美食者 |

our 可發 /ɝ/。

雙音節字

單字	音標	詞性	中文
cour·age	/ˌkɝɪdʒ/	n.	勇氣
flour·ish	/ˈflɝɪʃ/	v.	（植物等）茂盛
jour·nal	/ˈdʒɝnḷ/	n.	雜誌
jour·ney	/ˈdʒɝnɪ/	n.	旅行

三音節（以上）的字

單字	音標	詞性	中文
cour·te·ous	/ˈkɝtjəs/	adj.	殷勤的
cour·te·sy	/ˈkɝtəsɪ/	n.	禮貌
dis·cour·age	/dɪsˈkɝɪdʒ/	v.	使沮喪
en·cour·age	/ɪnˈkɝɪdʒ/	v.	鼓勵
tour·na·ment	/ˈtɝnəmənt/	n.	比賽

our 可發 /or/。

單音節字

單字	音標	詞性	中文
pour	/por/	v.	傾注
court	/kort/	n.	法庭
course	/kors/	n.	路線
source	/sors/	n.	根源

雙音節字

單字	音標	詞性	中文
court·ship	/ˋkortʃɪp/	n.	求婚
court·room	/ˋkort͵rum/	n.	審判室

12 uer

uer 通常發 /uɚ/。

TRACK 123

單字	音標	詞性	中文
pursuer	/pɚˋsuɚ/	n.	追求者

五、單一子音字母（standalone consonant）

本單元逐一介紹單一子音字母發音的情況。

1　b

大多數情況之下 b 是發 /b/。

單音節字

TRACK 124

單字	音標	詞性	中文
bag	/bæg/	n.	提袋
bang	/bæŋ/	v.	發出砰的一聲
beach	/bitʃ/	n.	海灘
bend	/bɛnd/	v.	彎曲
job	/dʒɑb/	n.	工作
robe	/rob/	n.	長袍
sob	/sɑb/	v.	哭訴

雙音節字

單字	音標	詞性	中文
bank·rupt	/ˈbæŋkrʌpt/	adj.	破產的
bar·ren	/ˈbærən/	adj.	無益的
ber·ry	/ˈbɛrɪ/	n.	莓果
build·ing	/ˈbɪldɪŋ/	n.	建築物
bun·dle	/ˈbʌndl̩/	n.	包裹

單字	音標	詞性	中文
broad·cast	/ˋbrɔdˏkæst/	v.	廣播
lob·ster	/ˋlɑbstɚ/	n.	龍蝦

三音節（以上）的字

單字	音標	詞性	中文
beau·ti·ful	/ˋbjutəfəl/	adj.	美麗的
bil·lion·aire	/ˏbɪljəˋnɛr/	n.	億萬富翁

b 在 t 的前面，b 常不發音。

單音節字

單字	音標	詞性	中文
debt	/dɛt/	n.	借款
doubt	/daʊt/	v.	懷疑

雙音節字

單字	音標	詞性	中文
debt·or	/ˋdɛtɚ/	n.	債務人
sub·tle	/ˋsʌtl̩/	adj.	微妙的

三音節（以上）的字

單字	音標	詞性	中文
sub·tle·ty	/ˋsʌtl̩tɪ/	n.	纖細
un·doubt·ed·ly	/ʌnˋdaʊtɪdlɪ/	adv.	毫無疑問地

發音小百科 ————————————————

　　若想知道 doubt 的 b 不發音原因，必須從字源談起。doubt 是從古法語借進來的，在古法語中拼為 douter，在中古英語中拼為 dout。約在 14 世紀到 16 世紀之間，英語抄寫員模仿拉丁語的 dubitare，補回 b 字母，因此在英語中 dout 就變成 doubt，雖然補上 b 字母，但卻沒有發音。除了 doubt 外，debt 的 b 也不發音，其原因和 doubt 相同，我們可看下表，一窺這兩個字的演變過程：

拉丁語	古法語	中古英語	現代英語
dubitare	douter	dout	doubt
debitum	dette	det	debt

　　dubitare 從拉丁語被借進古法語時，簡化音節，刪除 bi，並去掉動詞字尾 -are，換成法語動詞字尾 -er。此外，拉丁語借字進到古法語常有複母音化現象，du 就變成 dou，duter 就變成 douter 一字。接著，douter 在借進中古英語時去掉字尾，形成 dout，這樣的拼法是反映法語詞源。但在 14 到 16 世紀之間，據考據，認為這個字是源自於拉丁語，故補回 b 字母，此後 b 字母默默地陪伴著英語，令人發思古之幽情（黃自來教授語），這樣的過程叫「詞源重拼法」（etymological respelling）。「詞源重拼法」的例子尚有：receipt、subtle、salmon、indict、solder 等，「詞源重拼法」可解釋這些字**藍色字母**不發音的原因。學習者若能知曉箇中緣由，對於這些有不發音字母（silent letter）的英語單字定能有更深一層的體會，不至於只用「發音例外」這個理由輕描淡寫帶過。

一般而言，mb 結尾的字，以及其衍生字，b 經常不發音。

單音節字

單字	音標	詞性	中文
climb	/klaɪm/	v.	攀爬
comb	/kom/	n.	梳子
crumb	/krʌm/	n.	碎屑
dumb	/dʌm/	adj.	啞的
lamb	/læm/	n.	小羊
limb	/lɪm/	n.	執行者
numb	/nʌm/	adj.	麻木的
plumb	/plʌm/	adj.	垂直的
thumb	/θʌm/	n.	拇指
tomb	/tum/	n.	墓碑
womb	/wum/	n.	子宮

雙音節字

單字	音標	詞性	中文
bomb·shell	/ˋbɑm ˌʃɛl/	n.	炸彈
climb·er	/ˋklaɪmɚ/	n.	登山者
plumb·er	/ˋplʌmɚ/	n.	水管工人
suc·cumb	/səˋkʌm/	v.	屈服

發音小百科

mb 結尾的字或其衍生字，其發音在早期現代英語時變成 /m/，b 雖不發音，但保留拼寫，成為啞音，b 之所以不發音，是因為 mb 在同音節中，m 是雙唇音、b 也是雙唇音，差別只在 m 是鼻腔音、b 是口腔音，要從鼻腔音轉發口腔音，一口氣要唸完，較費力，故 /b/ 逐漸被 /m/ 同化，mb 發成 /m/，b 也就形同被消音了。值得注意的是，若 mb 分屬不同音節，mb 中間發音有微微停頓，發音較順暢，因此 b 仍須發音，例如：num·ber、re·mem·ber、com·bine、cham·ber 等。

2　c

字母 c 常發 /k/ 或 /s/ 的音。在語言學中，c 發 /k/，是「硬音」（hard C）；c 發 /s/，是「軟音」（soft C）。

c 接字母 a、o、u 或其他子音時，常發硬音 /k/。

單音節字

TRACK 125

單字	音標	詞性	中文
care	/kɛr/	v.	在乎
cat	/kæt/	n.	貓
cause	/kɔz/	n.	原因
clear	/klɪr/	adj.	清澈的
clock	/klɑk/	n.	時鐘
coal	/kol/	n.	煤
cost	/kɔst/	v.	花費
count	/kaunt/	v.	計算

單字	音標	詞性	中文
cow	/kaʊ/	n.	母牛
crash	/kræʃ/	v.	碰撞
cream	/krim/	n.	奶油
cub	/kʌb/	n.	學徒
Cuba	/ˋkjubə/	n.	古巴
cult	/kʌlt/	n.	膜拜
cup	/kʌp/	n.	杯子
curl	/kɝl/	v.	捲曲
curse	/kɝs/	v.	詛咒
cut	/kʌt/	n.	傷口
cute	/kjut/	adj.	可愛的

雙音節字

單字	音標	詞性	中文
ca·ble	/ˋkebl̩/	n.	電纜
cof·fee	/ˋkɔfɪ/	n.	咖啡
col·umn	/ˋkɑləm/	n.	圓柱
com·plaint	/kəmˋplent/	n.	抱怨
con·sent	/kənˋsɛnt/	v.	同意
cul·ture	/ˋkʌltʃɚ/	n.	文化
cur·rent	/ˋkɝənt/	adj.	通用的

例外字

單字	音標	詞性	中文
Cae·sar	/ˋsizɚ/	n.	凱撒

三音節（以上）的字

單字	音標	詞性	中文
cal·cu·late	/ˈkælkjəˌlet/	v.	計算
cam·e·ra	/ˈkæmərə/	n.	照相機
com·fort·a·ble	/ˈkʌmfɚtəbl̩/	adj.	舒適的
cul·i·na·ry	/ˈkjulɪˌnɛrɪ/	adj.	烹飪的
fac·ul·ty	/ˈfækl̩tɪ/	n.	機能
pre·cau·tion	/prɪˈkɔʃən/	n.	預防

c 接字母 e、i、y 常發軟音 /s/。

單音節字

單字	音標	詞性	中文
cell	/sɛl/	n.	單人牢房
dance	/dæns/	v.	跳舞
face	/fes/	n.	臉
juice	/dʒus/	n.	果汁
nice	/naɪs/	adj.	好的
place	/ples/	n.	地方

雙音節字

單字	音標	詞性	中文
ab·sence	/ˈæbsn̩s/	n.	缺席
cen·ter	/ˈsɛntɚ/	n.	中心
cer·tain	/ˈsɝtən/	adj.	確鑿的

單字	音標	詞性	中文
cir·cle	/ˈsɝkl̩/	n.	圓圈
cit·y	/ˈsɪtɪ/	n.	城市
civ·il	/ˈsɪvl̩/	adj.	公民的
cy·cle	/ˈsaɪkl̩/	n.	週期
cy·clone	/ˈsaɪklon/	n.	氣旋
de·cide	/dɪˈsaɪd/	v.	決定
fan·cy	/ˈfænsɪ/	n.	想像
mer·cy	/ˈmɝsɪ/	n.	憐憫
no·tice	/ˈnotɪs/	n.	公告
pen·cil	/ˈpɛnsl̩/	n.	鉛筆
so·cial	/ˈsoʃəl/	adj.	社會的

三音節（以上）的字

單字	音標	詞性	中文
bi·cy·cle	/ˈbaɪsɪkl̩/	n.	腳踏車
cen·tu·ry	/ˈsɛntʃʊrɪ/	n.	世紀
cin·e·ma	/ˈsɪnəmə/	n.	電影院
con·ve·ni·ence	/kənˈvinjəns/	n.	方便
pol·i·cy	/ˈpɑləsɪ/	n.	政策
re·ci·pe	/ˈrɛsəpɪ/	n.	食譜
re·cy·cle	/riˈsaɪkl̩/	v.	再利用
su·per·fi·cial	/ˌsupɚˈfɪʃəl/	adj.	表面的

發音小百科 ————————————————————

　為什麼 picnic 在加 -ed 前、mimic 在加 -er 前，要插入一個無聲字母 k，形成 picnicked、mimicker？為什麼 picnic、traffic、panic 在加 -ing 前，要插入一個無聲字母 k，形成 picnicking、trafficking、panicking？為什麼 panic 在加 -y 前，要插入一個無聲字母 k，形成 panicky？

　無聲的字母 k 出現在 e、i、y 字母開頭的字尾之前，是為了表示前面的 c 要發 /k/ 而非 /s/，如果沒插入 k 字母，c 碰到 e、i、y 字母，通常會發 /s/，例如：cell、city、cycle。因此上述單字加了一個無聲 k 字母是為了保持 c 字母發 /k/ 的作法，如果沒加 k 字母，c 碰到 e、i、y 要發 /s/。

c 在字尾發 /k/ 的例子

單音節字

單字	音標	詞性	中文
sac	/sæk/	n.	美國索克族印第安人

雙音節字

單字	音標	詞性	中文
mu·sic	/ˈmjuzɪk/	n.	音樂
top·ic	/ˈtɑpɪk/	n.	題目

三音節（以上）的字

單字	音標	詞性	中文
car·di·ac	/ˈkɑrdɪˌæk/	adj.	心臟的
en·thu·si·as·tic	/ɪnˌθjuzɪˈæstɪk/	adj.	熱情的
his·tor·ic	/hɪsˈtɔrɪk/	adj.	歷史上著名的
pat·ri·ot·ic	/ˌpetrɪˈɑtɪk/	adj.	愛國的

c 接「i + 母音」，c 常發 /ʃ/。

雙音節字

單字	音標	詞性	中文
spe·cial	/ˈspɛʃəl/	adj.	特別的
pre·cious	/ˈprɛʃəs/	adj.	貴重的
an·cient	/ˈenʃənt/	adj.	古代的

三音節（以上）的字

單字	音標	詞性	中文
de·li·cious	/dɪˈlɪʃəs/	adj.	美味的
el·ec·tri·cian	/ˌɪlɛkˈtrɪʃən/	n.	電工
mu·si·cian	/mjuˈzɪʃən/	n.	音樂家
pol·i·ti·cian	/ˌpɑləˈtɪʃən/	n.	政治家
pre·sci·ent	/ˈprɛʃɪənt/	adj.	預知的

c 不發音的例子

單音節字

單字	音標	詞性	中文
scene	/sin/	n.	（戲劇的）一場

雙音節字

單字	音標	詞性	中文
in·dict	/ɪnˋdaɪt/	v.	控告
sci·ence	/ˋsaɪəns/	n.	科學

三音節（以上）的字

單字	音標	詞性	中文
dis·ci·pline	/ˋdɪsəplɪn/	n.	紀律
ac·qui·esce	/͵ækwɪˋɛs/	v.	默認

發音小百科 ─────

有些借自義大利語與樂器相關的單字，如：cello /ˈtʃɛlo/（大提琴）、concerto /kənˈtʃɝto/（協奏曲），c 是發 /tʃ/ 的音。值得一提的是，cc 組合有兩種發音，常發 /ks/ 或 /k/。cc 發 /ks/ 的例子，可見於：accent、access、accident、success 等；cc 發 /k/ 的例子，可見於：account、occupy、occur、soccer、succumb、tobacco 等。此外，sc 這個常見組合也有兩種發音，常發 /sk/ 或 /s/。sc 發 /sk/ 的例子，可見於 scare、scold、score 等；sc 發 /s/ 的例子，可見於 scene、science 等。在 c 不發音的眾多例子中，indict 最為特別，這個字是從古法語 enditer 借入的，本來就沒有 c，後來學者認為這個字還可追溯到拉丁語的 indictare，因此把 c 補回去，但卻不發音，c 字母就變成啞音。

3　d

d 在大部分的情況下，都是發 /d/。

單音節字

TRACK 126

單字	音標	詞性	中文
drag	/dræg/	v.	拖曳
draft	/dræft/	n.	草稿
drain	/dren/	n.	排水管
dim	/dɪm/	adj.	微暗的
band	/bænd/	n.	樂隊

雙音節字

單字	音標	詞性	中文
dam·age	/ˋdæmɪdʒ/	n.	損害
draw·back	/ˋdrɔ͵bæk/	n.	缺點
dream·er	/ˋdrimɚ/	n.	夢想家
dis·tance	/ˋdɪstəns/	n.	距離
di·spatch	/dɪˋspætʃ/	v.	派遣
di·spel	/dɪˋspɛl/	v.	驅散
bun·dle	/ˋbʌndļ/	n.	包裹

三音節（以上）的字

單字	音標	詞性	中文
di·ver·si·fy	/daɪˋvɝsə͵faɪ/	v.	多樣化
dis·or·der	/dɪsˋɔrdɚ/	n.	混亂
dif·fi·cult	/ˋdɪfə͵kəlt/	adj.	困難的
Phil·a·del·phi·a	/͵fɪləˋdɛlfjə/	n.	費城

d 不發音的例子。

雙音節字

單字	音標	詞性	中文
hand·some	/ˋhænsəm/	adj.	英俊的
Wednes·day	/ˋwɛnzde/	n.	星期三

發音小百科 ————————————

d 在大部分的情況下都是發 /d/，只有在過去式規則動詞加 -ed，且 -ed 接在無聲子音（扣除 t）後，才發 /t/ 的音，例如：walked、baked、hoped、kissed 中的 ed 都發 /t/。此外，d 有時不發音，通常是發生在 d 後面接同發音部位的 n 或 s，d 轉為不發音，是為了讓發音更順暢。在現代英語中，friendship、handsome 的 d 也多不發音。

4　f

f 在大部分的情況下，幾乎都是發 /f/。

單音節字

TRACK 127

單字	音標	詞性	中文
fight	/faɪt/	n.	戰鬥
file	/faɪl/	n.	文件夾
fill	/fɪl/	v.	填滿
firm	/fɝm/	adj.	穩固的
float	/flot/	v.	漂浮
flood	/flʌd/	n.	洪水
flow	/flo/	v.	流動
form	/fɔrm/	n.	形狀
from	/frɑm/	prep.	從……起
stuff	/stʌf/	n.	原料

雙音節字

單字	音標	詞性	中文
fig·ure	/ˋfɪgjɚ/	n.	外形
flour·ish	/ˋflɝɪʃ/	v.	茂盛
fluff·y	/ˋflʌfɪ/	adj.	毛茸茸的
for·bid	/fɚˋbɪd/	v.	禁止
fore·cast	/ˋforˌkæst/	v.	預測
fra·grance	/ˋfregrəns/	n.	香味
frame·work	/ˋfremˌwɝk/	n.	（房屋等的）架構
mo·tif	/moˋtif/	n.	裝飾圖案

三音節（以上）的字

單字	音標	詞性	中文
fes·ti·val	/ˋfɛstəvḷ/	n.	節日
fi·del·i·ty	/fɪˋdɛlətɪ/	n.	忠誠
for·mu·la·tion	/ˌfɔrmjəˋleʃən/	n.	構想
for·ti·fy	/ˋfɔrtəˌfaɪ/	v.	構築防禦工事
for·tu·nate	/ˋfɔrtʃənɪt/	adj.	幸運的

在現在英語中似乎只能找到一個 f 發 /v/ 的例子，那就是 of。多數的教學者都會強調此處的 f 是發 /v/，也有不少學生會將此處的 f 發成 /f/。究竟為什麼這個字的發音這麼奇怪呢？

一切要從古英語說起，of 是源自古英語的 æf。在古英語中，還沒有 v 字母，f 字母就可以代表 /f/ 和 /v/ 兩個音，且 æf 還可以分「重讀」（stressed）和「輕讀」（unstressed）兩種形式：æf 是重讀時的拼寫，發音就像 /ɑf/；of 是輕讀時的拼寫，發音就像 /ʌv/。一開始的時候，of 和 æf 的意思是一樣的，差別只是重讀或輕讀，到了 17 世紀初，這兩個字的拼法合流，都拼成 of。但俗話說合久必分，分久必合，在這個字的歷史發展上亦可得到應證。of 後來還是分家了，到後來重讀和輕讀的拼法還是不同，重讀時，拼為 off；輕讀時，拼為 of，至此之後，兩個字的意思也開始產生分歧。直到今日，of 的母音雖然有改變，但子音 f 仍發 /v/，保留古英語時輕讀的音。

5　g

字母 g 常發 /g/ 或 /dʒ/ 的音。在語言學中，g 發 /g/，是「硬音」（hard G）；g 發 /dʒ/，是「軟音」（soft G）。

g 接字母 a、o、u，常發硬音 /g/。

單音節字

TRACK 128

單字	音標	詞性	中文
gain	/gen/	v.	獲得

game	/gem/	n.	遊戲
go	/go/	v.	去
goat	/got/	n.	山羊
good	/gʊd/	adj.	好的
gown	/gaʊn/	n.	長禮服
guard	/gɑrd/	n.	衛兵
guess	/gɛs/	v.	猜測
gun	/gʌn/	n.	槍

雙音節字

單字	音標	詞性	中文
bar·gain	/ˋbɑrgɪn/	n.	協議
dis·guise	/dɪsˋgaɪz/	n.	偽裝
guilt·y	/ˋgɪltɪ/	adj.	有罪的
gui·tar	/gɪˋtɑr/	n.	吉他
le·gal	/ˋligl̩/	adj.	法律上的
vig·or	/ˋvɪgɚ/	n.	體力

三音節（以上）的字

單字	音標	詞性	中文
di·a·logue	/ˋdaɪəˌlɔg/	n.	對話
guar·an·tee	/ˌgærənˋti/	n.	保證
reg·u·lar	/ˋrɛgjələ/	adj.	規則的

例外字

單字	音標	詞性	中文
margarine	/ˋmɑrdʒəˌrin/	n.	人造黃油

g 接字母 e、i、y，常發軟音 /dʒ/。

單音節字

單字	音標	詞性	中文
age	/edʒ/	n.	年齡
cage	/kedʒ/	n.	籠子
change	/tʃendʒ/	v.	改變
gauge	/gedʒ/	n.	標準尺寸
germ	/dʒɝm/	n.	細菌
gin	/dʒɪn/	n.	陷阱
huge	/hjudʒ/	adj.	龐大的
rage	/redʒ/	v.	發怒
wage	/wedʒ/	v.	進行

例外字

單字	音標	詞性	中文
gear	/gɪr/	n.	齒輪
geese	/gis/	n.	鵝
get	/gɛt/	v.	獲得
girl	/gɝl/	n.	女孩
give	/gɪv/	v.	給與

雙音節字

單字	音標	詞性	中文
cab·bage	/ˈkæbɪdʒ/	n.	甘藍菜
dan·ger	/ˈdendʒɚ/	n.	危險
en·gine	/ˈɛndʒən/	n.	引擎
gen·tle	/ˈdʒɛntḷ/	adj.	溫和的
gi·ant	/ˈdʒaɪənt/	n.	（童話中的）巨人
gi·raffe	/dʒəˈræf/	n.	長頸鹿
gyp·sy	/ˈdʒɪpsɪ/	n.	吉普賽人
hos·tage	/ˈhɑstɪdʒ/	n.	人質
le·gend	/ˈlɛdʒənd/	n.	傳說
ma·gic	/ˈmædʒɪk/	n.	魔法
re·gion	/ˈridʒən/	n.	地區
tra·gic	/ˈtrædʒɪk/	adj.	悲劇的
ur·gent	/ˈɝdʒənt/	adj.	緊急的
vil·lage	/ˈvɪlɪdʒ/	n.	村莊

例外字

單字	音標	詞性	中文
an·ger	/ˈæŋgɚ/	n.	生氣
ea·ger	/ˈigɚ/	adj.	熱心的
fin·ger	/ˈfɪŋgɚ/	n.	手指
for·get	/fɚˈgɛt/	v.	忘記
gig·gle	/ˈgɪgḷ/	v.	咯咯地笑
tar·get	/ˈtɑrgɪt/	n.	目標
ti·ger	/ˈtaɪgɚ/	n.	虎

三音節（以上）的字

單字	音標	詞性	中文
a·pol·o·gize	/əˋpɑləˌdʒaɪz/	v.	道歉
a·pol·o·gy	/əˋpɑlədʒɪ/	n.	道歉
av·e·rage	/ˋævərɪdʒ/	n.	平均
en·er·gy	/ˋɛnɚdʒɪ/	n.	活力
le·git·i·mate	/lɪˋdʒɪtəmɪt/	adj.	合法的
re·gis·ter	/ˋrɛdʒɪstɚ/	n.	登記
re·li·gion	/rɪˋlɪdʒən/	n.	宗教
tra·ge·dy	/ˋtrædʒədɪ/	n.	（一齣）悲劇
vege·ta·ble	/ˋvɛdʒətəbḷ/	n.	蔬菜

例外字

單字	音標	詞性	中文
to·geth·er	/təˋgɛðɚ/	adv.	一起

發音小百科

為什麼很多 gu 組合的單字，u 都不發音呢？

我們舉 guess、guitar、guide 為例來說明。如同上述，g 接 e、i、y 要發成 /dʒ/，為了清楚標示 g 在 guess、guitar、guide 這些字要發 /g/ 而非 /dʒ/，會在 g 和母音中插入一個不發音的 u 提醒。因此，下次遇到 gu 組合的字，u 就不要發音，但 g 要發成 /g/。

g 在子音前，或字尾，發硬音 /g/。

單音節字

單字	音標	詞性	中文
bag	/bæg/	n.	提袋
big	/bɪg/	adj.	大的
egg	/ɛg/	n.	雞蛋
hog	/hɑg/	n.	豬
hug	/hʌg/	v.	擁抱
mug	/mʌg/	n.	馬克杯
peg	/pɛg/	n.	衣夾
pig	/pɪg/	n.	豬
tag	/tæg/	n.	標籤
tug	/tʌg/	v.	用力拉
wig	/wɪg/	n.	假髮

雙音節字

單字	音標	詞性	中文
frag·ment	/ˋfrægmənt/	n.	碎片

法語借字，常發 /ʒ/。

單音節字

單字	音標	詞性	中文
beige	/beʒ/	adj.	米色的
rouge	/ruʒ/	n.	口紅

雙音節字

單字	音標	詞性	中文
bar·rage	/bəˋrɑʒ/	n.	阻攔
gar·age	/gəˋrɑʒ/	n.	車庫
gen·re	/ˋʒɑnrə/	n.	風俗畫
mas·sage	/məˋsɑʒ/	n.	按摩
mi·rage	/məˋrɑʒ/	n.	海市蜃樓
re·gime	/rɪˋʒim/	n.	政權

三音節（以上）的字

單字	音標	詞性	中文
cam·ou·flage	/ˋkæməˌflɑʒ/	v.	偽裝
es·pi·o·nage	/ˋɛspɪənɑʒ/	n.	諜報
prot·é·gé	/ˋprotəˌʒe/	n.	門徒
sab·o·tage	/ˋsæbəˌtɑʒ/	n.	破壞

g 不發音的例子。

單音節字

單字	音標	詞性	中文
gnash	/næʃ/	v.	咬
gnaw	/nɔ/	v.	消耗
reign	/ren/	n.	統治
phlegm	/flɛm/	n.	痰
sign	/saɪn/	v.	簽字

雙音節字

單字	音標	詞性	中文
cam·paign	/kæmˋpen/	v.	從事運動
cham·pagne	/ʃæmˋpen/	n.	香檳酒
con·dign	/kənˋdaɪn/	adj.	相當的
de·sign	/dɪˋzaɪn/	v.	設計
for·eign	/ˋfɔrɪn/	adj.	外國的
im·pugn	/ɪmˋpjun/	v.	責難
ma·lign	/məˋlaɪn/	v.	誹謗
re·sign	/rɪˋzaɪn/	v.	辭職
sove·reign	/ˋsɑvrɪn/	n.	元首

三音節（以上）的字

單字	音標	詞性	中文
par·a·digm	/ˋpærəˌdaɪm/	n.	範例

（1）如上述例子所示，gn 和 gm 的子音組合，g 不發音，其目的是為了讓發音更為流暢。此外，這也是受到英語中的「音位配列限制」（phonotactic constraints）影響所致，以 gn 為例，gn 若出現在字尾，發成 /gn/，並不符合子音的排列組合，也不符合響度音學說理論，響度音學說提到每個音節中響度最高的是音節峰，通常是由母音擔任音節峰，從音節峰到兩側峰谷響度逐漸降低。母音的響度最大，大於所有子音，而子音中流音響度大於鼻腔音，且大於摩擦音和塞爆音。我們舉 sign 為例，音節峰 i 是母音，響度最高，高於左側的磨擦音 s，符合音節峰到兩側峰谷響度逐漸降低的原則，但右側的 /g/ 是塞爆音，響度小於鼻腔音 /n/，這樣不符合音節峰到兩側峰谷響度逐漸降低的原則，但若把 /g/ 省略，就符合響度音學說的論點了。

需小心的是，當 gn 或 gm 分屬不同音節時，g 還是要發音的，例如：cognition、phlegmatic、pragmatic、enigma、stigma 中的 g 還是要發音的。儘管如此，還是有例外，如 poignant 的 g 和 n 分屬不同音節，但 g 是不發音的。

（2）除了上述發音規則外，尚有一條好用的規則，值得學習。gg 若出現在母音字母 e、i、y 前，發 /g/，例如：stagger、sluggish、Maggie、foggy。但偶有例外，如：suggest、exaggerate 的 gg 是發 /dʒ/。

6　h

h 在母音前多發 /h/。

TRACK 129

單音節字

單字	音標	詞性	中文
head	/hɛd/	n.	頭
health	/hɛlθ/	n.	健康
heap	/hip/	v.	堆積
hear	/hɪr/	v.	聽見
heart	/hɑrt/	n.	心臟
hunt	/hʌnt/	v.	打獵
hurl	/hɝl/	v.	猛力投擲
hurt	/hɝt/	v.	疼痛

雙音節字

單字	音標	詞性	中文
heav·en	/ˈhɛvən/	n.	天國
hin·der	/ˈhɪndɚ/	v.	妨礙
hob·by	/ˈhɑbɪ/	n.	嗜好
home·work	/ˈhom͵wɝk/	n.	家庭作業
hun·dred	/ˈhʌndrəd/	n.	一百
hus·band	/ˈhʌzbənd/	n.	丈夫

三音節（以上）的字

單字	音標	詞性	中文
hem·i·sphere	/ˈhɛməsˌfɪr/	n.	半球體
her·i·tage	/ˈhɛrətɪdʒ/	n.	遺產
hes·i·tate	/ˈhɛzəˌtet/	v.	猶豫
hol·i·day	/ˈhɑləˌde/	n.	節日
hyp·o·crite	/ˈhɪpəkrɪt/	n.	偽善者

h 在字首不發音的例子。

單字	音標	詞性	中文
hour	/aur/	n.	小時
hon·est	/ˈɑnɪst/	adj.	誠實的
heir	/ɛr/	n.	繼承人
hon·or	/ˈɑnɚ/	n.	榮譽
herb	/ɝb/	n.	草本植物

發音小百科

　　h 在許多地方都會變成啞音，上述單字的 h 字母不發音，是反映法語字源；這些字的 h 字母在法語中本就不發音，借進英語後，還是保持不發音的習慣。但並非所有法語借字的 h 都不發音，下面這些法語借字的 h 在現代英語中是要發音的，如：horrible、hospital、host、human 都是從古法語借來的，但 h 要發音。事實上，這些字的 h 在古法語裡本來也是不發音，但借入英語中，仿照英語的發音習慣，將 h 都唸出來。這也反映出英語在處理外來借字所採取的發音方式並不一致。

h 在字的中間,且處於非重音節或次重音節,常變成啞音。

三音節(以上)的字

單字	音標	詞性	中文
ve·hi·cle	/ˋviɪkl̩/	n.	運載工具
ve·he·ment	/ˋviəmənt/	adj.	熱烈的
an·ni·hi·late	/əˋnaɪˌlet/	v.	消滅
shep·herd	/ˋʃɛpɚd/	n.	牧羊人
sil·hou·ette	/ˌsɪluˋɛt/	n.	輪廓

h 在 exh- 的組合中,常變成啞音。

雙音節字

單字	音標	詞性	中文
ex·haust	/ɪgˋzɔst/	n.	排出
ex·hort	/ɪgˋzɔrt/	v.	規勸

三音節(以上)的字

單字	音標	詞性	中文
ex·haus·tion	/ɪgˋzɔstʃən/	n.	精疲力竭
ex·hib·it	/ɪgˋzɪbɪt/	v.	展示
ex·hi·bi·tion	/ˌɛksəˋbɪʃən/	n.	展覽
ex·hil·a·rate	/ɪgˋzɪləˌret/	v.	使興奮
ex·hil·a·ra·tion	/ɪgˌzɪləˋreʃən/	n.	興奮
ex·hor·ta·tion	/ˌɛgzɔrˋteʃən/	n.	規勸

有些從波斯語、土耳其語借來含有 kh 的字，更有些從希臘語借來含有 rh 的字，其 h 都不發音。

單音節字

單字	音標	詞性	中文
Khan	/kɑn/	n.	可汗
rhyme	/raɪm/	n.	押韻

雙音節字

單字	音標	詞性	中文
kha·ki	/ˈkɑkɪ/	n.	卡其色
rhyth·m	/ˈrɪðəm/	n.	節奏

三音節（以上）的字

單字	音標	詞性	中文
rhap·so·dy	/ˈræpsədɪ/	n.	狂想曲
rhi·no·ce·ros	/raɪˋnɑsərəs/	n.	犀牛

緊接在母音後的 h，構成感嘆詞，h 不發音。

單音節字

單字	音標	詞性	中文
ah	/ɑ/	int.	啊
eh	/e/	int.	嗯
hah	/hɑ/	int.	笑聲
oh	/o/	int.	哦

雙音節字

單字	音標	詞性	中文
hur·rah	/həˋrɑ/	int.	萬歲

發音小百科

　　除了上面的情況外，h 在現在英語的部分單字中，也成會變成啞音。第一、代名詞 he、his、him、her 的 h 在非重音節中常不發音。第二、助動詞 have 的 h 在非重音節中常不發音。

7　j

j 在大多數的情況下，發 /dʒ/。

單音節字

TRACK 130

單字	音標	詞性	中文
jam	/dʒæm/	n.	擁擠
jar	/dʒɑr/	v.	震動
jet	/dʒɛt/	n.	噴射
join	/dʒɔɪn/	v.	連結
joke	/dʒok/	v.	開玩笑
judge	/dʒʌdʒ/	v.	審判

雙音節字

單字	音標	詞性	中文
ca·jole	/kə`dʒol/	v.	勸誘
je·june	/dʒɪ`dʒun/	adj.	幼稚的
jew·el	/`dʒuəl/	n.	寶石
jin·gle	/`dʒɪŋgl̩/	n.	（鈴、硬幣等金屬的）叮噹聲
ma·jor	/`medʒɚ/	v.	主修

三音節（以上）的字

單字	音標	詞性	中文
in·ju·ry	/`ɪndʒərɪ/	n.	受傷
Ja·mai·ca	/dʒə`mekə/	n.	牙買加
ma·jes·ty	/`mædʒɪstɪ/	n.	陛下

發音小百科

有別於上述 j 發 /dʒ/ 的情況，j 在有些外來借字中發 /j/，例如：hallelujah /ˌhælə`lujə/ 的 j 發 /j/；此外，j 在有些外來借字中發 /ʒ/，例如：jabot /ʒæ`bo/ 的 j 發 /ʒ/。

8　k

k 在大多數的情況都是發 /k/。

單音節字

TRACK 131

單字	音標	詞性	中文
keep	/kip/	v.	持有
key	/ki/	n.	鑰匙
kick	/kɪk/	v.	踢
kirk	/kɝk/	n.	教堂
kiss	/kɪs/	v.	接吻
park	/pɑrk/	n.	公園

雙音節字

單字	音標	詞性	中文
ketch·up	/ˈkɛtʃəp/	n.	番茄醬
ket·tle	/ˈkɛtl̩/	n.	水壺
kid·ney	/ˈkɪdnɪ/	n.	腎臟
kin·dle	/ˈkɪndl̩/	v.	點燃

三音節（以上）的字

單字	音標	詞性	中文
kil·o·me·ter	/ˈkɪləˌmitɚ/	n.	公里
kin·der·gar·ten	/ˈkɪndɚˌgɑrtn̩/	n.	幼稚園
Ko·re·a	/koˈriə/	n.	韓國

單音節字

單字	音標	詞性	中文
knead	/nid/	v.	揉（麵糰、黏土等）
knife	/naɪf/	n.	小刀
knight	/naɪt/	n.	騎士
knit	/nɪt/	v.	編織
knock	/nɑk/	v.	碰擊
knot	/nɑt/	v.	打結
know	/no/	v.	知道

雙音節字

單字	音標	詞性	中文
knock·out	/ˋnɑkˌaʊt/	n.	（拳擊）擊倒
knowl·edge	/ˋnɑlɪdʒ/	n.	知識
knuck·le	/ˋnʌkl̩/	n.	指（根）關節

三音節（以上）的字

單字	音標	詞性	中文
ac·knowl·edge	/əkˋnɑlɪdʒ/	v.	承認

發音小百科 ───────

　　k 不發音的例子，大多出現在 kn 組合中。在 17 世紀的時候，像 gn 的 n 一樣，kn 的 n 也形成啞音，而 n 不發音的主要原因，也是為了讓發音更加流暢。

9 ｜ l

l 發 /l/。

單音節字

TRACK 132

單字	音標	詞性	中文
call	/kɔl/	n.	呼叫
fall	/fɔl/	n.	落下
lab	/læb/	n.	實驗室
last	/læst/	v.	持續
law	/lɔ/	n.	法律
lay	/le/	v.	放置
league	/lig/	n.	聯盟
leg	/lɛg/	n.	腿
let	/lɛt/	v.	允許
lie	/laɪ/	v.	躺
life	/laɪf/	n.	生命
like	/laɪk/	prep.	像
log	/lɔg/	n.	圓木
long	/lɔŋ/	adj.	長的
look	/lʊk/	v.	看
lot	/lɑt/	n.	很多
low	/lo/	adj.	低的
mail	/mel/	n.	郵遞
mall	/mɔl/	n.	林蔭大道
skill	/skɪl/	n.	技術
small	/smɔl/	adj.	小的

單字	音標	詞性	中文
smell	/smɛl/	v.	聞
snail	/snel/	n.	蝸牛
stall	/stɔl/	n.	貨攤
stool	/stul/	n.	凳子
tall	/tɔl/	adj.	身高

雙音節字

單字	音標	詞性	中文
civ·il	/ˈsɪvl̩/	adj.	公民的
e·qual	/ˈikwəl/	adj.	相等的
lat·est	/ˈletɪst/	adj.	最新的
lead·er	/ˈlidɚ/	n.	領導者
le·gal	/ˈligl̩/	adj.	法律上的
let·ter	/ˈlɛtɚ/	n.	信
like·ly	/ˈlaɪklɪ/	adv.	很可能
lis·ten	/ˈlɪsn̩/	v.	聽
liv·ing	/ˈlɪvɪŋ/	n.	生活
nov·el	/ˈnɑvl̩/	n.	小説
roy·al	/ˈrɔɪəl/	a.	皇家的

發音小百科 ─────────────

在現代英語中，l 不發音的情況眾多，我們將在下面幾篇發音小百科中逐一談到這些不發音的例子。

（1）首先，我們先看 alk，中古英語 al 後面接 k，在變成早期現代英語時，a 轉發 /ɔ/，後面所接的 l 就和 /ɔ/ 合併在一起發音，到最後 /l/ 就完全被 /ɔ/ 吸收了，因此 l 字母不發音，變成啞音，例子有：chalk、stalk、talk、walk、balk 等。第二，中古英語 al 後接 f、v、m 時，al 會轉發 /au/，進到現代英語中，/au/ 又轉發 /ɑ/ 或 /æ/，但儘管發音改變，al 拼寫卻沒變，就形成 al 發 /ɑ/ 或 /æ/，且 l 不發音的狀況了，例子有：calf、half、calves、halves、calm、palm、psalm 等。第三、ol 後面接 k，l 也會變成啞音，例子有：folk、yolk、Holmes。

（2）為什麼 salmon 的 l 不發音呢？

據考據，salmon 是源自中古英文，拼作 samon，但學者發現這個字可追溯到拉丁語的 salmonem，因此補回 l，但不發音，形成啞音，這個過程叫作「詞源重拼法」（etymological respelling），其他例子尚有：falcon（在現代英語中，愈來愈多人發 l 的音）、almond 等。

（3）當 st 後面接流音 l，t 往往不發音，例子有：castle、nestle、bristle、bustle、hustle、throstle、jostle、mistletoe 等。

（4）我們都知道 shall、will、can、may 的過去式形式是 should、would、could、might，值得注意的是 should、would 的 l 原本要發音，但因為當功能詞使用，不須重讀，因此在 16 世紀時 l 成為啞音，不發音。進一步比較，should 和 shall、would 和 will 分別成對。shall 是源自古英語的 sceal，should 是源自

古英語的 sceolde；will 是源自古英語的 willan，would 是源自古英語的 wolde，仔細觀察，**這個四個字都含有 l 字母**。我們接著看 can 和 could 這組，can 這個字沒有 l 字母，明顯不同於 shall、will，但偏偏過去式 could 卻有個 l 字母，和 should、would 形式相仿。

為什麼 **can 和 could 的對應**和 shall／should、will／would **兩組對應明顯不同呢？**主要原因是，could 是類比 shall 和 will 的過去式 should 和 would 所造出來的字，且在 15-16 世紀時，才添加一個 l，因此像 should 和 would 一樣，其 l 也不發音。

（5）colonel 是一個發音相當奇特的單字，第一個 l 不唸成 /l/，而是 /r/，若憑自然發音法，很容易產生發音錯誤。為了一探這個字的究竟，我們從 colonel 的字源談起，colonel 是借自法語的 coronel，而法語又是借自義大利語的 colonnella。據說 15 世紀時，義大利的軍隊擅長戰役，因此很多戰爭相關的詞彙被借入歐洲的語言中，colonel 就是其中一例。colonel 被借進法語時，法國人認為一個單字中有兩個 l，並不好唸，對聽者來說，也有負擔，因此 l 產生「異化」（dissimilation），第一個 l 變成 r，於是 colonel 就變成了 coronel。之後，英語又從法語借入這個字，但 16 世紀時，學者認為既然這個字是借自義大利語，就該還原為義大利語 colonel 的拼法。還原後，l 保留 r 的音，因此就產生了拼寫和發音不一致的現象。

10 m

m 發 /m/。

單音節字

TRACK 133

單字	音標	詞性	中文
aim	/em/	v.	瞄準
arm	/ɑrm/	n.	手臂
beam	/bim/	v.	照射
boom	/bum/	v.	發出隆隆聲
calm	/kɑm/	adj.	鎮靜的
farm	/fɑrm/	n.	農場
film	/fɪlm/	n.	電影
firm	/fɝm/	adj.	穩固的
form	/fɔrm/	n.	形狀
from	/frɑm/	prep.	從……起
harm	/hɑrm/	n.	損傷
mad	/mæd/	adj.	瘋的
main	/men/	adj.	主要的
make	/mek/	v.	製造
man	/mæn/	n.	男人
map	/mæp/	n.	地圖
may	/me/	aux.	可能
mean	/min/	adj.	吝嗇的
meet	/mit/	v.	遇見
men	/mɛn/	n.	人

mid	/mɪd/	adj.	中央的
mind	/maɪnd/	n.	頭腦
mix	/mɪks/	n.	混和
more	/mor/	adj.	更多的
most	/most/	adj.	最多的
move	/muv/	v.	移動
much	/mʌtʃ/	adj.	許多
must	/mʌst/	aux.	必須
palm	/pɑm/	n.	手掌
poem	/poɪm/	n.	（一首）詩
room	/rum/	n.	房間
seem	/sim/	v.	似乎
stem	/stɛm/	v.	起源於
sum	/sʌm/	n.	總數
team	/tim/	n.	隊
term	/tɝm/	n.	期限
warm	/wɔrm/	adj.	溫暖的
whom	/hum/	pron.	誰

雙音節字

單字	音標	詞性	中文
a·larm	/əˋlɑrm/	n.	警報
bot·tom	/ˋbɑtəm/	n.	底部
cus·tom	/ˋkʌstəm/	n.	習俗
in·form	/ɪnˋfɔrm/	v.	通知
man·age	/ˋmænɪdʒ/	v.	管理

man·ner	/ˈmænɚ/	n.	方式
man·y	/ˈmɛnɪ/	adj.	許多的
mar·ket	/ˈmɑrkɪt/	n.	市場
mas·ter	/ˈmæstɚ/	n.	大師
mat·ter	/ˈmætɚ/	n.	問題
may·be	/ˈmebɪ/	adv.	也許
may·or	/ˈmeɚ/	n.	市長
mem·ber	/ˈmɛmbɚ/	n.	成員
met·al	/ˈmɛtl̩/	n.	金屬
meth·od	/ˈmɛθəd/	n.	方法
mid·dle	/ˈmɪdl̩/	adj.	中間的
mil·lion	/ˈmɪljən/	n.	百萬
mi·nor	/ˈmaɪnɚ/	v.	副修
min·ute	/ˈmɪnɪt/	n.	分（鐘）
mod·el	/ˈmɑdl̩/	n.	模型
mod·ern	/ˈmɑdɚn/	adj.	現代的
mo·ment	/ˈmomənt/	n.	瞬間
mon·ey	/ˈmʌnɪ/	n.	錢
moth·er	/ˈmʌðɚ/	n.	母親
mo·tor	/ˈmotɚ/	n.	原動力
mu·sic	/ˈmjuzɪk/	n.	音樂
re·form	/ˌrɪˈfɔrm/	v.	改革
sel·dom	/ˈsɛldəm/	adv.	不常
sys·tem	/ˈsɪstəm/	n.	制度
wis·dom	/ˈwɪzdəm/	n.	智慧

發音小百科 ─────────────────────────

　　m 不發音的情況相當罕見，只有在置於字首 mn 組合中時，才不發音，例如：mnemonics 中的 m 就不發音，因為 mn 都是鼻腔音，要一口氣清楚發出兩個不同的鼻腔音，並不容易，因此省略其中一個鼻腔音，又因為 n 較接近母音，故保留 n 的發音，將離母音比較遠的 m 省略掉。

11 n

n 發 /n/。

單音節字

TRACK 134

單字	音標	詞性	中文
down	/daʊn/	adv.	向下
gain	/gen/	v.	得到
main	/men/	adj.	主要的
man	/mæn/	n.	男人
mean	/min/	adj.	吝嗇的
name	/nem/	n.	名字
near	/nɪr/	adj.	近的
neat	/nit/	adj.	整潔的
neck	/nɛk/	n.	脖子
need	/nid/	n.	需要
net	/nɛt/	n.	網
new	/nju/	adj.	新的

news	/njuz/	n.	新聞
next	/nɛkst/	adv.	接下去
nice	/naɪs/	adj.	好的
nick	/nɪk/	n.	裂口
nine	/naɪn/	n.	九
nod	/nɑd/	v.	點頭
none	/nʌn/	pron.	全無
noon	/nun/	n.	中午
nor	/nɔr/	conj.	也不
norm	/nɔrm/	n.	基準
nose	/noz/	n.	鼻
note	/not/	n.	筆記
now	/naʊ/	adv.	現在
own	/on/	adj.	自己的
plan	/plæn/	n.	計畫
run	/rʌn/	v.	跑
son	/sʌn/	n.	兒子
soon	/sun/	adv.	不久
sun	/sʌn/	n.	太陽
town	/taʊn/	n.	鎮
turn	/tɝn/	v.	轉動
win	/wɪn/	v.	獲勝

雙音節字

單字	音標	詞性	中文
ac·tion	/ˈækʃən/	n.	行動
a·gain	/əˈgɛn/	adv.	再一次
be·gin	/bɪˈgɪn/	v.	開始
com·mon	/ˈkɑmən/	adj.	常見的
de·sign	/dɪˈzaɪn/	v.	設計
hu·man	/ˈhjumən/	adj.	人類的
mod·ern	/ˈmɑdɚn/	adj.	現代的
nar·row	/ˈnæro/	adj.	狹窄的
na·tion	/ˈneʃən/	n.	國民
na·tive	/ˈnetɪv/	adj.	天生的
na·ture	/ˈnetʃɚ/	n.	自然
na·vy	/ˈnevɪ/	n.	海軍
near·by	/ˈnɪrˌbaɪ/	adj.	附近的
near·ly	/ˈnɪrlɪ/	adv.	幾乎
nor·mal	/ˈnɔrml̩/	adj.	正常的
no·tice	/ˈnotɪs/	v.	注意
no·tion	/ˈnoʃən/	n.	概念
num·ber	/ˈnʌmbɚ/	n.	數字
per·son	/ˈpɝsn̩/	n.	人
re·gion	/ˈridʒən/	n.	地區
re·main	/rɪˈmen/	v.	剩下
re·turn	/rɪˈtɝn/	v.	回
sev·en	/ˈsɛvn̩/	n.	七
u·nion	/ˈjunjən/	n.	結合

with·in	/wɪˋðɪn/	prep.	在……範圍內
wom·an	/ˋwʊmən/	n.	女人

n 發 /ŋ/。n 後面接 c、g、k、q、x 常會被同化為 /ŋ/。

單音節字

單字	音標	詞性	中文
ink	/ɪŋk/	n.	墨水
pink	/pɪŋk/	n.	粉紅色
sink	/sɪŋk/	n.	水槽
think	/θɪŋk/	v.	想
thank	/θæŋk/	v.	感謝

雙音節字

單字	音標	詞性	中文
anx·ious	/ˋæŋkʃəs/	adj.	焦慮的
con·quer	/ˋkɑŋkɚ/	v.	戰勝
fin·ger	/ˋfɪŋgɚ/	n.	手指
un·cle	/ˋʌŋkḷ/	n.	叔叔

三音節（以上）的字

單字	音標	詞性	中文
hand·ker·chief	/ˋhæŋkɚˌtʃɪf/	n.	手帕
punc·tu·al	/ˋpʌŋktʃʊəl/	adj.	準時的
anx·i·e·ty	/æŋˋzaɪətɪ/	n.	焦慮

n 發 /ņ/。「s、z、t、v＋母音＋n」，位於字尾，n 要發 /ņ/。

雙音節字

單字	音標	詞性	中文
but·ton	/ˋbʌtņ/	n.	鈕扣
cot·ton	/ˋkɑtņ/	n.	棉花
glis·ten	/ˋglɪsņ/	v.	閃耀
kit·ten	/ˋkɪtņ/	n.	小貓
les·son	/ˋlɛsņ/	n.	課業
lis·ten	/ˋlɪsņ/	v.	聽
mut·ton	/ˋmʌtņ/	n.	羊肉
rea·son	/ˋrizņ/	n.	理由
sea·son	/ˋsizņ/	n.	季節
sev·en	/ˋsɛvņ/	n.	七

發音小百科

autumn 的 n 為什麼不發音呢？

autumn 借自古法語的 autumpne、automne，其更上一層源頭是拉丁語的 autumnus，n 本來是和 -e、-us 形成一個音節，一起發音，後來刪除 -e、-us 後，變成現代英語的 autumn，但 n 和 m 放一起不好發音，故 n 變成啞音。假如我們在 autumn 後面加上 -al 這個字尾，形成 autumnal /ɔtʌmnl/，單字裡的 n 還是要發音。值得一提的是，condemn 的 n 不發音原因和 autumn 的 n 不發音原因相同，condemn 是由古法語借進英語，在古法語中拼做 condemner，其上一層的源頭是拉丁語的 condemnare，刪掉動詞字尾 -er、-are 形成 condemn，在拉丁語中 n 本是跟後面的動詞字尾 -are 一起發音，在刪除字尾後，n 和 m 擺一起不好發音，故 n 變成啞音。由上述例子可知 mn 放一起的時候，n 要不要發音取決於後面是否接母音，若 n 後面沒有母音，就不發音，以 in·som·nia /ɪn`sɑmnɪə/ 為例，此處的 n 後面加上以母音為首的字尾 -ia，和 -ia 形成一個音節，故需要發音。除了上述例子，在 hymn / hymnal，solemn / solemnity，column / columnar 都可以看到這樣的發音狀況。

12 p

p 通常發 /p/。

單音節

單字	音標	詞性	中文
damp	/dæmp/	adj.	潮濕的
drop	/drɑp/	n.	（一）滴
jump	/dʒʌmp/	v.	跳
play	/ple/	v.	玩耍
pope	/pop/	n.	教皇
pound	/paʊnd/	n.	磅
pump	/pʌmp/	n.	泵
step	/stɛp/	n.	腳步

雙音節

單字	音標	詞性	中文
com·pare	/kəm`pɛr/	v.	比較
friend·ship	/ˋfrɛndʃɪp/	n.	友誼
peo·ple	/ˋpipl̩/	n.	人們
pi·lot	/ˋpaɪlət/	n.	駕駛員
re·pair	/rɪ`pɛr/	v.	修理
sim·ple	/ˋsɪmpl̩/	adj.	簡單的

三音節（含以上）

單字	音標	詞性	中文
des·per·ate	/ˈdɛspərɪt/	adj.	絕望的
en·ter·prise	/ˈɛntɚˌpraɪz/	n.	企業
pop·u·la·tion	/ˌpɑpjəˈleʃən/	n.	人口
prep·a·ra·tion	/ˌprɛpəˈreʃən/	n.	準備
u·to·pi·a	/juˈtopɪə/	n.	烏托邦

單字開頭的 p 在 n、s、t 前經常不發音。

單音節字

單字	音標	詞性	中文
psalm	/sɑm/	n.	聖詩

雙音節字

單字	音標	詞性	中文
psy·che	/ˈsaɪkɪ/	n.	心理

三音節（以上）的字

單字	音標	詞性	中文
pneu·mo·ni·a	/njuˈmonjə/	n.	肺炎
pseu·do·nym	/ˈsudəˌnɪm/	n.	假名
psy·chol·o·gy	/saɪˈkɑlədʒɪ/	n.	心理學
pter·o·dac·tyl	/ˌtɛrəˈdæktɪl/	n.	翼手龍
Ptol·e·my	/ˈtɑləmɪ/	n.	托勒密

發音小百科

位於單字開頭 p，在 n、s、t 前經常不發音，其目的是為了讓發音更流暢。這些 pn、ps、pt 開頭的單字大多是從希臘語借來的，原本還保持兩字母都發音的習慣，但時間一久，發音簡化，p 不發音，變成啞音。值得一提的是，不發音的字母是 p，而非 n、s、t。一般來說，較靠近母音的字母，往往會保留其發音；離母音較遠的字母，較常變成啞音，例如：pneumonia 的 n 比較靠近母音 eu，p 離 eu 較遠，p 就轉為啞音，只唸 n 的音。相同道理，autumn 中的 mn 兩者皆是鼻腔音，若位於同音節中，要一口氣唸完較為困難，於是保留較靠近母音 u 的 m，保留其發音，至於 n 就轉為不發音的字母。

在底下這些單字中，p 也不發音。

單音節字

單字	音標	詞性	中文
corps	/kɔr/	n.	軍
coup	/ku/	n.	政變

雙音節字

單字	音標	詞性	中文
cup·board	/ˈkʌbəd/	n.	櫥櫃
re·ceipt	/rɪˋsit/	n.	收到

三音節（以上）的字

單字	音標	詞性	中文
rasp·ber·ry	/ˈræzˌbɛrɪ/	n.	山莓

發音小百科

上述單字，p 不發音的原因各異。源自法語的 coup 和 corps，在法語中的 p 本不發音，借進英語中還是維持不發音。至於 cupboard、raspberry 中的 b 不發音，是因為 p 和 b 發音部位相同，但 p 是無聲音、b 是有聲音，有聲的 b 容易影響無聲的 p，使其也發為有聲音 b。逐漸地，兩個字母只發一個 b 的音，但保留 b 字母，使 p 成為啞音。最後，receipt 的 p 不發音，是因為「詞源重拼法」（etymological respelling）影響，為了反映拉丁語字源，而加上去的字母。

---

13 q(u)

q 出現的時候一定伴隨著 u，q 發 /k/，qu 可發 /kw/。

單音節字

TRACK 136

單字	音標	詞性	中文
queen	/kwin/	n.	女王
quick	/kwɪk/	adj.	快的
quiz	/kwɪz/	n.	測驗
quote	/kwot/	v.	引用
square	/skwɛr/	n.	正方形

squeeze	/skwiz/	v.	擠出
squire	/skwaɪr/	n.	扈從

雙音節字

單字	音標	詞性	中文
ac·quaint	/əˋkwent/	v.	使認識
ban·quet	/ˋbæŋkwɪt/	n.	宴會
e·quip	/ɪˋkwɪp/	v.	裝備
liq·uid	/ˋlɪkwɪd/	n.	液體
quar·ter	/ˋkwɔrtɚ/	n.	四分之一
ques·tion	/ˋkwɛstʃən/	n.	問題
quiv·er	/ˋkwɪvɚ/	v.	顫抖
squir·rel	/ˋskwɝəl/	n.	松鼠

三音節（以上）的字

單字	音標	詞性	中文
ac·qui·esce	/ˌækwɪˋɛs/	v.	默許
ad·e·quate	/ˋædəkwɪt/	adj.	足夠的
an·tiq·ui·ty	/ænˋtɪkwətɪ/	n.	古代
e·qua·tor	/ɪˋkwetɚ/	n.	赤道
qual·i·ty	/ˋkwɑlətɪ/	n.	品質

q 出現的時候一定伴隨著 u，q 發 /k/，u 不發音，qu 發 /k/。

單音節字

單字	音標	詞性	中文
quay	/ki/	n.	碼頭
queue	/kju/	v.	排隊

雙音節字

單字	音標	詞性	中文
liq·uor	/ˋlɪkɚ/	n.	烈酒
o·paque	/oˋpek/	adj.	不透明的
u·nique	/juˋnik/	adj.	唯一的

三音節（以上）的字

單字	音標	詞性	中文
con·quer·or	/ˋkɑŋkərɚ/	n.	征服者
et·i·quette	/ˋɛtɪkɛt/	n.	禮節
mos·qui·to	/məsˋkito/	n.	蚊子
pic·tur·esque	/ˌpɪktʃəˋrɛsk/	adj.	如畫的

發音小百科 ─────────

在古英語中原本沒有 qu 組合，但在 1066 年「諾曼征服」（Norman Conquest）後，統治者換成了諾曼法國人，上層階級講法語，除了造成大量的法語單字借進入中古英語外，也引進了法語的拼寫方式，qu 就是其中一例。現代英語中的 quick，在古英語中是拼做 cwic，諾曼人將之改為 quick。事實上，許多含有 qu 組合的單字，除了是諾曼人將古英語的單字中的 cw 改拼 qu 來的外，大多是法語借字，例如：unique、etiquette、picturesque 等。

14 r

r 發 /r/。

單音節字

TRACK 137

單字	音標	詞性	中文
air	/ɛr/	n.	空氣
bar	/bɑr/	v.	閂住
car	/kɑr/	n.	汽車
far	/fɑr/	adj.	遠的
for	/fɔr/	prep.	為了
four	/for/	n.	四
near	/nɪr/	adj.	近的
nor	/nɔr/	conj.	也不
our	/aʊr/	pron.	我們的

range	/rendʒ/	v.	排列
rate	/ret/	n.	比例
raw	/rɔ/	adj.	未加工的
ray	/re/	n.	光線
reach	/ritʃ/	v.	抵達
red	/rɛd/	n.	紅色
ref	/rɛf/	v.	裁判
rest	/rɛst/	n.	休息
rid	/rɪd/	v.	使擺脫
right	/raɪt/	n.	右邊
rip	/rɪp/	n.	裂口
risk	/rɪsk/	n.	風險
road	/rod/	n.	道路
rob	/rɑb/	v.	搶劫
rod	/rɑd/	n.	杆
role	/rol/	n.	角色
room	/rum/	n.	房間
round	/raʊnd/	prep.	環繞
row	/ro/	n.	一排
run	/rʌn/	v.	跑
war	/wɔr/	n.	戰爭
year	/jɪr/	n.	年
your	/jʊɚ/	pron.	你的

雙音節字

單字	音標	詞性	中文
rath·er	/ˋræðɚ/	adv.	相當
rea·son	/ˋrizn̩/	n.	理由
re·cent	/ˋrisn̩t/	adj.	最近的
rec·ord	/ˋrɛkɚd/	n.	記錄
re·duce	/rɪˋdjus/	v.	減少
re·form	/rɪˋfɔrm/	v.	改革
re·gion	/ˋridʒən/	n.	地區
re·main	/rɪˋmen/	v.	剩下
re·port	/rɪˋport/	v.	報告
re·sult	/rɪˋzʌlt/	n.	結果
re·turn	/rɪˋtɝn/	v.	回
re·view	/rɪˋvju/	v.	再檢查

15 s

s 常發 /s/。

單音節字

TRACK 138

單字	音標	詞性	中文
ask	/æsk/	v.	問
base	/bes/	adj.	基本的
bus	/bʌs/	n.	公車

case	/kes/	n.	事實
cease	/sis/	v.	停止
chase	/tʃes/	v.	追逐
coarse	/kors/	adj.	粗的
course	/kors/	n.	路線
curse	/kɝs/	v.	詛咒
gas	/gæs/	n.	氣體
hoarse	/hors/	adj.	沙啞的
lapse	/læps/	n.	小錯
purse	/pɝs/	n.	錢包
say	/se/	v.	説
scare	/skɛr/	v.	驚嚇
set	/sɛt/	n.	一套
sky	/skaɪ/	n.	天空
sleep	/slip/	v.	睡覺
smoke	/smok/	n.	煙
snake	/snek/	n.	蛇
sparse	/spɑrs/	adj.	稀疏的
speak	/spik/	v.	説話
stand	/stænd/	v.	站立
verse	/vɝs/	n.	韻文

雙音節字

單字	音標	詞性	中文
an·swer	/ˈænsɚ/	v.	回答
at·las	/ˈætləs/	n.	地圖集

ba·sin	/ˈbesn̩/	n.	盆
ba·sis	/ˈbesɪs/	n.	基礎
bas·ket	/ˈbæskɪt/	n.	籃
can·vas	/ˈkænvəs/	n.	帆布
cen·sor	/ˈsɛnsə/	n.	審查者
cha·os	/ˈkeɑs/	n.	混亂
cho·rus	/ˈkɔrəs/	n.	合唱團
cir·cus	/ˈsɝkəs/	n.	馬戲團
con·cise	/kənˈsaɪs/	adj.	簡潔的
cos·mos	/ˈkɑzməs/	n.	宇宙
cri·sis	/ˈkraɪsɪs/	n.	危機
de·cease	/dɪˈsis/	n.	死亡
de·crease	/ˈdikris/	n.	減少
di·verse	/daɪˈvɝs/	adj.	不同的
e·clipse	/ɪˈklɪps/	n.	月蝕
fa·mous	/ˈfeməs/	adj.	著名的
re·lease	/rɪˈlis/	v.	釋放
re·sponse	/rɪˈspɑns/	n.	答覆
the·sis	/ˈθisɪs/	n.	論文
tor·toise	/ˈtɔrtəs/	n.	陸龜

三音節（以上）的字

單字	音標	詞性	中文
a·bu·sive	/əˈbjusɪv/	adj.	粗魯的
a·nal·y·sis	/əˈnæləsɪs/	n.	分析
ar·du·ous	/ˈɑrdʒuəs/	adj.	艱鉅的

em·pha·sis	/ˋɛmfəsɪs/	n.	重視
glo·ri·ous	/ˋglorɪəs/	adj.	光榮的
i·so·late	/ˋaɪsḷ͵et/	v.	孤立
par·a·dise	/ˋpærə͵daɪs/	n.	天堂
pop·u·lous	/ˋpɑpjələs/	adj.	人口眾多的
se·ri·ous	/ˋsɪrɪəs/	adj.	嚴重的

s 常發 /z/。

單音節字

單字	音標	詞性	中文
as	/æz/	adv.	如同
has	/hæz/	v.	有
his	/hɪz/	pron.	他的
is	/ɪz/	v.	是
lens	/lɛnz/	n.	鏡片
lose	/luz/	v.	輸掉
phase	/fez/	n.	階段
praise	/prez/	n.	稱讚
rose	/roz/	n.	玫瑰花
those	/ðoz/	pron.	那些
was	/wɑz/	v.	是
wise	/waɪz/	adj.	聰明的

雙音節字

單字	音標	詞性	中文
ap·plause	/əˋplɔz/	n.	鼓掌
bos·om	/ˋbʊzəm/	n.	胸懷
bus·y	/ˋbɪzɪ/	adj.	忙碌的
Chi·nese	/tʃaɪˋniz/	n.	中文
clum·sy	/ˋklʌmzɪ/	adj.	笨拙的
cous·in	/ˋkʌzn/	n.	堂（或表）兄弟姊妹
dai·sy	/ˋdezɪ/	n.	雛菊
de·spise	/dɪˋspaɪz/	v.	鄙視
de·vise	/dɪˋvaɪz/	v.	發明
e·rase	/ɪˋrez/	v.	擦掉
flim·sy	/ˋflɪmzɪ/	adj.	脆弱的
nois·y	/ˋnɔɪzɪ/	adj.	喧鬧的
ob·serve	/əbˋzɝv/	v.	注意
re·vise	/rɪˋvaɪz/	v.	修訂
sur·mise	/sɚˋmaɪz/	v.	推測
sur·prise	/sɚˋpraɪz/	n.	驚奇

三音節（以上）的字

單字	音標	詞性	中文
de·pos·it	/dɪˋpɑzɪt/	n.	存款
en·ter·prise	/ˋɛntɚ͵praɪz/	n.	企業
im·pro·vise	/ˋɪmprəvaɪz/	v.	即興創作
Jap·a·nese	/͵dʒæpəˋniz/	n.	日語

發音小百科 ————————————————

　　s 出現在字尾的時候，常當複數可數名詞的標記或現在式第三人稱的動詞變化標記，例如：books、chairs、reads 等。如果字尾 -s 前面接無聲子音，-s 發 /s/，例如：months、plants、cats、desks、ships、gets、helps；如果字尾 -s 前面接有聲子音或母音，-s 發 /z/，例如：dogs、arms、bags、hands、rivers、girls、boys、days。

---

　　s 有時發 /ʃ/。

單音節字

單字	音標	詞性	中文
sugar	/ˋʃʊgɚ/	n.	糖
sure	/ʃʊr/	adj.	確信的

雙音節字

單字	音標	詞性	中文
as·sure	/əˋʃʊr/	v.	向……保證
in·sure	/ɪnˋʃʊr/	v.	為……投保

發音小百科 ————————————

（1）sugar 和 sure 的 s 為什麼會發成 /ʃ/ 呢？

因為 /s/ 受後面所接的 u /ju/ 中的硬顎音 /j/ 影響，改發硬顎音 /ʃ/，語言學家稱呼這過程為「硬顎化」（palatalization）。

（2）為什麼 isle 和 island 的 s 不發音呢？

isle 是從古法語 ile 借來時，英語也是拼 ile，而 ile 源自拉丁語 insula，意思就是「島」；15 世紀時，中古法語受拉丁語拼法的影響，添加一個 s，改拼成 isle，借進英語時也依照法語添加一個 s，但有形無聲，s 是個啞音。

island 來自古英語 igland，是原始日耳曼語 * aujo 加上 land 所組成，意思是「水上的陸地」，到了中古英語變成 iland，但由於英國人誤以為 iland 是由法語的 ile 和英語的 land 所組成，應按照 ile 拼字的修改方式來修改 iland，因此加了 s 而成為 island，s 是個啞音。

16 t

t 在大部分的情況下，發 /t/。

單音節字

TRACK 139

單字	音標	詞性	中文
lot	/lɑt/	n.	很多
mat	/mæt/	n.	地蓆
neat	/nit/	adj.	整潔的

spit	/spɪt/	n.	唾液
talk	/tɔk/	v.	講話
tart	/tɑrt/	n.	水果餡餅
task	/tæsk/	n.	任務
teach	/titʃ/	v.	講授
test	/tɛst/	n.	試驗

雙音節字

單字	音標	詞性	中文
hot·pot	/ˋhɑtpɑt/	n.	火鍋
son·net	/ˋsɑnɪt/	n.	十四行詩
stu·dent	/ˋstjudn̩t/	n.	學生
ta·ble	/ˋtebl̩/	n.	桌子
tal·ent	/ˋtælənt/	n.	天賦
text·book	/ˋtɛkstˌbʊk/	n.	課本

三音節（以上）的字

單字	音標	詞性	中文
op·ti·mist	/ˋɑptəmɪst/	n.	樂觀主義者
re·dun·dant	/rɪˋdʌndənt/	adj.	多餘的
re·place·ment	/rɪˋplesmənt/	n.	更換
ter·ri·ble	/ˋtɛrəbl̩/	adj.	可怕的
ter·ri·to·ry	/ˋtɛrəˌtorɪ/	n.	領土

t 後面接 ure 或 une 等以 u 開頭的字尾，且位於非重音節，t 常發成 /tʃ/。

雙音節字

單字	音標	詞性	中文
cap·ture	/ˈkæptʃɚ/	v.	捕獲
crea·ture	/ˈkritʃɚ/	n.	動物
cul·ture	/ˈkʌltʃɚ/	n.	文化
fea·ture	/ˈfitʃɚ/	n.	特徵
for·tune	/ˈfɔrtʃən/	n.	財產
fu·ture	/ˈfjutʃɚ/	n.	未來
mois·ture	/ˈmɔɪstʃɚ/	n.	濕氣
na·ture	/ˈnetʃɚ/	n.	自然
pas·ture	/ˈpæstʃɚ/	n.	牧場
pic·ture	/ˈpɪktʃɚ/	n.	圖片
stat·ure	/ˈstætʃɚ/	n.	身高
struc·ture	/ˈstrʌktʃɚ/	n.	結構
tex·ture	/ˈtɛkstʃɚ/	n.	組織
tor·ture	/ˈtɔrtʃɚ/	n.	酷刑

三音節（以上）的字

單字	音標	詞性	中文
ad·ven·ture	/ədˈvɛntʃɚ/	n.	冒險
cen·tu·ry	/ˈsɛntʃʊrɪ/	n.	一百年
de·par·ture	/dɪˈpɑrtʃɚ/	n.	離開
fur·ni·ture	/ˈfɝnɪtʃɚ/	n.	家具
sig·na·ture	/ˈsɪɡnətʃɚ/	n.	簽名

發音小百科 ───────────────

　　t 碰到發帶 /j/ 的 u 字母時，發音受到 /j/ 的影響，往硬顎的部位移動，改發 /tʃ/，這叫做「硬顎化」（palatalization），除了上述 t 碰到 u 開頭的字尾發 /tʃ/ 外，righteous 的 t 也是發 /tʃ/。但必須小心的是，並非所有 tu 組合的 t 都發 /tʃ/，有些 tu 發成 /tju/，例如：attitude、gratitude、constitute、institute 等。

在 stion、stian 中的 ti 發 /tʃ/。

雙音節字

單字	音標	詞性	中文
Chris·tian	/ˋkrɪstʃən/	adj.	基督教的
ques·tion	/ˋkwɛstʃən/	n.	問題

三音節（以上）的字

單字	音標	詞性	中文
com·bus·tion	/kəmˋbʌstʃən/	n.	燃燒

t 在 i + 母音 前，硬顎化發成 /ʃ/。

雙音節字

單字	音標	詞性	中文
mar·tial	/ˋmɑrʃəl/	adj.	戰爭的
par·tial	/ˋpɑrʃəl/	adj.	部分的

pa·tient	/ˈpeʃənt/	adj.	有耐心的
quo·tient	/ˈkwoʃənt/	n.	程度

三音節（以上）的字

單字	音標	詞性	中文
mi·li·tia	/mɪˈlɪʃə/	n.	民兵部隊

t 在 l、m、n 前不發音。

雙音節字

單字	音標	詞性	中文
bris·tle	/ˈbrɪsl̩/	v.	豎立
bus·tle	/ˈbʌsl̩/	v.	催促
cas·tle	/ˈkæsl̩/	n.	城堡
chas·ten	/ˈtʃesn̩/	v.	使愧疚
chest·nut	/ˈtʃɛsˌnʌt/	n.	栗子
Christ·mas	/ˈkrɪsməs/	n.	聖誕節
fas·ten	/ˈfæsn̩/	v.	閂住
glis·ten	/ˈglɪsn̩/	v.	閃光
has·ten	/ˈhesn̩/	v.	催促
hus·tle	/ˈhʌsl̩/	v.	趕緊
jos·tle	/ˈdʒasl̩/	v.	推擠
lis·ten	/ˈlɪsn̩/	v.	聽
moist·en	/ˈmɔɪsn̩/	v.	弄濕
nes·tle	/ˈnɛsl̩/	v.	安臥
thros·tle	/ˈθrɑsl̩/	n.	畫眉鳥

三音節（以上）的字

單字	音標	詞性	中文
mis·tle·toe	/ˈmɪsl̩ˌto/	n.	槲寄生
a·pos·tle	/əˈpɑsl̩/	n.	使徒

發音小百科

　　語言學家 McCawley 提到在 Christmas、listen、mistletoe 中的字母 t 本要發音，但在 16 世紀的時候，/t/ 就變成不發音字母了。他發現，當 st 後面接流音 l 或接鼻腔音 m、n 時，t 往往不發音，此條規則涵蓋性高，但偶有例外，例如：pestle 的 t 有人有發音，有人不發音。此外，often、soften，tch 組合的 t 也是不發音，英語學習者須留意。

在一些法語借字中的 t 不發音，尤其是在字尾，t 不發音是反映法語發音。

雙音節字

單字	音標	詞性	中文
bal·let	/ˈbæle/	n.	芭蕾舞
bou·quet	/buˈke/	n.	花束
buf·fet	/buˈfe/	n.	自助餐
cro·chet	/kroˈʃe/	n.	鉤針編織
de·but	/ˈdebju/	n.	首次露面
dep·ot	/ˈdipo/	n.	倉庫
mort·gage	/ˈmɔrgɪdʒ/	n.	抵押

17 v

v 發 /v/。

單音節字

TRACK 140

單字	音標	詞性	中文
vast	/væst/	adj.	廣闊的
vein	/ven/	n.	血管
vest	/vɛst/	n.	背心
vice	/vaɪs/	n.	邪惡
view	/vju/	v.	觀看
void	/vɔɪd/	adj.	空的
vote	/vot/	v.	投票
vow	/vaʊ/	n.	誓言

雙音節字

單字	音標	詞性	中文
val·id	/ˈvælɪd/	adj.	有效的
val·ue	/ˈvælju/	n.	價值
var·y	/ˈvɛrɪ/	v.	變化
ven·ue	/ˈvɛnju/	n.	發生地點
ve·ry	/ˈvɛrɪ/	adv.	非常
ve·to	/ˈvito/	n.	否決
vil·la	/ˈvɪlə/	n.	別墅
vi·rus	/ˈvaɪrəs/	n.	病毒
vi·sa	/ˈvizə/	n.	簽證

vis·it	/ˈvɪzɪt/	v.	參觀
vi·tal	/ˈvaɪtl̩/	n.	重要器官
viv·id	/ˈvɪvɪd/	adj.	鮮豔的
vo·cal	/ˈvokl̩/	adj.	發聲的

三音節（以上）的字

單字	音標	詞性	中文
var·i·a·ble	/ˈvɛrɪəbl̩/	adj.	變化無常的
va·ri·e·ty	/vəˈraɪətɪ/	n.	多樣化
var·i·ous	/ˈvɛrɪəs/	adj.	許多的
ve·hi·cle	/ˈviɪkl̩/	n.	運載工具
ver·ti·cal	/ˈvɝtɪkl̩/	adj.	垂直的
vet·e·ran	/ˈvɛtərən/	n.	老手
vic·to·ry	/ˈvɪktərɪ/	n.	勝利
vid·e·o	/ˈvɪdɪˌo/	n.	錄影
vi·o·lence	/ˈvaɪələns/	n.	暴力
vis·i·ble	/ˈvɪzəbl̩/	adj.	看得見的
vit·a·min	/ˈvaɪtəmɪn/	n.	維生素
vol·a·tile	/ˈvɑlətl̩/	adj.	易揮發的

18 w

w 發 /w/。

單音節字

TRACK 141

單字	音標	詞性	中文
want	/wɑnt/	v.	要
watch	/wɑtʃ/	n.	手錶
web	/wɛb/	n.	網
week	/wik/	n.	週
west	/wɛst/	n.	西方
wide	/waɪd/	adj.	寬闊的
will	/wɪl/	aux.	將
win	/wɪn/	v.	獲勝
with	/wɪð/	prep.	與……一起
work	/wɝk/	n.	工作

雙音節字

單字	音標	詞性	中文
wal·let	/ˈwɑlɪt/	n.	皮夾
wan·der	/ˈwɑndɚ/	v.	漫遊
wa·ter	/ˈwɔtɚ/	n.	水
wild·life	/ˈwaɪldˌlaɪf/	n.	野生動物
win·dow	/ˈwɪndo/	n.	窗戶

win·ter	/ˈwɪntɚ/	n.	冬季
with·draw	/wɪðˈdrɔ/	v.	取回
with·hold	/wɪðˈhold/	v.	克制
wiz·ard	/ˈwɪzɚd/	n.	男巫
wom·an	/ˈwʊmən/	n.	女人
won·der	/ˈwʌndɚ/	adj.	神奇的
work·shop	/ˈwɝkˌʃɑp/	n.	工場

發音小百科

　　w 不發音的例子，很常出現在 wr 組合中，w 不發音是為了讓發音更流暢，受到英語中的「音位配列限制」（phonotactic constraints）影響所致，wr 並不符合子音的排列組合，也不符合響度音學說理論，響度音學說提到每個音節中響度最高的是音節峰，通常是由母音擔任音節峰，從音節峰到兩側峰谷響度逐漸降低。母音的響度最大，大於所有子音，且半母音響度大於流音。舉 wrong 為例，音節峰 o 是母音，響度最高，高於右側的鼻音 /ŋ/，符合音節峰到兩側峰谷響度逐漸降低的原則，但左側的 /r/ 是流音，響度小於半母音 /w/，這樣不符合音節峰到兩側峰谷響度逐漸降低的原則，但把 /w/ 省略，就符合響度音學說的論點了，其他例子尚有：wreck、wrist、write、awry 等的 w 皆不發音。此外，sw 組合中的 w 也會有不發音的情況，例如：sword、answer、two、Greenwich 等。據上述幾個例子，可觀察到當 w 出現在**子音**後且後面**接一個（不帶重音的）母音**，w 就不發音。

19 x

x 前面是主重音節，x 發 /ks/。

單音節字

TRACK 142

單字	音標	詞性	中文
box	/bɑks/	n.	箱
coax	/koks/	v.	哄勸
mix	/mɪks/	v.	使……混合
sex	/sɛks/	n.	性別
six	/sɪks/	n.	六
tax	/tæks/	n.	稅
vex	/vɛks/	v.	使生氣

雙音節字

單字	音標	詞性	中文
ex·it	/ˈɛksɪt/	n.	出口
max·im	/ˈmæksɪm/	n.	格言
re·lax	/rɪˈlæks/	v.	放鬆
tax·i	/ˈtæksɪ/	n.	計程車

三音節（以上）的字

單字	音標	詞性	中文
ap·prox·i·mate	/əˈprɑksəmɪt/	v.	接近
ex·e·cute	/ˈɛksɪˌkjut/	v.	實施
ex·er·cise	/ˈɛksəˌsaɪz/	n.	運動
ox·y·gen	/ˈɑksədʒən/	n.	氧氣

發音小百科 ——————————————

　　上述單字的衍生字，即便重音移位，x 大多還是保持發 /ks/，例如：
execution、relaxation、vexation 等。

x 後面接著一個子音，x 發 /ks/。

雙音節字

單字	音標	詞性	中文
ex·ceed	/ɪk`sid/	v.	超過
ex·cel	/ɪk`sɛl/	v.	突出
ex·cept	/ɪk`sɛpt/	conj.	除了
ex·cite	/ɪk`saɪt/	v.	刺激
ex·claim	/ɪks`klem/	v.	呼喊
ex·cuse	/ɪk`skjuz/	n.	藉口
ex·pect	/ɪk`spɛkt/	v.	預計
ex·tent	/ɪk`stɛnt/	n.	寬度

三音節（以上）的字

單字	音標	詞性	中文
dex·ter·ous	/`dɛkstərəs/	adj.	敏捷的
ex·cel·lent	/`ɛksḷənt/	adj.	極好的

> x 後面接一個母音，且該母音位於重音節中，x 要發 /gz/。

雙音節字

單字	音標	詞性	中文
ex·act	/ɪgˋzækt/	adj.	確切的
ex·alt	/ɪgˋzɔlt/	v.	提升
ex·empt	/ɪgˋzɛmpt/	v.	免除
ex·ert	/ɪgˋzɝt/	v.	施加
ex·ist	/ɪgˋzɪst/	v.	存在

三音節（以上）的字

單字	音標	詞性	中文
ex·ag·ge·rate	/ɪgˋzædʒəˌret/	v.	誇大
ex·am·ine	/ɪgˋzæmɪn/	v.	檢查
ex·am·ple	/ɪgˋzæmpl̩/	n.	例子
ex·as·pe·rate	/ɪgˋzæspəˌret/	v.	使惱怒

發音小百科

上述單字的衍生字，即便重音移位，x 大多還是保持發 /gz/，例如：exaggeration、examination、exasperation 等。

x 後面接一個 h，再接母音，且該母音位於重音節中，x 要發 /gz/。

雙音節字

單字	音標	詞性	中文
ex·haust	/ɪgˋzɔst/	v.	使……精疲力竭
ex·hort	/ɪgˋzɔrt/	v.	規勸

三音節（以上）的字

單字	音標	詞性	中文
ex·hib·it	/ɪgˋzɪbɪt/	v.	展示
ex·hil·a·rate	/ɪgˋzɪləˌret/	v.	使振奮

發音小百科 ————————————

　　上述單字的衍生字，即便重音移位，x 大多還是保持發 /gz/，例如：
exhaustion、exhilaration 等。

希臘借字的 x 大多發 **/z/**。

三音節（以上）的字

單字	音標	詞性	中文
xen·o·pho·bi·a	/ˌzɛnəˋfobɪə/	n.	仇外
xy·lo·phone	/ˋzaɪləˌfon/	n.	木琴

在有些單字中，當 x 碰到 i 或 u，且位於非重音母音之前，x 發 /kʃ/。

雙音節字

單字	音標	詞性	中文
anx·ious	/ˈæŋkʃəs/	adj.	焦慮的
nox·ious	/ˈnɑkʃəs/	adj.	有害的

三音節（以上）的字

單字	音標	詞性	中文
lux·u·ry	/ˈlʌkʃərɪ/	n.	奢華
ob·nox·ious	/əbˈnɑkʃəs/	adj.	討厭的

發音小百科

x 碰到 i 或 u，為什麼發 /kʃ/ 呢？

首先，我們知道 x 在一般情況下是發 /ks/。再者，當 s 碰到 i，或者帶 /j/ 的 u 時，s 會發成 /ʃ/，例如：我們在唸 miss you 時，/s/ 碰到 /j/，也會發成 /ʃ/，用語言學的術語來說，叫做「硬顎化」（palatalization），/s/ 碰到 /j/，發音受到 /j/ 的影響，往硬顎的部位移動，/s/ 轉發 /ʃ/，其道理和 association 中 ci 組合發 /ʃ/ 的道理一樣，都是「硬顎化」的結果。

發音小百科

anxious 的名詞是 anxiety /æŋˋzaɪətɪ/，luxury 的形容詞是 luxurious
/lʌgˋʒurɪəs/，anxiety 和 luxurious 的發音對許多英語學習者來說感到困難，因為
重音改變，x 的發音也改變了。這兩個字符合上述規則：x 後面接一個母音，且
該母音位於重音節中，x 要發 /gz/。不過，anxiety 中的 x 本該發 /gz/，但實際發
音時 /g/ 省略。

20 y

y 當子音的時候，大多出現在字首或音節首，發 /j/。

單音節字

TRACK 143

單字	音標	詞性	中文
year	/jɪr/	n.	年
yard	/jɑrd/	n.	院子
yawn	/jɔn/	n.	呵欠
yes	/jɛs/	n.	同意
you	/ju/	pron.	你
young	/jʌŋ/	adj.	年輕的

雙音節字

單字	音標	詞性	中文
yel·low	/ˋjɛlo/	n.	黃色

law·yer	/ˋlɔjɚ/	n.	律師
saw·yer	/ˋsɔjɚ/	n.	鋸木匠

21 z

z 最常發 /z/。

單音節字

TRACK 144

單字	音標	詞性	中文
doze	/doz/	n.	瞌睡
freeze	/friz/	v.	結冰
seize	/siz/	v.	抓住
size	/saɪz/	n.	尺寸
zeal	/zil/	n.	狂熱
zone	/zon/	n.	地帶
zoo	/zu/	n.	動物園

雙音節字

單字	音標	詞性	中文
a·maze	/əˋmez/	v.	使大為驚奇
bliz·zard	/ˋblɪzɚd/	n.	暴風雪
daz·zle	/ˋdæzḷ/	v.	使目眩
diz·zy	/ˋdɪzɪ/	adj.	頭暈目眩的
doz·en	/ˋdʌzn̩/	n.	一打
haz·ard	/ˋhæzɚd/	n.	危險

la·zy	/ˈlezɪ/	adj.	懶散的
liz·ard	/ˈlɪzəd/	n.	蜥蜴
ze·bra	/ˈzibrə/	n.	斑馬
zig·zag	/ˈzɪgzæg/	n.	曲折線條

三音節（以上）的字

單字	音標	詞性	中文
ho·ri·zon	/həˈraɪzn̩/	n.	地平線

z 有時候發 /s/。

單音節字

單字	音標	詞性	中文
quartz	/kwɔrts/	n.	石英
waltz	/wɔlts/	n.	華爾滋舞

z 有時候發 /ts/。

單音節字

單字	音標	詞性	中文
Nazi	/ˈnɑtsɪ/	n.	納粹黨人

三音節（以上）的字

單字	音標	詞性	中文
schiz·o·phre·ni·a	/ˌskɪtsəˈfrinɪə/	n.	精神分裂症

z 出現在 zi、zu 組合中，並且位於不帶重音的母音之前，發 /ʒ/。

雙音節字

單字	音標	詞性	中文
az·ure	/ˈæʒɚ/	n.	天藍色

三音節（以上）的字

單字	音標	詞性	中文
gla·zi·er	/ˈgleʒɚ/	n.	裝玻璃工人

六、子音二合字母（consonant digraph）

何謂子音二合字母（consonant digraph）？

子音二合字母，顧名思義是兩個子音字母擺在一起，代表一個音素，只發一個音。在本章節裡，我們將逐一介紹七個常見的子音二合字母（consonant digraph）。至於，母音二合字母組合相對複雜，如欲了解母音二合字母（vowel digraph）概念，請參考母音篇。

子音二合字母：

1　sh

sh 只有發 /ʃ/ 一種音。

單音節字

TRACK 145

單字	音標	詞性	中文
cash	/kæʃ/	n.	現金
fish	/fɪʃ/	n.	魚
harsh	/hɑrʃ/	adj.	粗糙的
push	/pʊʃ/	v.	推
sharp	/ʃɑrp/	adj.	尖的
ship	/ʃɪp/	n.	輪船
shirt	/ʃɝt/	n.	襯衫
short	/ʃɔrt/	adj.	短的
show	/ʃo/	v.	顯示

單字	音標	詞性	中文
shrimp	/ʃrɪmp/	n.	蝦
shy	/ʃaɪ/	adj.	害羞的

雙音節字

單字	音標	詞性	中文
bish·op	/ˈbɪʃəp/	n.	主教
cush·ion	/ˈkuʃən/	n.	墊子
En·glish	/ˈɪŋglɪʃ/	n.	英語
fool·ish	/ˈfulɪʃ/	adj.	愚蠢的
shame·ful	/ˈʃemfəl/	adj.	可恥的
sham·poo	/ʃæmˈpu/	n.	洗髮
shut·down	/ˈʃʌtˌdaʊn/	n.	關閉
Span·ish	/ˈspænɪʃ/	n.	西班牙語
ush·er	/ˈʌʃɚ/	v.	引導

2 ch

ch 大多發 /tʃ/，這些字大多屬於英語本土字、早期的拉丁語借字，和較早期的法語借字。

單音節字

TRACK 146

單字	音標	詞性	中文
arch	/ɑrtʃ/	n.	拱門
batch	/bætʃ/	n.	一批

beach	/bitʃ/	n.	海灘
bench	/bɛntʃ/	n.	長凳
charge	/tʃɑrdʒ/	n.	費用
chart	/tʃɑrt/	n.	圖表
chase	/tʃes/	v.	追逐
cheap	/tʃip/	adj.	便宜的
cheek	/tʃik/	n.	臉頰
cheese	/tʃiz/	n.	乳酪
child	/tʃaɪld/	n.	兒童
chin	/tʃɪn/	n.	下巴
choose	/tʃuz/	v.	選擇
church	/tʃɝtʃ/	n.	教堂
coach	/kotʃ/	v.	訓練
couch	/kaʊtʃ/	n.	長沙發
ditch	/dɪtʃ/	n.	壕溝
match	/mætʃ/	n.	火柴
much	/mʌtʃ/	adj.	許多
preach	/pritʃ/	v.	講道
reach	/ritʃ/	v.	抵達
which	/hwɪtʃ/	pron.	哪一些

雙音節字

單字	音標	詞性	中文
a·chieve	/əˋtʃiv/	v.	達到
ap·proach	/əˋprotʃ/	v.	接近
chal·lenge	/ˋtʃælɪndʒ/	n.	挑戰

chan·nel	/ˋtʃænḷ/	n.	頻道
chick·en	/ˋtʃɪkɪn/	n.	雞
di·spatch	/dɪˋspætʃ/	v.	派遣
pur·chase	/ˋpɝtʃəs/	n.	購買
teach·er	/ˋtitʃɚ/	n.	老師

ch 亦可發 /ʃ/，大多出現在較晚期才借進英語的法語借字中。

單音節字

單字	音標	詞性	中文
chef	/ʃɛf/	n.	主廚

雙音節字

單字	音標	詞性	中文
bro·chure	/broˋʃʊr/	n.	指南
cli·ché	/kliˋʃe/	n.	陳詞濫調
ma·chine	/məˋʃin/	n.	機器
mus·tache	/ˋmʌstæʃ/	n.	觸鬚

三音節（以上）的字

單字	音標	詞性	中文
par·a·chute	/ˋpærəˌʃut/	n.	降落傘

ch 亦可發 /k/，主要是出現在希臘語借字中。

單音節字

單字	音標	詞性	中文
Christ	/kraɪst/	n.	耶穌像
chrome	/krom/	n.	鉻

雙音節字

單字	音標	詞性	中文
chron·ic	/ˋkrɑnɪk/	adj.	慢性的
cha·os	/ˋkeɑs/	n.	混亂

三音節（以上）的字

單字	音標	詞性	中文
al·che·my	/ˋælkəmɪ/	n.	煉金術
an·ar·chy	/ˋænɚkɪ/	n.	無政府狀態
ar·cha·ic	/ɑrˋkeɪk/	adj.	古體的
ar·che·type	/ˋɑrkɪˌtaɪp/	n.	原型
char·ac·ter	/ˋkærɪktɚ/	v.	描述
chem·i·cal	/ˋkɛmɪkl̩/	n.	化學製品
chem·is·try	/ˋkɛmɪstrɪ/	n.	化學
chron·i·cle	/ˋkrɑnɪkl̩/	n.	編年史
me·chan·ic	/məˋkænɪk/	n.	技工

發音小百科 ───────────────────────

　　一般來說源自日耳曼語含有 ch 的單字多發 /tʃ/，如 church、bench、chicken；源自希臘語的單字含有 ch 多發 /k/（可能由法語、拉丁語輾轉借入），如：school、anarchy、archaeology、bronchi、chameleon、chaos、character、charisma、chorus、psychology、technique；源自法語常發 /ʃ/，如：parachute、champagne、chef、chic、gauche、machine、mustache、Chicago、chagrin（但有不少法語單字發音英語化，改發 /tʃ/ 的例字，如：charter、Charles、chase 等）。此外，ch 還有個罕見發音，發 /dʒ/，例如：spinach 的 ch。值得一提的是，借自荷荷蘭語的 yacht，其 ch 不發音，須特別留意。

3　th

th 常發 /θ/。

單音節字

TRACK 147

單字	音標	詞性	中文
bath	/bæθ/	n.	浴缸
birth	/bɝθ/	n.	出生
both	/boθ/	adj.	兩個
cloth	/klɔθ/	n.	布料
death	/dɛθ/	n.	死亡
earth	/ɝθ/	n.	地球

faith	/feθ/	n.	信念
fifth	/fɪfθ/	n.	第五
fourth	/forθ/	n.	第四
growth	/groθ/	n.	生長
health	/hɛlθ/	n.	健康
length	/lɛŋθ/	n.	長度
month	/mʌnθ/	n.	月
mouth	/maʊθ/	n.	嘴
myth	/mɪθ/	n.	神話故事
north	/nɔrθ/	n.	北方
path	/pæθ/	n.	途徑
pith	/pɪθ/	n.	髓
south	/saʊθ/	n.	南方
teeth	/tiθ/	n.	牙齒
thank	/θæŋk/	v.	感謝
thick	/θɪk/	adj.	厚的
thief	/θif/	n.	小偷
thin	/θɪn/	adj.	薄的
thing	/θɪŋ/	n.	事物
think	/θɪŋk/	v.	想
three	/θri/	n.	三
throw	/θro/	v.	投擲
tooth	/tuθ/	n.	牙齒
truth	/truθ/	n.	事實
worth	/wɝθ/	adj.	值得……的

雙音節字

單字	音標	詞性	中文
thun·der	/ˈθʌndɚ/	n.	雷聲
thor·ough	/ˈθɝ·o/	adj.	徹底的
thir·ty	/ˈθɝ·tɪ/	n.	三十
ath·lete	/ˈæθlit/	n.	運動員
au·thor	/ˈɔθɚ/	n.	作者
eth·ics	/ˈɛθɪks/	n.	倫理學
meth·od	/ˈmɛθəd/	n.	方法

三音節（以上）的字

單字	音標	詞性	中文
chry·san·the·mum	/krɪˈsænθəməm/	n.	菊花
a·the·is·m	/ˈeθiˌɪzəm/	n.	無神論者
ca·the·dral	/kəˈθidrəl/	n.	大教堂
math·e·mat·ics	/ˌmæθəˈmætɪks/	n.	數學
or·tho·dox	/ˈɔrθəˌdɑks/	adj.	傳統的

th 也可發 /ð/。

單音節字

單字	音標	詞性	中文
bathe	/beð/	v.	浸洗
breathe	/brið/	v.	呼吸
clothe	/kloð/	v.	給……穿衣服

smooth	/smuð/	adj.	平滑的
soothe	/suð/	v.	安慰
than	/ðæn/	conj.	比較
that	/ðæt/	pron.	那個
the	/ðə/	art.	這些
them	/ðɛm/	pron.	他們
then	/ðɛn/	adv.	當時
there	/ðɛr/	adv.	那裡
these	/ðiz/	pron.	這些
they	/ðe/	pron.	他們
this	/ðɪs/	pron.	這
those	/ðoz/	pron.	那些
thus	/ðʌs/	adv.	這樣

雙音節字

單字	音標	詞性	中文
al·though	/ɔl`ðo/	conj.	雖然
broth·er	/`brʌðɚ/	n.	兄弟
ei·ther	/`iðɚ/	adj.	兩者之中任一的
far·ther	/`fɑrðɚ/	adv.	更遠地
gath·er	/`gæðɚ/	v.	收集
moth·er	/`mʌðɚ/	n.	母親
oth·er	/`ʌðɚ/	adj.	另一個的
rath·er	/`ræðɚ/	adv.	相當
smoth·er	/`smʌðɚ/	v.	窒息

| weath·er | /ˈwɛðɚ/ | n. | 天氣 |
| wheth·er | /ˈhwɛðɚ/ | conj. | 是否 |

th 有時也可發 /t/，但大多出現在專有名詞之中。

單音節字

單字	音標	詞性	中文
Thames	/tɛmz/	n.	泰晤士河

雙音節字

單字	音標	詞性	中文
Thom·as	/ˈtɑməs/	n.	湯瑪斯

三音節（以上）的字

單字	音標	詞性	中文
An·tho·ny	/ˈæntənɪ/	n.	安東尼
The·re·sa	/təˈtisəs/	n.	黛麗莎

發音小百科

　　th 在極少數的情況下是不發音的，如：asthma /ˈæzmə/。為什麼此處的 th 不發音呢？

　　據考據，asthma 在中古英語拼作 asma，是沒有 th 的，當時就沒有發 th 的音，但到了 16 世紀時，學者認為這個字是源自希臘語的 asthma，因此補上 th，但因為大家早已習慣不發 th 的音，即便後來拼成 asthma，th 還是不發音，形成啞音。

4 wh

wh 最常見的發音是 /w/ 和 /hw/。除了英國南方或標準英語常發 /w/，偶爾也會在美式英語中聽到 wh 發 /w/；英國北方、蘇格蘭、美國多發 /hw/。

單音節字

TRACK 148

單字	音標	詞性	中文
whale	/hwel/	n.	鯨
what	/hwɑt/	pron.	什麼
wheat	/hwit/	n.	小麥
wheel	/hwil/	n.	輪子
when	/hwɛn/	adv.	何時
where	/hwɛr/	adv.	在哪裡
which	/hwɪtʃ/	pron.	哪一些
while	/hwaɪl/	conj.	在……期間
whip	/hwɪp/	v.	揮動
why	/hwaɪ/	adv.	為什麼

發音小百科

wh 除了發 /w/ 和 /hw/ 外，在有些字上，要發成 /h/，w 不發音，例子有：who、whom、whose、whole 等。依據上述例子歸納，wh 接圓唇後母音 /u/、/o/，要讀成 /h/。

發音小百科 ─────────

不少英語學習者在初學英語時，對於 wh 要發成 /hw/ 都感到奇怪，為什麼拼寫和發音的順序對調？事實上，在古英語中，wh 的拼寫和發音是很一致的，直到古英文的 hwæt 和 hwel 進到中古英語時，才分別變成 what 和 wheel，會作這樣的調整是受到說法語的諾曼抄寫員的抄寫習慣影響所致，才將 hw 調整成 wh，因此造成拼寫和發音的不一致。

5 ph

ph 大部分的情況下，發 /f/，這些字大多是希臘語借字。

單音節字

TRACK 149

單字	音標	詞性	中文
phrase	/frez/	n.	片語
sphere	/sfɪr/	n.	球體

雙音節字

單字	音標	詞性	中文
graph·ic	/ˈɡræfɪk/	adj.	平面藝術的
hy·phen	/ˈhaɪfən/	n.	連字符
or·phan	/ˈɔrfən/	n.	孤兒
phan·tom	/ˈfæntəm/	n.	幽靈
pho·to	/ˈfoto/	n.	照片

三音節（以上）的字

單字	音標	詞性	中文
phe·nom·e·non	/fəˋnɑməˌnɑn/	n.	現象
phi·los·o·phy	/fəˋlɑsəfɪ/	n.	哲學
phys·i·cal	/ˋfɪzɪkḷ/	adj.	身體的
tel·e·graph	/ˋtɛləˌɡræf/	n.	電報
tel·e·phone	/ˋtɛləˌfon/	n.	電話

發音小百科

nephew 這個字有兩種發音：/ˋnɛfju/ 或 /ˋnɛvju/，老一輩的英美人士往往將 nephew 發成 /ˋnɛvju/，但較年輕的世代往往發成 /ˋnɛfju/，甚至沒聽過 /ˋnɛvju/ 這樣的讀音。在現代英語中，大多數人將 nephew 中的 ph 發成 /f/，這是受「見字讀音」、「直覺發音」的影響所致，事實上，nephew 本該唸 /ˋnɛvju/，就字源上來說，nephew 是借自古法語，本拼作 neveu，v 發有聲音，但大約在 15 世紀時，不知何故將 v 改 ph，nephew 的拼寫和發音就產生了落差，但後來又有人將 ph 直接發為 /f/，以讓拼寫和發音趨於一致。

ph 本該發 /f/，但無聲音 /f/ 被母音 /ɛ/（母音是**有聲音**）和**有聲子音** /j/ 所包夾，會被同化成**有聲音** /v/，這個可用「近朱者赤、近墨者黑」這概念來理解。無聲音被兩個有聲音包夾，發成有聲音，語言學上稱之為「母音同化」（intervocalic voicing），相關的例子有：Stephen，英 ph 要發成 /v/。

6　gh

gh 可發 /g/。

單音節字

TRACK 150

單字	音標	詞性	中文
ghost	/gost/	n.	鬼

雙音節字

單字	音標	詞性	中文
ghet·to	/ˋgɛto/	n.	貧民區
ghast·ly	/ˋgæstlɪ/	adj.	可怕的

三音節（以上）的字

單字	音標	詞性	中文
spa·ghet·ti	/spəˋgɛtɪ/	n.	義大利麵條

gh 可發 /f/。

單音節字

單字	音標	詞性	中文
laugh	/læf/	v.	笑
rough	/rʌf/	adj.	粗糙的
tough	/tʌf/	adj.	堅韌的
cough	/kɔf/	n.	咳嗽

雙音節字

單字	音標	詞性	中文
e·nough	/əˋnʌf/	adj.	足夠的

發音小百科

　　上述單字中的 gh 在中古英語時期本是要發音的，要發成軟顎摩擦音 /x/（即中文注音ㄏ的音），但因為受到諾曼法語的影響，法國人不以 /h/ 表示 /x/ 的音，而是採用 gh 取代，而在早期近代英語時期 gh 已經不發音，但保留 gh 字母，例如：thought、bought、fought、taught、plough、dough、daughter、haughty、weight 等。在現代英語單字中的 gh 除了不發音，有的已轉發 /f/ 了，例如：enough、triumph、laughter、rough、tough、cough。須特別留意的是，gh 中的 h 有時不發音，只發 /g/，例如：ghost、ghastly、ghetto、spaghetti 的 h 都不發音。其中 ghost 和 ghastly 都是源自古英語，本是沒有 h 字母的，但卡斯頓在 1476 年將印刷術引進英國後，採用荷蘭語拼寫習慣，以 gh 取代 g，因此 ghost 和 ghastly 才會多了 h 字母；至於，ghetto、spaghetti 是從義大利文中「原裝進口」來的，因此保有原本義大利文的 gh 的拼寫。

7　ng

ng 發成 /ŋ/。

單音節字

單字	音標	詞性	中文
hang	/hæŋ/	v.	懸掛
king	/kɪŋ/	n.	國王
length	/lɛŋθ/	n.	長度
long	/lɔŋ/	adj.	長的
young	/jʌŋ/	adj.	年輕的

雙音節字

單字	音標	詞性	中文
dar·ling	/ˋdɑrlɪŋ/	adj.	親愛的
duck·ling	/ˋdʌklɪŋ/	n.	小鴨
pro·long	/prəˋlɔŋ/	v.	延長
sing·er	/ˋsɪŋɚ/	n.	歌手

七、子音群（consonant cluster）

（一）字首子音群

字首子音群可分四大類：

- 由 r 所主導的子音群（r blends）：br、cr、dr、fr、gr、pr、tr。

1 br

單音節字

TRACK 152

單字	音標	詞性	中文
brace	/bres/	v.	支撐
brag	/bræg/	v.	吹牛
brain	/bren/	n.	頭腦
brake	/brek/	n.	煞車
brave	/brev/	adj.	勇敢的
break	/brek/	v.	打破
brick	/brɪk/	n.	磚塊
bride	/braɪd/	n.	新娘
bridge	/brɪdʒ/	n.	橋
brim	/brɪm/	n.	邊緣
bring	/brɪŋ/	v.	帶來
brush	/brʌʃ/	n.	刷子

雙音節字

單字	音標	詞性	中文
break·fast	/ˈbrɛkfəst/	n.	早餐
breast·stroke	/ˈbrɛstˌstrok/	n.	蛙式
bride·groom	/ˈbraɪdˌgrʊm/	n.	新郎
bright·en	/ˈbraɪtn̩/	v.	明亮
Brit·ish	/ˈbrɪtɪʃ/	adj.	英國的
broth·er	/ˈbrʌðɚ/	n.	兄弟

2　cr

單音節字

TRACK 153

單字	音標	詞性	中文
crab	/kræb/	n.	蟹
creak	/krik/	v.	發出咯吱咯吱聲
cream	/krim/	n.	奶油
crop	/krɑp/	n.	作物
cross	/krɔs/	v.	穿過
crowd	/kraʊd/	n.	人群
crown	/kraʊn/	n.	王冠
crude	/krud/	adj.	天然的
crush	/krʌʃ/	v.	壓碎
cry	/kraɪ/	v.	哭

雙音節字

單字	音標	詞性	中文
cri·sis	/ˈkraɪsɪs/	n.	危機
cross·road	/ˈkrɔsˌrod/	n.	交叉路
cru·cial	/ˈkruʃəl/	adj.	決定性的
cruis·er	/ˈkruzɚ/	n.	遊艇

三音節（以上）的字

單字	音標	詞性	中文
crit·i·cal	/ˈkrɪtɪkl̩/	adj.	緊要的
crit·i·cis·m	/ˈkrɪtəˌsɪzəm/	n.	批評
croc·o·dile	/ˈkrɑkəˌdaɪl/	n.	鱷魚

3﹒dr

單音節字

TRACK 154

單字	音標	詞性	中文
dream	/drim/	n.	夢
dress	/drɛs/	n.	洋裝
drink	/drɪŋk/	n.	飲料
drive	/draɪv/	v.	開車
drop	/drɑp/	n.	滴
drum	/drʌm/	n.	鼓
drill	/drɪl/	n.	鑽頭
drag	/dræg/	v.	拖曳

draft	/dræft/	n.	草稿
drape	/drep/	n.	簾
draw	/drɔ/	v.	畫圖
drift	/drɪft/	n.	漂流

雙音節字

單字	音標	詞性	中文
drag·on	/ˋdrægən/	n.	龍
dra·ma	/ˋdrɑmə/	n.	戲劇
draw·back	/ˋdrɔˏbæk/	n.	缺點
dress·er	/ˋdrɛsɚ/	n.	衣櫥
drib·ble	/ˋdrɪbl̩/	v.	滴下
drug·store	/ˋdrʌɡˏstor/	n.	藥局

三音節（以上）的字

單字	音標	詞性	中文
dra·mat·ic	/drəˋmætɪk/	adj.	戲劇的

4　fr

單音節字

單字	音標	詞性	中文
frank	/fræŋk/	adj.	坦率的
freak	/frik/	adj.	反常的
free	/fri/	adj.	自由的

freeze	/friz/	v.	結冰
frog	/frɑg/	n.	青蛙
from	/frɑm/	prep.	從⋯⋯起
fruit	/frut/	n.	水果
fry	/fraɪ/	v.	油炸

雙音節字

單字	音標	詞性	中文
free·dom	/ˈfridəm/	n.	自由
free·way	/ˈfrɪˌwe/	n.	高速公路
fre·quent	/ˈfrikwənt/	adj.	時常發生的
Fri·day	/ˈfraɪˌde/	n.	星期五
friend·ly	/ˈfrɛndlɪ/	adj.	友好的
fright·en	/ˈfraɪtn̩/	v.	驚恐
fruit·less	/ˈfrutlɪs/	adj.	無益的
frus·trate	/ˈfrʌsˌtret/	v.	挫敗

三音節（以上）的字

單字	音標	詞性	中文
fre·quen·cy	/ˈfrikwənsɪ/	n.	頻繁
frus·tra·tion	/ˌfrʌsˈtreʃən/	n.	挫折

5　gr

單音節字

單字	音標	詞性	中文
grab	/græb/	n.	抓住
grain	/gren/	n.	穀物
grape	/grep/	n.	葡萄
green	/grin/	n.	綠色
grim	/grɪm/	adj.	嚴肅的
grin	/grɪn/	v.	露齒而笑
grip	/grɪp/	n.	緊握
grudge	/grʌdʒ/	v.	怨恨

雙音節字

單字	音標	詞性	中文
grace·ful	/ˈgresfəl/	adj.	優雅的
gras·sy	/ˈgræsɪ/	adj.	長滿草的
grav·el	/ˈgrævḷ/	n.	碎石
griev·ous	/ˈgrivəs/	adj.	令人悲痛的
grum·ble	/ˈgrʌmbḷ/	v.	抱怨
grump·y	/ˈgrʌmpɪ/	adj.	脾氣壞的

三音節（以上）的字

單字	音標	詞性	中文
grad·u·al	/ˈgrædʒʊəl/	adj.	逐漸的

grad·u·ate	/ˈgrædʒʊˌet/	v.	畢業
gram·mat·i·cal	/grəˈmætɪkḷ/	adj.	文法的
grat·i·fy	/ˈgrætəˌfaɪ/	v.	使高興
grav·i·ty	/ˈgrævətɪ/	n.	重力

6　pr

單音節字

TRACK 157

單字	音標	詞性	中文
praise	/prez/	v.	讚美
pray	/pre/	v.	祈禱
prayer	/prɛr/	n.	祈禱
press	/prɛs/	v.	按
price	/praɪs/	n.	價格
priest	/prist/	n.	牧師
print	/prɪnt/	v.	印刷
prize	/praɪz/	n.	獎賞

雙音節字

單字	音標	詞性	中文
prac·tice	/ˈpræktɪs/	n.	實行
pre·cede	/priˈsid/	v.	先於
pre·pare	/prɪˈpɛr/	v.	準備
pres·ent	/ˈprɛzṇt/	n.	現在
pre·serve	/prɪˈzɝv/	v.	保存

prob·lem	/ˋprɑbləm/	n.	問題
pro·duce	/prəˋdjus/	v.	生產
pro·mote	/prəˋmot/	v.	晉升
pro·nounce	/prəˋnaʊns/	v.	發音
pro·tect	/prəˋtɛkt/	v.	保護
pro·vide	/prəˋvaɪd/	v.	提供

三音節（以上）的字

單字	音標	詞性	中文
prac·ti·cal	/ˋpræktɪkḷ/	adj.	實踐的
pre·car·i·ous	/prɪˋkɛrɪəs/	adj.	不穩固的
pre·cip·i·tous	/prɪˋsɪpətəs/	adj.	陡峭的
pre·de·ces·sor	/ˋprɛdɪ͵sɛsɚ/	n.	前輩
pref·e·rence	/ˋprɛfərəns/	n.	偏愛
priv·a·cy	/ˋpraɪvəsɪ/	n.	隱退
prim·i·tive	/ˋprɪmətɪv/	adj.	原始的
prin·ci·pal	/ˋprɪnsəpḷ/	n.	校長

7　tr

單音節字

TRACK 158

單字	音標	詞性	中文
trace	/tres/	n.	痕跡
track	/træk/	n.	行蹤
trade	/tred/	n.	貿易

trail	/trel/	v.	追蹤
train	/tren/	n.	火車
trap	/træp/	n.	陷阱
treat	/trit/	v.	對待
tree	/tri/	n.	樹
trick	/trɪk/	v.	惡作劇
true	/tru/	adj.	真實的
trunk	/trʌŋk/	n.	樹幹
try	/traɪ/	n.	嘗試

雙音節字

單字	音標	詞性	中文
traf·fic	/ˋtræfɪk/	n.	交通
tra·gic	/ˋtrædʒɪk/	adj.	悲劇的
tran·quil	/ˋtræŋkwɪl/	adj.	平靜的
trans·fer	/trænsˋfɚ/	v.	轉換
trans·late	/trænsˋlet/	v.	翻譯
trans·mit	/trænsˋmɪt/	v.	傳送
trans·port	/ˋtrænsˌpɔrt/	n.	運輸
trav·el	/ˋtrævl̩/	v.	旅行
trea·sure	/ˋtrɛʒɚ/	n.	財富
trem·ble	/ˋtrɛmbl̩/	v.	發抖

三音節（以上）的字

單字	音標	詞性	中文
tra·di·tion	/trə`dɪʃən/	n.	傳統
trans·ac·tion	/træn`zækʃən/	n.	辦理
trop·i·cal	/`trɑpɪk!/	adj.	熱帶的

- 由 l 所主導的子音群（l blends）：bl、cl、fl、gl、pl、sl。

1 bl

TRACK 159

單音節字

單字	音標	詞性	中文
black	/blæk/	n.	黑色
blame	/blem/	v.	責備
blare	/blɛr/	n.	嘟嘟聲
bleach	/blitʃ/	n.	漂白
bleed	/blid/	v.	流血
bless	/blɛs/	v.	為……祝福
blood	/blʌd/	n.	血液
blow	/blo/	v.	吹

雙音節字

單字	音標	詞性	中文
black·board	/`blæk͵bord/	n.	黑板
black·list	/`blæk͵lɪst/	n.	黑名單
blan·ket	/`blæŋkɪt/	n.	毛毯
blos·som	/`blɑsəm/	v.	開花

2　cl

單音節字

單字	音標	詞性	中文
claim	/klem/	v.	要求
clap	/klæp/	v.	拍手
class	/klæs/	n.	階級
clean	/klin/	adj.	清潔的
clench	/klɛntʃ/	v.	緊握
clerk	/klɝk/	n.	辦事員
click	/klɪk/	n.	卡嗒聲
cloak	/klok/	n.	斗篷
clock	/klɑk/	n.	時鐘
close	/klos/	adj.	近的
cloth	/klɔθ/	n.	布料
club	/klʌb/	n.	俱樂部

雙音節字

單字	音標	詞性	中文
clam·or	/ˋklæmɚ/	v.	吵鬧
class·mate	/ˋklæsˌmet/	n.	同班同學
clear·ance	/ˋklɪrəns/	n.	清除
clev·er	/ˋklɛvɚ/	adj.	聰明的
cli·mate	/ˋklaɪmɪt/	n.	氣候
cloud·y	/ˋklaʊdɪ/	adj.	多雲的

三音節（以上）的字

單字	音標	詞性	中文
clar·i·fy	/ˈklærəˌfaɪ/	v.	澄清
clas·si·cal	/ˈklæsɪkḷ/	adj.	標準的

3 fl

單音節字

TRACK 161

單字	音標	詞性	中文
flag	/flæg/	n.	旗
flame	/flem/	n.	火焰
flap	/flæp/	v.	拍打
flare	/flɛr/	v.	閃耀
flash	/flæʃ/	v.	閃光
flat	/flæt/	adj.	平的
flaw	/flɔ/	n.	裂隙
flesh	/flɛʃ/	n.	肉
flight	/flaɪt/	n.	飛行
fly	/flaɪ/	v.	飛

雙音節字

單字	音標	詞性	中文
flat·ter	/ˈflætɚ/	v.	諂媚
fla·vor	/ˈflevɚ/	n.	味道
flour·ish	/ˈflɝɪʃ/	v.	茂盛

三音節（以上）的字

單字	音標	詞性	中文
fla·min·go	/fləˋmɪŋgo/	n.	紅鶴
flex·i·ble	/ˋflɛksəbl̩/	adj.	柔軟的

4　gl

單音節字

TRACK 162

單字	音標	詞性	中文
glad	/glæd/	adj.	高興的
glance	/glæns/	v.	匆匆一看
glass	/glæs/	n.	玻璃
gleam	/glim/	n.	微光
glide	/glaɪd/	v.	滑動
globe	/glob/	n.	地球儀
glove	/glʌv/	n.	手套
glue	/glu/	n.	膠水
glut	/glʌt/	v.	滿足

雙音節字

單字	音標	詞性	中文
glam·or	/ˋglæmɚ/	n.	魅力
glo·bal	/ˋglobl̩/	adj.	全球的
glow-worm	/ˋgloˌwɝm/	n.	螢火蟲

三音節（以上）的字

單字	音標	詞性	中文
glo·ri·ous	/ˈglorɪəs/	adj.	光榮的
glos·sa·ry	/ˈglɑsərɪ/	n.	詞彙表

5　pl

單音節字

TRACK 163

單字	音標	詞性	中文
place	/ples/	n.	地點
plain	/plen/	adj.	簡樸的
plan	/plæn/	n.	計畫
plane	/plen/	n.	飛機
plant	/plænt/	n.	植物
plate	/plet/	n.	盤子
play	/ple/	v.	玩耍
please	/pliz/	v.	使滿意
plot	/plɑt/	v.	密謀
plum	/plʌm/	n.	李子
plunge	/plʌndʒ/	v.	暴跌

雙音節字

單字	音標	詞性	中文
plan·et	/ˈplænɪt/	n.	行星
plat·form	/ˈplæt͵fɔrm/	n.	平臺

play·er	/ˋpleɚ/	n.	運動員
pleas·ant	/ˋplɛzənt/	adj.	悅耳的
plu·ral	/ˋplʊrəl/	n.	複數

三音節（以上）的字

單字	音標	詞性	中文
plan·ta·tion	/plænˋteʃən/	n.	種植園
plen·ti·ful	/ˋplɛntɪfəl/	adj.	充足的

6　sl

單音節字

TRACK 164

單字	音標	詞性	中文
slack	/slæk/	adj.	鬆弛的
slam	/slæm/	n.	砰然聲
slap	/slæp/	v.	拍打
slave	/slev/	n.	奴隸
sleep	/slip/	v.	睡覺
slide	/slaɪd/	n.	滑行
slim	/slɪm/	adj.	苗條的
slip	/slɪp/	v.	滑動

雙音節字

單字	音標	詞性	中文
sleep·y	/ˈslipɪ/	adj.	想睡的
slen·der	/ˈslɛndɚ/	adj.	修長的
slip·per	/ˈslɪpɚ/	n.	拖鞋

- 由 s 所主導的子音群（s blends）：sc、sp、sk、sm、sn、st、sw。

1 sc

單音節字

TRACK 165

單字	音標	詞性	中文
scale	/skel/	n.	刻度
scan	/skæn/	v.	細看
scar	/skɑr/	v.	結疤
scare	/skɛr/	v.	驚嚇
scarf	/skɑrf/	n.	圍巾
scold	/skold/	v.	責罵
scope	/skop/	n.	範圍

雙音節字

單字	音標	詞性	中文
scoot·er	/ˈskutɚ/	n.	滑板車
Scot·land	/ˈskɑtlənd/	n.	蘇格蘭
sculp·tor	/ˈskʌlptɚ/	n.	雕刻家

三音節（以上）的字

單字	音標	詞性	中文
scor·pi·on	/ˋskɔrpɪən/	n.	蠍子
scru·ti·ny	/ˋskrutnɪ/	n.	仔細觀察

2　sp

單音節字

TRACK 166

單字	音標	詞性	中文
space	/spes/	n.	空間
speak	/spik/	v.	說話
speed	/spid/	n.	速度
spell	/spɛl/	v.	拼寫
spend	/spɛnd/	n.	花費
spill	/spɪl/	v.	溢出
sport	/sport/	n.	運動
spy	/spaɪ/	n.	間諜

雙音節字

單字	音標	詞性	中文
spar·kle	/ˋspɑrkḷ/	n.	火花
spar·row	/ˋspæro/	n.	麻雀
speak·er	/ˋspikɚ/	n.	發言者
spe·cial	/ˋspɛʃəl/	adj.	特別的
spi·der	/ˋspaɪdɚ/	n.	蜘蛛

單字	音標	詞性	中文
spir·it	/ˋspɪrɪt/	n.	精神

三音節（以上）的字

單字	音標	詞性	中文
spa·ghet·ti	/spəˋgɛtɪ/	n.	義大利麵條
spe·cif·ic	/spɪˋsɪfɪk/	adj.	詳細的

3 sk

單音節字

TRACK 167

單字	音標	詞性	中文
skate	/sket/	v.	滑冰
sketch	/skɛtʃ/	n.	素描
skill	/skɪl/	n.	技術
skim	/skɪm/	v.	撇去
skin	/skɪn/	n.	皮膚
skip	/skɪp/	v.	跳過
skirt	/skɝt/	n.	裙子
sky	/skaɪ/	n.	天空

雙音節字

單字	音標	詞性	中文
skel·e·ton	/ˋskɛlətn̩/	n.	骨骼

三音節（以上）的字

單字	音標	詞性	中文
sky·scrap·er	/ˈskaɪˌskrepɚ/	n.	摩天樓

4　sm

單音節字

TRACK 168

單字	音標	詞性	中文
small	/smɔl/	adj.	小的
smart	/smɑrt/	adj.	聰明
smell	/smɛl/	v.	聞
smile	/smaɪl/	v.	微笑
smoke	/smok/	n.	煙
smooth	/smuð/	adj.	平滑的

雙音節字

單字	音標	詞性	中文
smoth·er	/ˈsmʌðɚ/	v.	窒息
smug·gle	/ˈsmʌgl̩/	v.	走私

5　sn

單音節字

單字	音標	詞性	中文
snail	/snel/	n.	蝸牛
snap	/snæp/	n.	啪的一聲
snatch	/snætʃ/	v.	奪走
sneeze	/sniz/	v.	打噴嚏
snore	/snor/	v.	打鼾
snow	/sno/	n.	雪

雙音節字

單字	音標	詞性	中文
snap·shot	/ˋsnæpˏʃɑt/	n.	快照
sneak·er	/ˋsnikɚ/	n.	運動鞋
snow·storm	/ˋsnoˏstɔrm/	n.	暴風雪

6　st

單音節字

單字	音標	詞性	中文
stack	/stæk/	n.	稻草堆
staff	/stæf/	n.	全體職員
stage	/stedʒ/	n.	舞臺

stain	/sten/	n.	污跡
stair	/stɛr/	n.	樓梯
stamp	/stæmp/	n.	郵票
stand	/stænd/	v.	站立
star	/stɑr/	n.	星
state	/stet/	n.	狀況
steal	/stil/	v.	竊取
steak	/stek/	n.	牛排
steam	/stim/	n.	蒸汽
step	/stɛp/	n.	腳步

雙音節字

單字	音標	詞性	中文
sta·ble	/ˋstebḷ/	adj.	穩定的
stan·dard	/ˋstændɚd/	n.	標準
sta·ple	/ˋstepḷ/	adj.	主要的
states·man	/ˋstetsmən/	n.	政治家
sta·tion	/ˋsteʃən/	n.	火車站
stom·ach	/ˋstʌmək/	n.	胃

三音節（以上）的字

單字	音標	詞性	中文
stim·u·late	/ˋstɪmjəˌlet/	v.	刺激

7　sw

單音節字

單字	音標	詞性	中文
swamp	/swɑmp/	n.	沼澤
swan	/swɑn/	n.	天鵝
sway	/swe/	v.	搖動
swear	/swɛr/	v.	發誓
sweat	/swɛt/	n.	汗
switch	/swɪtʃ/	n.	開關

雙音節字

單字	音標	詞性	中文
swal·low	/ˋswɑlo/	v.	吞下

- 其他：scr、shr、spl、spr、squ、str、thr、tw。

1　scr

單音節字

單字	音標	詞性	中文
scrape	/skrep/	v.	刮
scratch	/skrætʃ/	v.	抓
scream	/skrim/	v.	尖叫
screen	/skrin/	v.	遮蔽
script	/skrɪpt/	n.	劇本

2 shr

單音節字

單字	音標	詞性	中文
shriek	/ʃrik/	v.	尖叫
shrink	/ʃrɪŋk/	v.	縮小

3 spl

單音節字

單字	音標	詞性	中文
splash	/splæʃ/	v.	濺起
split	/splɪt/	n.	裂縫

雙音節字

單字	音標	詞性	中文
splen·did	/ˈsplɛndɪd/	adj.	壯麗的

4 spr

單音節字

單字	音標	詞性	中文
spread	/sprɛd/	v.	伸展
spring	/sprɪŋ/	n.	春天

雙音節字

單字	音標	詞性	中文
sprin·kle	/ˈsprɪŋkl̩/	v.	灑

5　squ

單音節字

TRACK 176

單字	音標	詞性	中文
square	/skwɛr/	n.	正方形
squeal	/skwil/	n.	長而尖的叫聲
squeeze	/skwiz/	v.	擠出
squid	/skwɪd/	n.	魷魚

6　str

單音節字

單字	音標	詞性	中文
straight	/stret/	adj.	筆直的
strain	/stren/	v.	拉緊
strange	/strendʒ/	adj.	奇怪的
stream	/strim/	n.	小河
stress	/strɛs/	n.	壓力
stretch	/strɛtʃ/	v.	伸直
strict	/strɪkt/	adj.	嚴格的
string	/strɪŋ/	n.	細繩

雙音節字

單字	音標	詞性	中文
stran·gle	/ˋstræŋgl̩/	v.	勒死
strength·en	/ˋstrɛŋθən/	v.	加強
struc·ture	/ˋstrʌktʃɚ/	n.	結構

三音節（以上）的字

單字	音標	詞性	中文
stra·te·gic	/strəˋtidʒɪk/	adj.	戰略的

7　thr

TRACK 177

單音節字

單字	音標	詞性	中文
thread	/θrɛd/	n.	線
three	/θri/	n.	三
throat	/θrot/	n.	咽喉
through	/θru/	prep.	穿過
throw	/θro/	n.	投擲

雙音節字

單字	音標	詞性	中文
threat·en	/ˋθrɛtn̩/	v.	威脅
thrift·y	/ˋθrɪftɪ/	adj.	節儉的

8 tw

單音節字

TRACK 178

單字	音標	詞性	中文
twelve	/twɛlv/	n.	十二
twice	/twaɪs/	adv.	兩次
twin	/twɪn/	n.	雙胞胎之一
twist	/twɪst/	v.	扭轉

雙音節字

單字	音標	詞性	中文
twen·ty	/ˋtwɛntɪ/	n.	二十
twin·kle	/ˋtwɪŋkl̩/	n.	閃爍

（二）字尾子音群

1 ct

單音節字

TRACK 179

單字	音標	詞性	中文
act	/ækt/	n.	行為
fact	/fækt/	n.	事實
pact	/pækt/	n.	協定
strict	/strɪkt/	adj.	嚴格的

雙音節字

單字	音標	詞性	中文
con·duct	/kən`dʌkt/	v.	引導
de·pict	/dɪ`pɪkt/	v.	描畫
ef·fect	/ɪ`fɛkt/	n.	結果
im·pact	/`ɪmpækt/	n.	衝擊
in·sect	/`ɪnsɛkt/	n.	昆蟲
in·struct	/ɪn`strʌkt/	v.	教導
re·spect	/rɪ`spɛkt/	n.	尊敬

2　　ft

單音節字

TRACK 180

單字	音標	詞性	中文
craft	/kræft/	n.	工藝
draft	/dræft/	n.	草稿
drift	/drɪft/	n.	漂流
gift	/gɪft/	n.	禮物
left	/lɛft/	n.	左邊
lift	/lɪft/	v.	拿起
loft	/lɔft/	n.	閣樓
raft	/ræft/	n.	木筏
shift	/ʃɪft/	v.	轉移
soft	/sɔft/	adj.	柔軟的
swift	/swɪft/	adj.	快速的
thrift	/θrɪft/	n.	節儉

雙音節字

單字	音標	詞性	中文
make·shift	/ˈmek ˌʃɪft/	adj.	臨時替代的

三音節（以上）的字

單字	音標	詞性	中文
o·ver·draft	/ˈovɚ ˌdræft/	n.	透支

3　ld

TRACK 181

單音節字

單字	音標	詞性	中文
bold	/bold/	adj.	英勇的
child	/tʃaɪld/	n.	兒童
cold	/kold/	adj.	寒冷的
fold	/fold/	v.	摺疊
gild	/gɪld/	v.	給……鍍金
gold	/gold/	n.	金
hold	/hold/	v.	握著
mild	/maɪld/	adj.	溫和的
old	/old/	adj.	老的
scold	/skold/	v.	責罵
wild	/waɪld/	adj.	野生的

雙音節字

單字	音標	詞性	中文
with·hold	/wɪð`hold/	v.	抑制
scaf·fold	/`skæfḷd/	n.	鷹架

4　lf

單音節字

TRACK 182

單字	音標	詞性	中文
behalf	/bɪ`hæf/	n.	代表
calf	/kæf/	n.	小牛
elf	/ɛlf/	n.	小精靈
golf	/gɑlf/	n.	高爾夫球
gulf	/gʌlf/	n.	海灣
half	/hæf/	n.	二分之一
self	/sɛlf/	n.	自己
shelf	/ʃɛlf/	n.	架子
wolf	/wʊlf/	n.	狼

雙音節字

單字	音標	詞性	中文
book·shelf	/`bʊk ʃɛlf/	n.	書架
your·self	/jʊɚ`sɛlf/	pron.	你自己
him·self	/hɪm`sɛlf/	pron.	他自己
her·self	/hɚ`sɛlf/	pron.	她自己
one·self	/wʌn`sɛlf/	pron.	自己

5　lk

單音節字

單字	音標	詞性	中文
balk	/bɔk/	v.	阻礙
bulk	/bʌlk/	n.	體積
chalk	/tʃɔk/	n.	粉筆
folk	/fok/	adj.	民間的
milk	/mɪlk/	n.	牛奶
silk	/sɪlk/	n.	蠶絲
stalk	/stɔk/	n.	莖
talk	/tɔk/	v.	講話
walk	/wɔk/	v.	走
yolk	/jok/	n.	蛋黃

雙音節字

單字	音標	詞性	中文
cat·walk	/ˈkæt͵wɔk/	n.	伸展臺
side·walk	/ˈsaɪd͵wɔk/	n.	人行道

6　lm

單音節字

TRACK 184

單字	音標	詞性	中文
balm	/bɑm/	n.	香膏
calm	/kɑm/	adj.	鎮靜的
film	/fɪlm/	n.	電影
palm	/pɑm/	n.	手掌
psalm	/sɑm/	n.	聖詩
realm	/rɛlm/	n.	王國

三音節（以上）的字

單字	音標	詞性	中文
mi·cro·film	/ˋmaɪkrəˌfɪlm/	n.	縮微膠片
o·ver·whelm	/ˌovɚˋhwɛlm/	v.	征服

7　lp

單音節字

TRACK 185

單字	音標	詞性	中文
help	/hɛlp/	v.	幫助
scalp	/skælp/	n.	頭皮

8 lt

單音節字

單字	音標	詞性	中文
belt	/bɛlt/	n.	腰帶
fault	/fɔlt/	n.	缺點
guilt	/gɪlt/	n.	有罪
halt	/hɔlt/	n.	停止
melt	/mɛlt/	v.	融化
salt	/sɔlt/	n.	鹽
vault	/vɔlt/	n.	拱頂

雙音節字

單字	音標	詞性	中文
ad·ult	/əˋdʌlt/	adj.	成年的
as·sault	/əˋsɔlt/	n.	攻擊
con·sult	/kənˋsʌlt/	v.	商議
de·fault	/dɪˋfɔlt/	v.	拖欠
ex·ult	/ɪgˋzʌlt/	v.	興高采烈
in·sult	/ɪnˋsʌlt/	v.	侮辱
re·sult	/rɪˋzʌlt/	n.	結果
re·volt	/rɪˋvolt/	v.	反抗

三音節（以上）的字

單字	音標	詞性	中文
dif·fi·cult	/ˋdɪfəˌkəlt/	adj.	困難的

單字	音標	詞性	中文
som·er·sault	/ˈsʌmə͵sɔlt/	v.	翻筋斗
thun·der·bolt	/ˈθʌndə͵bolt/	n.	雷電

9 mp

單音節字

TRACK 187

單字	音標	詞性	中文
camp	/kæmp/	v.	露營
jump	/dʒʌmp/	v.	跳過
pump	/pʌmp/	n.	泵
lamp	/læmp/	n.	燈
lump	/lʌmp/	adj.	成塊狀的
dump	/dʌmp/	v.	丟棄
damp	/dæmp/	adj.	潮濕的
bump	/bʌmp/	v.	碰撞
stamp	/stæmp/	n.	郵票
slump	/slʌmp/	n.	驟降
champ	/tʃæmp/	n.	冠軍
trump	/trʌmp/	n.	王牌
clamp	/klæmp/	v.	夾住
swamp	/swɑmp/	n.	沼澤
plump	/plʌmp/	adj.	豐滿的
shrimp	/ʃrɪmp/	n.	蝦

10 nch

單音節字

單字	音標	詞性	中文
bench	/bɛntʃ/	n.	長凳
branch	/bræntʃ/	n.	樹枝
bunch	/bʌntʃ/	n.	串
crunch	/krʌntʃ/	n.	嘎吱聲
launch	/lɔntʃ/	v.	發起
punch	/pʌntʃ/	n.	拳打

11 nd

單音節字

單字	音標	詞性	中文
band	/bænd/	n.	樂隊
bend	/bɛnd/	v.	彎曲
bind	/baɪnd/	v.	包紮
blend	/blɛnd/	v.	混和
blind	/blaɪnd/	n.	盲人
bond	/bɑnd/	n.	聯繫
bound	/baʊnd/	adj.	受約束
brand	/brænd/	n.	品牌
fend	/fɛnd/	v.	抵擋
find	/faɪnd/	v.	找到

fond	/fɑnd/	adj.	喜歡的
friend	/frɛnd/	n.	朋友
fund	/fʌnd/	n.	資金
grand	/grænd/	adj.	壯觀的
ground	/graʊnd/	n.	地面
hand	/hænd/	n.	手
kind	/kaɪnd/	n.	種類
land	/lænd/	n.	陸地
lend	/lɛnd/	v.	貸款
mend	/mɛnd/	v.	修理
mind	/maɪnd/	n.	頭腦
pond	/pɑnd/	n.	池塘
pound	/paʊnd/	n.	鎊
round	/raʊnd/	prep.	環繞
sand	/sænd/	n.	沙灘
send	/sɛnd/	v.	發送
sound	/saʊnd/	n.	聲音
spend	/spɛnd/	v.	花費
stand	/stænd/	v.	站立
tend	/tɛnd/	v.	照料
trend	/trɛnd/	n.	趨勢
wind	/wɪnd/	n.	風
wound	/wund/	n.	傷口

雙音節字

單字	音標	詞性	中文
a·bound	/ə`baʊnd/	v.	大量存在
a·mend	/ə`mɛnd/	v.	修改
a·round	/ə`raʊnd/	prep.	圍繞
at·tend	/ə`tɛnd/	v.	出席
be·hind	/bɪ`haɪnd/	adv.	在背後
be·yond	/bɪ`jɑnd/	adv.	在更遠處
com·mand	/kə`mænd/	n.	命令
de·fend	/dɪ`fɛnd/	v.	防守
de·mand	/dɪ`mænd/	n.	要求
de·pend	/dɪ`pɑnd/	v.	依靠
ex·pand	/ɪk`spænd/	v.	展開
ex·tend	/ɪk`stɛnd/	v.	延伸
hus·band	/`hʌzbənd/	n.	丈夫
in·land	/`ɪnlənd/	adj.	內陸的
in·tend	/ɪn`tɛnd/	v.	打算
is·land	/`aɪlənd/	n.	島
le·gend	/`lɛdʒənd/	n.	傳說
re·fund	/rɪ`fʌnd/	v.	退還
re·mind	/rɪ`maɪnd/	v.	提醒
re·spond	/rɪ`spɑnd/	v.	作答
sec·ond	/`sɛkənd/	adj.	第二的
thou·sand	/`θaʊznd/	n.	一千
week·end	/`wik`ɛnd/	n.	週末

12 nk

單音節字

TRACK 190

單字	音標	詞性	中文
bank	/bæŋk/	n.	銀行
blank	/blæŋk/	n.	空白
drink	/drɪŋk/	n.	飲料
frank	/fræŋk/	adj.	坦率的
hank	/hæŋk/	n.	一束
junk	/dʒʌŋk/	n.	垃圾
link	/lɪŋk/	v.	連接
pink	/pɪŋk/	adj.	粉紅色
rank	/ræŋk/	n.	等級
sank	/sæŋk/	v.	下沉
sink	/sɪŋk/	n.	水槽
tank	/tæŋk/	n.	容器
thank	/θæŋk/	v.	感謝
think	/θɪŋk/	v.	想

13 nt

單音節字

TRACK 191

單字	音標	詞性	中文
aunt	/ænt/	n.	阿姨
front	/frʌnt/	n.	前面

hint	/hɪnt/	n.	暗示
hunt	/hʌnt/	v.	打獵
joint	/dʒɔɪnt/	v.	連接
mint	/mɪnt/	n.	薄荷
plant	/plænt/	n.	植物
point	/pɔɪnt/	v.	指出
tent	/tɛnt/	n.	帳篷
want	/wɑnt/	v.	想要

雙音節字

單字	音標	詞性	中文
ab·sent	/ˈæbsn̩t/	adj.	缺席的
ac·cent	/ˈæksɛnt/	n.	重音
ac·count	/əˈkaʊnt/	n.	賬戶
a·mount	/əˈmaʊnt/	n.	總數
cli·ent	/ˈklaɪənt/	n.	委託人
con·tent	/kənˈtɛnt/	adj.	滿足的
cur·rent	/ˈkɝənt/	adj.	流行的
de·cent	/ˈdisn̩t/	adj.	正派的
e·vent	/ɪˈvɛnt/	n.	事件
ex·tent	/ɪkˈstɛnt/	n.	寬度
in·fant	/ˈɪnfənt/	n.	嬰兒
in·tent	/ɪnˈtɛnt/	n.	意圖
mo·ment	/ˈmomənt/	n.	瞬間
par·ent	/ˈpɛrənt/	n.	雙親
pat·ent	/ˈpætn̩t/	n.	專利

pa·tient	/ˈpeʃənt/	n.	病人
pay·ment	/ˈpemənt/	n.	付款
per·cent	/pɚˈsɛnt/	n.	百分之一
pres·ent	/ˈprɛznt/	n.	禮物
pre·vent	/prɪˈvɛnt/	v.	妨礙
re·cent	/ˈrisnt/	adj.	最近的
si·lent	/ˈsaɪlənt/	adj.	無聲的
stu·dent	/ˈstjudnt/	n.	學生
tal·ent	/ˈtælənt/	n.	天賦
ten·ant	/ˈtɛnənt/	v.	租賃
ur·gent	/ˈɝdʒənt/	adj.	緊急的
va·cant	/ˈvekənt/	adj.	空的

三音節（以上）的字

單字	音標	詞性	中文
ac·ci·dent	/ˈæksədənt/	n.	事故
ap·par·ent	/əˈpærənt/	adj.	明顯的
ar·gu·ment	/ˈɑrgjəmənt/	n.	爭執
doc·u·ment	/ˈdɑkjəmənt/	n.	公文
dom·i·nant	/ˈdɑmənənt/	adj.	支配的
in·ci·dent	/ˈɪnsədnt/	n.	事件
in·her·ent	/ɪnˈhɪrənt/	adj.	內在的
rel·e·vant	/ˈrɛləvənt/	adj.	有關的
res·i·dent	/ˈrɛzədnt/	n.	居民

14 pt

單音節字

TRACK 192

單字	音標	詞性	中文
tempt	/tɛmpt/	v.	引誘

雙音節字

單字	音標	詞性	中文
ac·cept	/ək`sɛpt/	v.	接受
a·dapt	/ə`dæpt/	v.	適應
a·dept	/`ædɛpt/	adj.	熟練的
a·dopt	/ə`dɑpt/	v.	採取
at·tempt	/ə`tɛmpt/	v.	試圖
bank·rupt	/`bæŋkrʌpt/	adj.	破產的
con·cept	/`kɑnsɛpt/	n.	概念
con·tempt	/kən`tɛmpt/	n.	輕視
cor·rupt	/kə`rʌpt/	adj.	腐敗的
dis·rupt	/dɪs`rʌpt/	adj.	破裂的
e·rupt	/ɪ`rʌpt/	v.	噴出
ex·cept	/ɪk`sɛpt/	prep.	除……外
in·ept	/ɪn`ɛpt/	adj.	不適當的
re·ceipt	/rɪ`sit/	n.	收到

三音節（以上）的字

單字	音標	詞性	中文
man·u·script	/`mænjəˌskrɪpt/	n.	手稿

15　sk

單音節字

TRACK 193

單字	音標	詞性	中文
ask	/æsk/	v.	詢問
risk	/rɪsk/	n.	危險
task	/tæsk/	n.	任務
desk	/dɛsk/	n.	書桌
disk	/dɪsk/	n.	圓盤
mask	/mæsk/	n.	口罩
dusk	/dʌsk/	n.	黃昏

雙音節字

單字	音標	詞性	中文
mol·lusk	/ˋmɑləsk/	n.	軟體動物

三音節（以上）的字

單字	音標	詞性	中文
as·te·risk	/ˋæstə͵rɪsk/	n.	星號

16　sp

單音節字

TRACK 194

單字	音標	詞性	中文
clasp	/klæsp/	v.	握緊

單字	音標	詞性	中文
crisp	/krɪsp/	adj.	脆的
gasp	/gæsp/	n.	喘氣
grasp	/græsp/	n.	緊抓
wasp	/wɑsp/	n.	黃蜂

17 st

單音節字

TRACK 195

單字	音標	詞性	中文
best	/bɛst/	adj.	最好的
bust	/bʌst/	v.	爆裂
cast	/kæst/	v.	拋
coast	/kost/	n.	海岸
cost	/kɔst/	n.	費用
dust	/dʌst/	n.	灰塵
east	/ist/	n.	東方
fast	/fæst/	adj.	快的
first	/fɝst/	n.	第一
fist	/fɪst/	v.	拳打
host	/host/	n.	主人
just	/dʒʌst/	adv.	正好
last	/læst/	v.	持續
least	/list/	adj.	最小的
lest	/lɛst/	conj.	以免
list	/lɪst/	n.	名單

lust	/lʌst/	v.	渴望
mist	/mɪst/	n.	薄霧
most	/most/	pron.	大多數
must	/mʌst/	n.	發霉
nest	/nɛst/	n.	窩
past	/pæst/	adj.	過去的
pest	/pɛst/	n.	害蟲
post	/post/	n.	崗位
rest	/rɛst/	n.	休息
rust	/rʌst/	v.	生鏽
test	/tɛst/	n.	試驗
trust	/trʌst/	n.	信任
vast	/væst/	adj.	廣闊的
vest	/vɛst/	n.	背心
west	/wɛst/	n.	西方

雙音節字

單字	音標	詞性	中文
al·most	/ˋɔlˌmost/	adv.	幾乎
ar·rest	/əˋrɛst/	v.	逮捕
art·ist	/ˋɑrtɪst/	n.	藝術家
as·sist	/əˋsɪst/	v.	幫助
au·gust	/ɔˋgʌst/	adj.	威嚴的
ex·ist	/ɪgˋzɪst/	v.	存在
for·est	/ˋfɔrɪst/	n.	森林
hon·est	/ˋɑnɪst/	adj.	誠實的

in·vest	/ɪnˋvɛst/	v.	投資
lat·est	/ˋletɪst/	adj.	最新的
mod·est	/ˋmɑdɪst/	adj.	謙虛的
ro·bust	/rəˋbʌst/	adj.	強壯的

三音節（以上）的字

單字	音標	詞性	中文
cap·i·tal·ist	/ˋkæpətḷɪst/	n.	資本主義者
en·thu·si·ast	/ɪnˋθjuzɪˏæst/	n.	對……熱衷的人
jour·nal·ist	/ˋdʒɝnəlɪst/	n.	新聞記者
phar·ma·cist	/ˋfɑrməsɪst/	n.	藥劑師
spe·cial·ist	/ˋspɛʃəlɪst/	n.	專家
strat·e·gist	/ˋstrætɪdʒɪst/	n.	軍事家

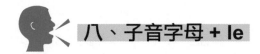

八、子音字母 + le

在 K.K. 音標中常可以看到在 l 下方加一點的符號,這叫音節性子音(syllabic consonant),雖然裡面沒有母音,但因 l 響度夠大可和前面的子音構成一個音節。此外,Becker 等學者提出,le 是英國受諾曼法國人統治時期,由 el 調整拼寫而來的,發音發成 /əl/,所以本身就是一個含有母音 /ə/ 的音節,例如:little 在中古英語中是拼為 littel 的,後來才調整成今日的拼寫。在許多字典裡,le 的音標是標示為 /əl/,惟在美式發音裡,/ə/ 常省略,發成 /l̩/。

1 ble

雙音節字

TRACK 196

單字	音標	詞性	中文
a·ble	/ˋebl̩/	adj.	有……能力的
ca·ble	/ˋkebl̩/	n.	電纜
doub·le	/ˋdʌbl̩/	adj.	兩倍的
fa·ble	/ˋfebl̩/	n.	寓言
no·ble	/ˋnobl̩/	n.	貴族
sta·ble	/ˋstebl̩/	adj.	穩定的
ta·ble	/ˋtebl̩/	n.	桌子
troub·le	/ˋtrʌbl̩/	v.	麻煩

三音節（以上）的字

單字	音標	詞性	中文
a·vail·a·ble	/əˋveləb̩l/	adj.	可獲得的
ca·pa·ble	/ˋkepəb̩l/	adj.	有……的能力
de·sir·a·ble	/dɪˋzaɪrəb̩l/	adj.	值得擁有的
dur·a·ble	/ˋdjʊrəb̩l/	adj.	耐用的
el·i·gi·ble	/ˋɛlɪdʒəb̩l/	adj.	有資格的
flex·i·ble	/ˋflɛksəb̩l/	adj.	柔韌的
in·vis·i·ble	/ɪnˋvɪzəb̩l/	adj.	看不見的
mem·o·ra·ble	/ˋmɛmərəb̩l/	adj.	難忘的
no·ta·ble	/ˋnotəb̩l/	adj.	著名的
pay·a·ble	/ˋpeəb̩l/	adj.	應支付的
por·ta·ble	/ˋportəb̩l/	adj.	便於攜帶的
pos·si·ble	/ˋpɑsəb̩l/	adj.	可能的
re·li·a·ble	/rɪˋlaɪəb̩l/	adj.	可靠的
suit·a·ble	/ˋsutəb̩l/	adj.	適當的
tax·a·ble	/ˋtæksəb̩l/	adj.	應納稅的
ter·ri·ble	/ˋtɛrəb̩l/	adj.	可怕的
val·u·a·ble	/ˋvæljʊəb̩l/	npl.	貴重物品
var·i·a·ble	/ˋvɛrɪəb̩l/	adj.	易變的
vis·i·ble	/ˋvɪzəb̩l/	adj.	看得見的

2　ple

雙音節字

TRACK 197

單字	音標	詞性	中文
ap·ple	/ˈæpl̩/	n.	蘋果
am·ple	/ˈæmpl̩/	adj.	足夠的
ma·ple	/ˈmepl̩/	n.	楓樹
peo·ple	/ˈpipl̩/	n.	人們
sim·ple	/ˈsɪmpl̩/	adj.	簡單的
cou·ple	/ˈkʌpl̩/	n.	（一）對
sam·ple	/ˈsæmpl̩/	n.	樣品
trip·le	/ˈtrɪpl̩/	adj.	三倍的
tem·ple	/ˈtɛmpl̩/	n.	寺廟
pur·ple	/ˈpɝpl̩/	n.	紫色
sta·ple	/ˈstepl̩/	adj.	主要的
rip·ple	/ˈrɪpl̩/	n.	細浪

三音節（以上）的字

單字	音標	詞性	中文
ex·am·ple	/ɪgˈzæmpl̩/	n.	例子
mul·ti·ple	/ˈmʌltəpl̩/	n.	倍數
par·ti·ci·ple	/ˈpɑrtəsəpl̩/	n.	分詞
pine·ap·ple	/ˈpaɪnˌæpl̩/	n.	鳳梨
prin·ci·ple	/ˈprɪnsəpl̩/	n.	原則

3 dle

雙音節字

TRACK 198

單字	音標	詞性	中文
i·dle	/ˈaɪdl̩/	adj.	空閒的
mid·dle	/ˈmɪdl̩/	adj.	中間的
han·dle	/ˈhændl̩/	v.	操作
bun·dle	/ˈbʌndl̩/	n.	捆
nee·dle	/ˈnidl̩/	n.	針
sad·dle	/ˈsædl̩/	n.	馬鞍
hur·dle	/ˈhɝdl̩/	n.	欄架
can·dle	/ˈkændl̩/	n.	蠟燭
cra·dle	/ˈkredl̩/	n.	搖籃
rid·dle	/ˈrɪdl̩/	n.	謎語
pad·dle	/ˈpædl̩/	v.	划槳行進
dwin·dle	/ˈdwɪndl̩/	v.	漸漸減少

4 tle

雙音節字

TRACK 199

單字	音標	詞性	中文
bat·tle	/ˈbætl̩/	n.	戰鬥
bot·tle	/ˈbɑtl̩/	n.	瓶子
brit·tle	/ˈbrɪtl̩/	adj.	易碎的
cas·tle	/ˈkæsl̩/	n.	城堡

cat·tle	/ˋkætḷ/	n.	牛
gen·tle	/ˋdʒɛntḷ/	adj.	溫和的
lit·tle	/ˋlɪtḷ/	adj.	小的
set·tle	/ˋsɛtḷ/	n.	長椅
shut·tle	/ˋʃʌtḷ/	n.	梭子
sub·tle	/ˋsʌtḷ/	adj.	微妙的
ti·tle	/ˋtaɪtḷ/	n.	標題
whis·tle	/ˋhwɪsḷ/	n.	口哨
wres·tle	/ˋrɛsḷ/	v.	摔角

三音節（以上）的字

單字	音標	詞性	中文
be·lit·tle	/bɪˋlɪtḷ/	v.	輕視
dis·man·tle	/dɪsˋmæntḷ/	v.	拆除
sub·ti·tle	/ˋsʌbˌtaɪtḷ/	n.	副標題

5 gle

雙音節字

TRACK 200

單字	音標	詞性	中文
an·gle	/ˋæŋgḷ/	n.	角度
ea·gle	/ˋigḷ/	n.	鷹
gig·gle	/ˋgɪgḷ/	v.	咯咯地笑
jin·gle	/ˋdʒɪŋgḷ/	n.	叮噹聲
jug·gle	/ˋdʒʌgḷ/	v.	拋接

單字	音標	詞性	中文
jun·gle	/ˈdʒʌŋgl̩/	n.	熱帶叢林
min·gle	/ˈmɪŋgl̩/	v.	使混合
sin·gle	/ˈsɪŋgl̩/	n.	單身者
smug·gle	/ˈsmʌgl̩/	v.	走私
stran·gle	/ˈstræŋgl̩/	v.	勒死
strug·gle	/ˈstrʌgl̩/	v.	奮鬥
tan·gle	/ˈtæŋgl̩/	v.	糾結

三音節（以上）的字

單字	音標	詞性	中文
rec·tan·gle	/rɛkˈtæŋgl̩/	n.	長方形
tri·an·gle	/ˈtraɪˌæŋgl̩/	n.	三角形
un·tan·gle	/ʌnˈtæŋgl̩/	v.	解開

6　cle

雙音節字

TRACK 201

單字	音標	詞性	中文
cy·cle	/ˈsaɪkl̩/	n.	週期
cir·cle	/ˈsɝkl̩/	n.	圓圈

三音節（以上）的字

單字	音標	詞性	中文
ar·ti·cle	/ˈɑrtɪkl̩/	n.	文章

ve·hi·cle	/ˈviɪkḷ/	n.	車輛
mir·a·cle	/ˈmɪrəkḷ/	n.	奇蹟
bi·cy·cle	/ˈbaɪsɪkḷ/	n.	自行車
re·cy·cle	/riˈsaɪkḷ/	v.	再利用
de·ba·cle	/deˈbɑkḷ/	n.	災害
ob·sta·cle	/ˈɑbstəkḷ/	n.	障礙
chron·i·cle	/ˈkrɑnɪkḷ/	n.	編年史
spec·ta·cle	/ˈspɛktəkḷ/	n.	公開展示
mo·tor·cy·cle	/ˈmotɚˌsaɪkḷ/	n.	摩托車

7　(c)kle

雙音節字

TRACK 202

單字	音標	詞性	中文
an·kle	/ˈæŋkḷ/	n.	踝
buck·le	/ˈbʌkḷ/	v.	扣住
chuck·le	/ˈtʃʌkḷ/	n.	咯咯聲
knuck·le	/ˈnʌkḷ/	n.	膝關節
spar·kle	/ˈspɑrkḷ/	n.	火花
tack·le	/ˈtækḷ/	v.	處理
twin·kle	/ˈtwɪŋkḷ/	n.	閃爍

- 參考書目

吳國賢。1998，《英語發音教學》。台北：文鶴書局。

李櫻。2013，《美式發音法》。台北：遠東圖書。

林孟毅。2015，《英語發音 3 部曲》。台北；書林書局。

孫淑惠。2019，《美語語音學》（修訂版）。台北：文鶴書局。

莫建清。2005，《從語音的觀點談英語詞彙教與學》。台北：三民書局。

莫建清。2007，《三民實用英漢辭典》。台北：三民書局。

莫建清。2017，《聽聲辯意：輕鬆學單字》。台北：文鶴書局。

黃永裕。2016，《自然發音輕鬆學》。台北；東華書局。

黃自來。1999，《英語詞彙形音義三合一教學法》。台北：文鶴書局。

Wijk、Axel. (1966). Rules of Pronunciation for the English Language. London: Oxford University Press.

語研力 *E049*

英語發音急診室：
格林法則專家教你學會 K.K. 音標和自然發音，讓你掌握英語發音的道理

發音準又好，不僅記單字快，聽說讀寫就是比較厲害！

作　　者	楊智民
顧　　問	曾文旭
編輯統籌	陳逸祺
編輯總監	耿文國
主　　編	陳蕙芳
執行編輯	翁芯俐
文字校對	莊詠翔
內文排版	李依靜
封面設計	陳逸祺
法律顧問	北辰著作權事務所

印　　製	世和印製企業有限公司
初　　版	2021 年 05 月
出　　版	凱信企業集團 - 凱信企業管理顧問有限公司
電　　話	（02）2773-6566
傳　　真	（02）2778-1033
地　　址	106 台北市大安區忠孝東路四段 218 之 4 號 12 樓
信　　箱	kaihsinbooks@gmail.com

定　　價	新台幣 499 元 / 港幣 166 元
產品內容	1 書

總 經 銷	采舍國際有限公司
地　　址	235 新北市中和區中山路二段 366 巷 10 號 3 樓
電　　話	（02）8245-8786
傳　　真	（02）8245-8718

本書如有缺頁、破損或倒裝，
請寄回凱信企管更換。
106 台北市大安區忠孝東路四段250號11樓之1
編輯部收

【版權所有　翻印必究】

國家圖書館出版品預行編目資料

英語發音急診室：格林法則專家教你學會 K.K. 音標和自然發音,讓你掌握英語發音的道理/楊智民著. – 初版. – 臺北市：凱信企業集團凱信企業管理顧問有限公司, 2021.05
面；　公分
ISBN 978-986-99669-8-6(平裝)

1.英語 2.發音 3.音標
805.141　　　　　　　　　110004301